소설은 어떻게 작동하는가

How Fiction Works

소설은 어떻게 작동하는가

제임스 우드 지음

How Fiction Works

설준규 · 설연지 옮김

창비

정성껏 요리하는 것, 이것 말고 다른 조리법은 없다.

—헨리 제임스

서문

존 러스킨(John Ruskin)은 1857년 『회화의 요소』(*The Elements of Drawing*, 국내에는 '존 러스킨의 드로잉'이라는 제목으로 출간됨)라는 작은 책을 썼다. 이 책은 창작이라는 작업을 평론가의 시선으로 봄으로써 화가 지망생, 호기심 많은 관람자, 평범한 미술애호가를 돕기 위해 작성된 세심한 입문서다. 서두에서 러스킨은 자연을 바라보라고, 예컨대 잎사귀를 바라보고 그것을 연필로 모사하라고 권한다. 그는 자신이 그린 잎사귀 그림도 실어놓았다. 그는 잎사귀에 관한 이야기에서 띤또레또(Tintoretto)의 그림으로 옮겨간다. 붓질에 주목하세요, 그가 손들을 어떻게 그리는지 봐요, 명암에 얼마나 신경을 쓰는지 보시죠, 하고 러스킨은 말한다. 러스킨은 자신의 독자를 창조의 과정을 가로질러 한걸음 한걸음씩 이끈다. 그의 권위는 화가로서 자신이 지녔던 기교에서 비롯된 것이 아니다. 그는 화가로서 성공하긴 했지만 대단한 재능을 타고나지는 않았다. 그의 권위는 적절한 대상을 적확하게 포착하는 눈과 그렇게 포착한 것을 산문으로 옮겨내는 능력에서 비롯된다.

소설을 다룬 것 가운데는 이런 부류의 책이 놀랄 만큼 적다. 포스터(E. M. Forster)의 『소설의 양상들』(*Aspects of the Novel*, 국내에는 '소설의 이해'라는 제목으로 출간됨)은 1927년에 출판된 책으로 합당한 이유에서 정전(正典)으로 인정받지만 이제는 부정확해 보인다. 나는 소설에 관한 쿤데라(Milan Kundera)의 세 권의 책을 좋아하지만 그는 실제 비평가라기보다는 소설가 겸 수필가다. 그래서 때로는 논의가 텍스트에 좀더 밀착했으면 하는 불만도 생긴다.

내가 좋아하는 20세기 소설비평가는 러시아 형식주의자 시끌롭스끼(Viktor Shklovskii)와 프랑스 형식주의자이자 구조주의자인 바르뜨(Roland Barthes)이다. 두 사람 모두 훌륭한 비평가였는데, 그 까닭은 형식주의자이면서 작가들처럼 생각했기 때문이다. 다시 말해 그들은 문체, 어휘, 형식, 은유 그리고 심상에 관심을 기울였다. 그러나 바르뜨와 시끌롭스끼가 사고하는 방식은 창조적 본능에서 유리된 작가와 같았다. 횡령하는 은행가들처럼 그들은 자신들을 지탱하는 원천 그 자체, 곧 문학적 양식을 거듭 약탈하는 데 끌렸다. 그들이 소설에 관해 흥미롭지만 그릇된 듯 보이는 결론에 도달한 것도 이처럼 유리되고 또 공격적인 열정을 품었기 때문일지도 모른다. 이 책은 그들과 더불어 지속적인 논쟁을 할 것이다.

그리고 그 두 사람 모두 다른 전문가들을 위해 글을 쓰는 전문가일 따름이다. 특히 바르뜨는 평범한 독자가 읽고 이해해주기를 바라면서 글을 쓰는 것 같지 않다. (난삽한 글을 읽어내는 훈련을 받고 있는 사람에게조차 그의 글은 난해하다.)

이 책에서 나는 소설의 기법에 관한 몇가지 본질적인 질문을 던지고자 한다. 리얼리즘은 리얼한가? 성공적인 은유를 어떻게 정의할 것인가? 작중인물(character)이란 무엇인가? 소설에서 세부사항(detail)의 훌륭한 사용이란 어떤 것인가? 시점이란 무엇이고 그것은 어떻게 작동하는가? 상상에 의한 공감(imaginative sympathy)이란 무엇인가? 소설은 우리를 왜 감동시키는가? 이것들은 오래된 질문인데, 그중 일부는 학술비평과 문학이론의 최근 작업에서 재론된 바 있다. 하지만 학술비평과 문학이론이 그 질문들에 제대로 답했는지는 의문이다. 그래서 나는 이 책이 이론적인 질문들을 던지되 답은 실질적으로 하는 책, 달리 말해 비평가의 질문을 던지고 작가의 답을 내놓는 책이 되기를 바란다.

이 책에 담긴 좀더 거창한 주장을 굳이 들자면 소설이란 지어낸 것(artifice)인 동시에 그럴싸한 것(verisimilitude)이며 이 두 가능성을 한데 묶는 데 어려움은 없다는 것이다. 그래서 나는 그 지어낸 것의 기법——소설의 작동 방식——을 매우 세세히 설명함으로써, 마치 러스킨이 띤또레또의 작품을 잎사귀를 바라보는 방식과 연결하고 싶어했듯, 그 기법을 실제 세상과 다시 연결하려고 애썼다. 그 결과로 이 책의 장(章)들은 경계가 허물어지는 경향이 있는데, 이는 각 장이 같은 미적 동기에서 작성되었기 때문이다. 자유간접화법(free indirect style)에 대해 이야기할 때 나는 사실 시점에 대해 이야기하며, 시점에 대해 이야기할 때 실은 세부사항의 인식에 대해 이야기한다. 세부사항에 대해 이야기할 때 실은 인물에 대해 이야기하며, 인물에 대해 이야기할 때 실은 실재(the real)에 대해 이야기한다. 그리고 실재는 내 탐구의 저변이다.

주와
출간일자에
관하여

평범한 독자를 염두에 두었기 때문에 나는 조이스(James Joyce)가 '진짜배기 현학적 악취'라고 부른 것을 견딜 만할 수준으로 줄이려고 노력했다. 출전이 잘 알려지지 않았거나 그밖의 이유로 찾기 힘든 경우에만 주(註)를 달았다. 그럴 경우에도 첫 출판연도만 제시하고 출판한 곳과 출판사는 제시하지 않았다. (이런 사항들은 예전에 비해 요즘은 훨씬 쉽게 알아낼 수 있다.) 본문 자체에서는 논의대상으로 삼은 장·단편 소설들의 출판연도를 대부분 밝히지 않았다. 참고문헌에서 장·단편 소설들의 첫 출판연도를 밝히면서 모두 연대순으로 열거했다.

십대였을 때 나는 포드 매독스 포드(Ford Madox Ford)의 『영국 소설』(*The English Novel*)에 붙은 다음과 같은 근사한 주가 마음에 들었다. '이 책은 뉴욕에서, S. S. 패트리아 선상에서, 그리고 마르세유 항구와 그 인접지역에서, 1927년 7, 8월에 집필되었다.' 나는 이 멋들어진 주를 흉내낸다거나 도서관 장서에 기대지 않은 기억력을 뽐낼 처지와는 거리가 멀다. 하지만 포드의 정신을 좇아, 내가 실제로 서재에 소장한 책들만 활용해서 이 작은 책을 썼노라고는 말할 수 있다. 여기저기 몇단락을 제외하면 이 책의 내용은 앞서 출판된 적이 없다는 점도 덧붙여둔다.

일러두기

1. 본문 내 외래어 표기는 원음에 가깝게 표기하는 창비의 외래어 표기 원칙을 따랐다.

2. 본문에 나오는 소설이나 영화의 제목은 대체로 옮긴이가 번역한 것이지만, 더러는 국내에서 통용되는 제목을 따르기도 했다. 인용문의 번역은 옮긴이의 것이며 비영어권 작품의 경우 원문에 제시된 영어를 옮겼다.

3. 원서의 각주는 독자들의 편의를 위하여 본문 뒤로 옮겨 장별로 묶었고, 본문 내 괄호 안에 작은 글자체로 붙인 주는 옮긴이의 것이다.

4. 작가 이름과 작품 제목은 처음 등장하는 곳에 원어를 병기했으며(단, 러시아어의 경우 로마자로 적음), 옮긴이주에 처음 등장하는 경우는 가독성을 위해 원어를 병기하지 않았다.

5. 인용되는 작품 속 등장인물이나 지명은 한글로만 적었으며, 작가·작품 외의 고유명사(등산가, 영화감독, 그림명 등)는 대체로 한글로만 적었다.

차례

서술하기

1

소설의 집에는 창문은 여럿 있어도 문은 두셋밖에 없다. 나는 삼인칭이나 일인칭으로 이야기할 수 있고, 성공적인 예는 실로 드물지만 어쩌면 이인칭 단수나 일인칭 복수로 할 수도 있겠다. 그리고 그게 전부다. 이외의 것은 그다지 서술 같아 보이지 않기 십상이다. 아마도 시나 산문시에 가까울 것이다.

2

사실상 우리는 삼인칭과 일인칭 서술에서 벗어나기 어렵다. 신뢰할 수 있는 서술(삼인칭 전지적 작가 시점)과 신뢰할 수 없는 서술(독자가 궁극적으로 알게 되는 것보다 제 자신에 대해 적게 아는, 신뢰할 수 없는 일인칭 서술자의 서술)이 대조를 이룬다는 것이 일반적인 생각이다. 한편에는 예컨대 똘스또이(Lev Tolstoi)가 있고, 다른 한편에는 험버트 험버트(나보꼬프 소설 『롤리타』의 화자)나 이딸로 스베보(Italo Svevo)의 화자인 제노 꼬지니(『제노의 의식』의 화자) 또는 버티 우스터(영국 작가 우드하우스의 소설에 연이어 등장하는 화자)가 있다. 사람들은 '종교라 불리는 저 거대한 좀먹은 음악적 융단이 한물간 만큼이나 전지적 작가 시점이 한물갔다'고 여긴다. 제발트(W. G. Sebald)는 언젠가 나에게 이렇게 이야기했다. '나는 화자 자신의 불확실성을 인정하지 않는 소설 쓰기란 매우, 매우 받아들이기 힘든 사기의 한 형태라고 생각해요. 화자가 자기 자신을 텍스트 안에서 무대담당자이자 연출자, 판사이자 집행자로 내세우는 그 어떤 형식의 작가적 글쓰기도 어쩐지 용납되지 않아요. 나는 이런 종류의 책을 도저히 읽어내지 못하겠어요.' 제발트는 이어서 이야기했다. '제인 오스틴(Jane Austen)을 거론하는 것은 모든 사람들이 받아들이는 정해진 예의범절의 기준이 있는 세상을 거론하는 거지요. 규칙들이 명료하고 어디부터가 위반인지를 알 수 있는 세상이 존재한다고 전제한다면, 그 맥락 안에서는, 무엇이 법칙인지 알고 특정 질문들에 대한 답을 아는 화자가 되는 것이 정당성을 지닐 수 있다고 생각해요. 그렇지만 우리는 이런 확실성을 역사의 전개과정에서 잃어버렸으므로, 이런 문제들과 관련된 자신의 무지와 미흡함을 스스로 인정하고 나아가 그에 걸

맞은 방식으로 쓰려고 노력해야 한다고 생각합니다.'[1]

3

제발트를 비롯해서 그와 같은 생각을 지닌 많은 작가들에게
는 표준적인 삼인칭 전지적 작가 시점이란 일종의 고색창연한
속임수다. 그렇지만 양쪽 모두 그 한계가 상대측에 의해 과장
되었다.

4

실제로 일인칭 서술은 보통 신뢰할 수 없다기보다는 신뢰할
수 있는 편이고, 삼인칭 '전지적' 서술은 보통 전지적이라기보
다는 제한적이다.

일인칭 화자는 매우 신뢰할 만한 경우가 많다. 일례로, 매우
신뢰할 만한 일인칭 화자인 제인 에어는 늦게나마 깨달음을 얻
은 상태에서 자신의 이야기를 우리에게 해준다(여러 해가 지나
로체스터 씨와 결혼한 지금, 그녀는 자기 삶의 이야기를 전체
적으로 바라볼 수 있다. 마치 로체스터 씨의 시력이 소설의 말
미에서 점차 돌아오는 것처럼). 심지어 신뢰할 수 없어 보이는
서술자도 대체로 그 신뢰할 수 없음에 일관성이 있다(reliably

unreliable). 카즈오 이시구로(Kazuo Ishiguro)의 『남아 있는 나날』(*The Remains of the Day*)의 집사나 버티 우스터, 심지어 험버트 험버트를 생각해보라. 화자가 신뢰할 수 없다는 것을 독자가 아는 것은 신뢰할 만한 수법을 통해 작가가 그 화자의 신뢰할 수 없음에 대해 독자에게 주의를 주기 때문이다. 작가의 깃발 신호 과정이 진행됨으로써 소설은 우리에게 그 화자를 어떻게 읽을 것인지 가르쳐준다.

신뢰할 수 없음에 일관성이 없는(unreliably unreliable) 서술은 사실 아주 드물어서, 진정으로 수수께끼 같고 진실로 헤아릴 수 없는 인물만큼이나 드물다. 크누트 함순(Knut Hamsun)의 소설 『굶주림』(*Hunger*)의 이름 없는 화자는 매우 신뢰할 수 없으며 끝까지도 알 수 없는 인물이다. (그가 미쳤다는 것이 도움이 된다.) 도스또옙스끼(F. M. Dostoevskii)의 『지하에서 쓴 수기』(*Zapiski iz Podpol'ya*)에 나오는 지하 화자가 함순의 모델이 되었다. 이딸로 스베보의 제노 꼬지니는 진정으로 믿을 수 없는 인물의 가장 좋은 예일 것 같다. 그는 우리에게 자기 삶의 이야기를 해줌으로써 자신을 정신적으로 분석한다고 상상한다. (그는 자신의 정신분석의에게 그러겠다고 약속했다.) 그렇지만 그가 우리 앞에 자신만만하게 펼럭여 보이는 자기이해에는 총탄 구멍이 난 깃발처럼 우스꽝스럽게 구멍이 숭숭 뚫려 있다.

5

다른 한편으로 전지적 서술이 겉보기만큼 전지적인 경우는 드물다. 우선 작가의 문체는 보통 삼인칭 전지적 시점을 제한적이고 굴절되어 보이게 한다. 작가의 문체는 우리의 관심을 작가에게로, 작가가 구성한 것의 예술적 인위성(artifice)으로, 그리하여 작가 자신의 특징으로 향하게 만드는 경향이 있다. 따라서 잘 알려진 것처럼 플로베르(Gustave Flaubert)는 작가가 '몰개성적'이며 신과 같고 초연하기를 바랐지만, 그의 문체 자체가 고도로 개성적이어서 그의 정교한 문장과 세부묘사는 신이 매 페이지마다 눈에 잘 띄게 남긴 서명에 다름없었다는 우스꽝스러울 정도의 역설이 생겨났다. 몰개성적 작가에 관해서는 이 정도 해두자. 똘스또이는 작가의 전지성에 관한 고전적 관념에 가장 근접한 경우로, 롤랑 바르뜨가 '참조약호'(reference code, 때로는 '문화약호'(cultural code))라고 부른 글쓰기 양식을 대단히 자연스럽고 권위있게 사용한다. 이 약호에 힘입어 작가는 보편적이거나 합의된 진리, 공유된 문화적 또는 과학적 지식의 집합체에 자신있게 기댈 수 있다.[2]

6

이른바 전지성이라는 것은 거의 불가능하다. 누군가가 한 인물에 대해 이야기를 하자마자 서술은 그 인물 주위에 감기고 그 인물에 녹아들면서 그(녀)가 생각하고 말하는 방식을 따르고 싶어하는 것처럼 보인다. 소설가의 전지성은 금세 일종의 비밀 공유하기가 되어버린다. 이것은 자유간접화법이라 불리는데, 소설가들은 이 용어를 '근접삼인칭'이나 '인물 안으로 들어가기' 등 다른 많은 이름으로 부르기도 한다.[3]

7

a) "그는 제 아내를 건너다보았다. '그녀는 너무도 불행해 보여'라고 그는 생각했다. '아파 보일 지경이야.' 그는 뭐라 말할지 망설였다." 이것은 직접발화 또는 인용된 발화("'그녀는 너무도 불행해 보여'라고 그는 생각했다.")가 인물의 전달된 발화 또는 간접발화('그는 뭐라 말할지 망설였다.')와 혼합된 것이다. 이것은 인물의 생각을 제 자신을 향한 발화, 곧 일종의 내면적 말 걸기로 여겼던 구식 발상에 기초한다.

b) "그는 제 아내를 건너다보았다. 그녀는 너무도 불행해 보인다고 그는 생각했다. 아파 보일 지경으로. 그는 뭐라 말할지

망설였다." 이것은 전달된 발화 또는 간접발화, 즉 작가에 의해 전달된 남편의 내면적 발화이며, 이를 알려주는 신호('그는 생각했다')가 달려 있다. 그것은 표준적 리얼리즘 서술의 모든 약호들 중 가장 쉽게 알아볼 수 있고 가장 습관적으로 사용되는 것이다.

c) "그는 제 아내를 바라보았다. 그렇다, 그녀는 또다시 지겨울 정도로 불행했다. 아파 보일 지경으로. 대체 뭐라고 해야 할 것인가?" 이것은 자유간접화법(양식)이다. 남편의 내면적 발화나 생각은 작가의 깃발 신호로부터 자유로워졌다. '그가 제 자신에게 말했다'라거나 '그는 망설였다' 혹은 '그는 생각했다' 등이 없다.

유연성이 늘어난 것을 주목하라. 서술은 작가에게서 유영하듯 멀어지면서 작중인물이 지닌 속성들을 띠게 되는 듯하고, 작중인물은 바야흐로 말들을 '소유'하게 되는 듯하다. 작가는 전달하는 생각에 자유롭게 억양을 붙여서 그 생각을 인물 자신의 말 주위에 휘감을 수 있다('대체 뭐라고 해야 할 것인가?'). 의식의 흐름에 가까워진 셈인데, 19세기와 20세기 초반에 자유간접화법이 취하는 방향도 그쪽이다. "그는 그녀를 바라보았다. 불행하군. 그래. 아파. 그녀에게 이야기해버리다니 분명 큰 실수지. 또다시 그 멍청한 양심이로군. 그 말을 불쑥 꺼낼 게 뭐람. 모두 제 잘못, 이제 어쩌지?"

이와 같은 내적 독백은 작가의 깃발 신호와 인용부호에서 풀려난 까닭에 18, 19세기 소설들의 순수 독백과 매우 흡사하게 들린다는 것을 독자들은 알아차릴 것이다. (이것은 없이 지내기에는 너무도 기본적이고 유용한—너무도 사실적인— 원래의 기법을 우회적인 방식으로 쇄신했을 따름인, 기법상 개선의 한 예다.)

8

자유간접화법은 '테드는 바보 같은 눈물 사이로 오케스트라를 쳐다보았다'에서처럼 거의 눈에 띄지 않거나 들리지 않을 때 가장 강력하다. 나의 예에서는 '바보 같은'이란 단어가 이 문장이 자유간접화법으로 쓰였음을 표시한다. 그것을 제거하면 '테드는 눈물 사이로 오케스트라를 쳐다보았다'처럼 표준적 양식으로 전달된 생각이 된다. '바보 같은'이란 단어를 덧붙임으로써 이 단어가 누구의 것인가,라는 물음이 생겨난다. 연주회장에서 어떤 음악을 듣는 것만으로 내가 인물을 바보 같다고 할 리는 만무하다. 그렇지 않다. 경이로운 연금술적 변화가 일어나면서 그 단어는 이제 부분적으로 테드에게도 속하게 된다. 그는 음악을 들으며 울고 있고, 이 '바보 같은' 눈물방울을 떨어지게 놔뒀다는 것이 당혹스럽다. (우리는 그가 맹렬히 눈을 비비는 것을 상상할 수 있다.) 일인칭으로 다시 변환해보면 이렇게 될 것이다. "'이 멍청한 브람스의 곡 때문에 울다니 바보 같아'라고 그가 생각했다." 하지만 이 예문은 여러 단어가 더 길어질뿐더러 작가의 복잡한 존재를 전달하지 못한다.

9

자유간접화법이 그토록 쓸모있는 것은 우리 예에서 보듯 '바보 같은' 유의 단어가 은근슬쩍 작가와 인물 양쪽에 걸치기 때문이다. 독자는 누가 그 단어를 '소유'하는지 장담할 수 없다. '바보 같은'이란 단어는 작가가 지닌 약간의 무뚝뚝함이나 거리감을 반영할 수도 있는가? 아니면 그 단어는 **전적으로** 인물에게 속하고, 공감에 북받친 작가는 눈물 그렁그렁한 그 친구에게 그 단어를 이를테면 '양도해'버린 것인가?

10

자유간접화법 덕에 우리는 작중인물의 눈과 언어뿐만 아니라 작가의 눈과 언어를 통해서도 사물을 본다. 우리는 동시에 전체적 앎(omniscience)의 차원과 부분적 앎(partiality)의 차원에 깃든다. 작가와 인물 사이에 간극이 벌어지고 그들 사이의 다리 ─자유간접화법 그 자체─ 가 그 간극을 메우는 동시에 그 거리에 대한 관심을 불러일으킨다.

이것은 극적 아이러니의 또다른 정의에 다름 아니다. 즉 작중인물의 눈을 통해 보면서도 작중인물이 볼 수 있는 것 이상을 보도록 부추겨지는 것이다. (이때 작중인물의 신뢰할 수 없음은 신뢰할 수 없는 일인칭 화자의 경우와 동일하다.)

11

이 극적 아이러니의 아주 순수한 몇몇 사례들은 아동문학에서 찾을 수 있다. 대체로 아동문학은 아이 — 또는 아이의 대리자인 동물 — 가 제약된 시선으로 세상을 보게끔 하는데, 좀더 나이 든 독자는 아이가 이 제약에 주의를 기울이도록 해야 한다. 로버트 매클로스키(Robert McCloskey)의 『아기 오리들한테 길을 비켜주세요』(*Make Way for Ducklings*)를 보면, 맬러드 씨 내외가 보스턴 퍼블릭 가든을 새집으로 삼으려고 살펴보고 있을 때 백조 보트(백조 모양으로 만들었지만 실제로는 사람이 페달을 밟아 움직이는 배) 한척이 그들을 지나쳐가는 장면이 나온다. 맬러드 씨는 이런 것을 이전에 본 적이 없다. 매클로스키는 자연스럽게 자유간접화법으로 빠져든다. '그들이 떠날 차비를 하던 바로 그때 기이하게 생긴 거대한 새 한마리가 다가왔다. 그것은 사람이 가득 찬 배를 밀고 있었고, 그 등에는 남자가 한명 앉아 있었다. "좋은 아침이군요"라고 맬러드 씨가 상냥하게 굴며 꽥꽥거렸다. 그 큰 새는 너무도 거만해서 대답조차 없었다.' 매클로스키는 맬러드 씨가 백조 보트가 뭔지 몰랐다고 우리에게 말해주는 대신 우리를 맬러드 씨의 혼란 안에 놓아둔다. 하지만 그 혼란의 실상은 꽤 명백해서 맬러드 씨와 독자(혹은 작가) 사이에는 널따란 반어적 간극이 벌어진다. 우리는 맬러드 씨와 같은 방식으로 혼란에 빠지지는 않지만, 우리 또한 그가 빠진 혼란에 깃들게 된다.

12

하지만 좀더 진지한 작가가 작중인물과 저자 사이에 아주 조그만 간극을 벌리고 싶어한다면 어떤 일이 생길까? 소설가가 인물이 빠진 혼란에 독자가 깃들기를 바라면서도 그 혼란을 '교정'하려 들지도 않고 혼란이 없는 상황이 어떠할지를 분명히 밝히려 들지도 않는다면 어떤 일이 생길까? 우리는 매클로스키에서 헨리 제임스(Henry James)로 곧장 걸어갈 수 있다. 예컨대 『아기 오리들한테 길을 비켜주세요』와 제임스의 소설 『메이지가 안 것』(*What Maisie Knew*) 사이에는 기법적 연관성이 있다. 자유간접화법은 독자가 청소년다운 혼란에 깃들도록 도와주는데, 이번에는 오리가 아니라 소녀가 빠진 혼란이다. 제임스는 부모가 불륜 때문에 이혼한 여자아이 메이지 퍼랜지에 관해 삼인칭 시점으로 이야기한다. 메이지는 부모 사이를 공처럼 튕겨 오가게 되고, 어머니와 아버지는 각각 새 가정교사를 아이에게 떠안긴다. 제임스는 독자가 아이의 혼란 속에서 살아 보기를 원하는 한편, 아이다운 순진한 시선으로 어른들의 타락을 묘사하고 싶어한다. 메이지는 가정교사 중에서 인물이 평범하고 중하류계층 티가 뚜렷한 윅스 부인을 좋아한다. 윅스 부인은 좀 괴이한 머리모양을 한 여자로, 예전에 클래라 머틸다라는 어린 딸이 있었는데 메이지 정도 나이에 해로우 로드에서 사고로 즉사해 지금은 켄절그린 묘지에 묻혀 있다. 메이지는 우아하지만 생기없는 제 어머니가 윅스 부인을 달갑잖게 여긴다는 것을 알고 있다. 그래도 메이지는 윅스 부인을 좋아한다.

엄마가 그런 적은 급료에 거의 공짜로 그녀를 쓸 수 있었던 것은 이런 이유들 때문이었다. 어느날 윅스 부인이 아이를 거실까지 데려다주고 떠났을 때, 아이는 거기에 있던 부인들 중 한 명──눈썹이 줄넘기 줄 모양으로 둥글게 굽었으며, 자로 그은 오선지 같은 짙은 검정색 바늘땀이 박힌 아름다운 하얀 장갑을 낀 부인──이 다른 부인에게 그렇게 알려주는 것을 들었다. 그녀는 가정교사들이 가난하다는 것을 알고 있었다. 오버모어 양은 입에 담기도 어려울 만큼 가난했고 윅스 부인은 누구나 알 수 있을 정도로 가난했다. 하지만 이런 것에 상관없이, 그리고 낡은 갈색 원피스나 머리띠나 단추 따위에도 상관없이, 메이지는 윅스 부인의 모든 것에서 뿜어나오는 매력에 끌렸다. 무슨 까닭에선지 윅스 부인의 매력은 그녀가 못생기고 가난하지만 유난히 위안이 되게끔 안전하다는 느낌을, 이 세상 누구보다, 아빠보다 엄마보다, 둥글게 굽은 눈썹을 한 부인보다 더 안전하다는 느낌을 주었다. 그녀는 오버모어 양과 견주어도 훨씬 덜 아름다웠지만 더 안전하게 느껴졌다. 윅스 부인에게서는 잠자리를 여며주고 잘 자라고 입을 맞추어주는 듯한 아늑함을 느끼지만, 오버모어 양은 아름답다는 생각은 들어도 그런 기댈 수 있는 느낌은 없다는 것을 그 작은 소녀는 어렴풋이 의식하고 있었다. 윅스 부인은 클래라 머틸다만큼이나 안전했는데, 그녀는 천국에 있지만 당혹스럽게도 그녀의 옹송그린 작은 무덤을 보러 그들이 함께 갔던 켄절그린에도 있었다.

이 얼마나 대단한 글쓰기인가! 참으로 유연할뿐더러, 다양한 수준의 이해력과 아이러니에 참으로 능란하게 깃든다. 어린 메이지에 대한 절절한 공감으로 가득하면서도, 부단히 메이지의 내면을 향해 움직여가다 그녀에게서 멀어져 작가에게로 되돌아오곤 한다.

13

제임스의 자유간접화법은 우리가 적어도 세 가지의 다른 시점에 깃들 수 있도록 한다. 윅스 부인에 대한 부모와 어른들의 공식적 판단, 그 공식적 견해에 대한 메이지의 견해, 그리고 윅스 부인에 대한 메이지 자신의 견해 등이다. 메이지가 엿듣게 되는 공식적 견해는 그 절반만 이해하는 메이지 자신의 목소리를 통해 걸러진다. '엄마가 그런 적은 급료에 거의 공짜로 그녀를 쓸 수 있었던 것은 이런 이유들 때문이었다.' 이 잔인한 말을 내뱉은, 굽은 눈썹을 가진 부인의 이야기를 메이지는 자기식으로 바꾸어 말하는데, 특별히 회의적이거나 반항적인 것은 아니고, 권위에 대한 존경으로 휘둥그레진 어린이의 눈을 통해 바꾸어 말한다. 제임스는 독자에게 메이지가 아는 것이 많긴 해도 충분치는 못하다고 느끼게 만들어야 한다. 메이지는 윅스 부인에 대해 그렇게 말한 굽은 눈썹의 부인을 좋아하지 않을지는 몰라도 그녀의 판단은 어떻든 두려워한다. 그래서 독자는 들뜬 존경심 같은 것을 서술에서 읽을 수 있다. 자유간접화법이 너무도 잘 구사되어서 순수한 목소리가 되었다. 그것은 자신이 풀어서 전달한 본디 발화로 되돌아가기를 갈망한다. 메이지에게 실은 고통스럽게도 친구가 없지만, 독자는 메이지가 마치 그림자와도 같이 그 없는 친구에게 말을 건네는 것을 들을 수 있다. '있잖아, 엄마는 그 부인이 아주 가난한데다 죽은 딸이 있기 때문에 그렇게 싼 급료에 쓰는 거야. 나는 그 무덤에도 가봤어, 알잖아!'

그러니까 윅스 부인에 대한 어른들의 공식적 의견이 있고, 이 공식적 불만에 대한 메이지의 이해가 있으며, 그 불만을 상쇄하는 메이지 자신의 윅스 부인에 대한 훨씬 따뜻한 의견이 있다. 그녀는 전임자인 오버모어 양만큼 우아하지 않을지는 몰라도 훨씬 더 안전해 보이며, '잠자리를 여며주고 잘 자라고 입을 맞추어주는 아늑함'을 특별히 주는 사람이다. (제임스는 메이지가 자신의 언어를 통해 '말하게' 하는 데 관심을 둔 까닭에, 이런 구절에서 그 특유의 문체적 우아함을 기꺼이 희생한다는 것을 주목하라.)

14

제임스의 천재성은 '당혹스럽게도'(embarrassingly)라는 한 단어에 응축된다. 그것이 모든 강세가 놓이게 되는 지점이다. '윅스 부인은 클래라 머틸다만큼이나 안전했는데, 그녀는 천국에 있지만 당혹스럽게도 그녀의 옹송그린 작은 무덤을 보러 그들이 함께 갔던 켄절그린에도 있었다.' '당혹스럽게도'란 단어는 누구의 것인가? 그것은 메이지의 것이다. 어른의 슬픔을 목격하는 것은 아이에게는 당혹스러운 일이거니와, 우리는 윅스 부인이 클래라 머틸다를 메이지의 '죽은 여동생'이라고 부르게 되었음을 안다. 우리는 켄절그린 묘지에서 윅스 부인 옆에 서 있는 메이지를 상상할 수 있다. (지금까지 제임스가 켄절그린이라는 이 장소의 이름을 언급하지 않고 우리가 추측하도록 둔 것은 그의 서술적 특징을 보여준다.) 우리는 윅스 부인 곁에

서서 어색하고 당혹스러워하면서 부인의 슬픔에 마음이 움직이는 동시에 그것이 조금 두렵기도 한 메이지를 상상할 수 있다. 메이지가 윅스 부인에게 훨씬 큰 애정을 품고는 있지만 이 대목에서는 윅스 부인에 대한 메이지의 관계가 굽은 눈썹의 부인에 대한 관계와 다를 바 없다. 두 여인 모두 그녀에게 다소 당혹감을 주기 때문이다. 이 점이 이 대목의 탁월함이다. 메이지는 까닭을 모른 채 윅스 부인을 더 좋아하긴 하지만 온전히 이해하지 못하기는 둘 다 마찬가지다. '당혹스럽게도'라는 단어는 메이지의 자연스러운 당혹감과 어른들의 공식적 의견에 내재된 당혹감을 동시에 약호화한다('세상에, 정말 **당혹스러워요**, 저 여자가 쟤를 노상 켄절그린에 데리고 간다니까요!').

15

'당혹스럽게도'라는 단어를 문장에서 제거한다면 이 구절은 자유간접화법이라고 하기 어려울 것이다. '윅스 부인은 클래라 머틸다만큼이나 안전했는데, 그녀는 천국에 있지만 그녀의 옹송그린 작은 무덤을 보러 그들이 함께 갔던 켄절그린에도 있었다.' 그 부사 하나가 덧붙여짐으로써 독자는 메이지의 혼란 속으로 깊숙이 들어가게 되고, 그 순간 독자는 메이지가 된다. 그 부사는 제임스로부터 메이지에게 건네지고, 메이지에게 주어진다. 우리는 그녀와 하나가 된다. 하지만 한 문장 안에서 독자

는 그녀와 잠시 하나가 되었다가 '그녀의 **옹송그린** 작은 무덤'
에 이르면 그녀 밖으로 끌려나온다. '당혹스럽게도'는 메이지
가 썼을 법한 단어이지만 '옹송그린'(huddled)은 아니다. 그것
은 헨리 제임스의 단어다. 문장은 인물 속으로 들어갔다 인물
에게서 나오고 인물에게 다가갔다 인물에게서 멀어지며 박동
한다. '옹송그린'에 이르면 독자는 **작가**가 허용한 덕분에 자신
이 그의 작중인물과 하나가 될 수 있었다는 것을, 그리고 작가
의 과장스러운 문체는 이 너그러운 계약이 들어 있는 봉투라는
것을 상기하게 된다.

16

비평가 휴 케너(Hugh Kenner)는 『젊은 예술가의 초상』(*A
Portrait of the Artist as a Young Man*)에서 찰스 아저씨가 뒷간
으로 '거동'(repair)하는 순간에 대해 쓰고 있다. '거동'은 구식
시적 관습에 속하는, 거드름 부리는 단어다. 그것은 '나쁜' 글
쓰기다. 조이스는 클리셰를 포착하는 데 날카로운 안목을 지닌
작가이므로 그가 그런 단어를 쓴 것은 고의적이라고 볼 수밖에
없다. 케너는 그것이 찰스 아저씨의 단어임에 틀림없다고 말한
다. 자신의 중요성에 대한 어리석은 환상에 빠진 찰스가 자기
자신을 두고 쓸 만한 단어라는 것이다('그래서 나는 뒷간으로
거동한다'). 케너는 이것을 찰스 아저씨 원칙이라고 이름 붙였

다. 혼란스럽게도 그는 이것을 '소설에서 새로운 무엇'이라 부른다. 그러나 우리는 그렇지 않다는 것을 안다. 찰스 아저씨 원칙은 단지 자유간접화법의 한 형태에 지나지 않는다. 조이스는 자유간접화법의 대가다. 「죽은 사람들」(The Dead)은 이렇게 시작한다. '장의사의 딸인 릴리는 말 그대로 발붙일 틈이 없을 만큼 바빴다.' 그렇지만 아무도 **말 그대로** 발붙일 틈 없이 바쁘지는 않다. 우리가 듣는 것은 릴리가 자기 자신이나 친구에게 (가장 부정확한 바로 그 단어를 대단히 강조하며, 그리고 강한 억양으로) 이렇게 말하는 것이다. '나는 **말-그-대-로** 발붙일 틈 없이 바빴어!'

17

케너가 제시한 예는 약간 다르다고는 해도 새로운 것은 아니다. 18세기의 의사(擬似)영웅시(mock-heroic poetry)는 서사시나 『성서』의 언어를 왜소해진 인간들에게 사용함으로써 웃음을 자아낸다. 포프(Alexander Pope)의 『머리 타래의 강탈』(*The Rape of the Lock*)에서 벨린다의 치장과 화장대 소품들은 '셀 수 없이 많은 보물들' '인도의 빛나는 보석들' '온 아라비아가 저기서 숨 쉰다네' 등으로 서술된다. 부분적으로 이 대목의 재미는 이런 표현들이 그 귀인 — '귀인'이야말로 의사영웅시풍의 단어이거니와 — 께서 제 자신과 관련해 쓰고 싶어할 만한 단어라는 것이다. 나머지 재미는 그 귀인이 실제로는 쩨쩨하다는 사실이다. 자, 이것이 자유간접화법의 이른 예가 아니면 무엇이겠는가?

『오만과 편견』(*Pride and Prejudice*) 5장의 도입부에서 제인 오스틴은 독자에게 윌리엄 루커스 경을 소개하는데, 그는 한때 롱본의 시장(市長)이었으나 왕에게 기사 작위를 받자 그 도시가 감당하기에는 자신이 너무 큰 인물이므로 새 물로 옮아가야겠다고 결심한 사람이다.

> 윌리엄 루커스 경은 이전에 메리턴에서 장사를 했는데, 이곳에서 그는 참아줄 만한 재산을 일구었고 시장으로 재직 중 왕에게 청을 넣어 기사 작위의 영광에 오르게 되었다. 그는 이 영예를 어쩌면 지나치게 의식한 듯하다. 이 때문에 그는 자신의 사업과 작은 상업 도시에 있는 자신의 거주지에 역겨움을 느꼈다. 그리하여 그는 그 둘을 다 버리고 메리턴에서 일 마일가량 떨어진 집으로 가족과 함께 이사했는데, 그 시점부터 그곳은 루커스 로지(Lucas Lodge)라 그 옥호가 명명되었고 거기서 그는 흡족한 마음으로 자신의 지체 높음을 음미할 수 있었다……

오스틴의 아이러니는 예이츠(W. B. Yeats)의 시에 나오는 긴 다리의 파리처럼 '거기에서 그는 참아줄 만한 재산을 일구었고'와 같은 구절 위에서 춤춘다. '참아줄 만한'(tolerable) 재산이란 무엇이며, 무엇일 수 있는가? 참아줄 수 없는 사람은 누구이며 참아주는 사람은 누구인가? 그런데 의사영웅시풍 희극의 탁월한 예는 '그 시점부터 루커스 로지라 그 옥호가 명명'되었다는 대목에 담겨 있다. 루커스 로지만 해도 충분히 우습다. 그것은 토드 장원의 토드(Toad of Toad Hall, '두꺼비 장원의 두꺼비'라는 뜻. 토드는 케네스 그레이엄의 소설 『버드나무에 부는 바람』에 나오는 거만하고 자기중심적인 인물)나 샌디 홀(Shandy Hall, 18세기 영국의 희극적 소설 『트리스트럼 샌디』의 저자 로렌스 스턴의 집 이름)을 연상시키고, 독자는 그 집이 거창하게 두운을 맞춘 이름값을 못하리라는 것을 확신할 수 있다. 그렇지만 '그 시점부터 (…) 옥호가 명명되었고'에 실린 거드름이 우스꽝스러운 이유는 윌리엄 경이 '그리고 나는 이 집을 이 시점부터 루커스 로지로 그 옥호를 명명할 거야. 그래, 거 비범하게 들리는군' 하고 혼잣말하는 것을 우리가 상상할 수 있기 때문이다. 의사영웅시풍은 이 지점에서 자유간접화법과 거의 동일하다. 오스틴은 언어를 윌리엄 경에게 넘겨주었지만, 여전히 신랄한 통제력을 행사한다.

『비즈워스 씨를 위한 집』(A House for Mr. Biswas)에서 나이폴(V. S. Naipaul)은 현대 의사영웅시풍 대가의 면모를 보여준다. '집에 오자 그는 맥린표 위장약(McLean's Brand Stomach Powder)을 물에 타서 좀 마시고 옷을 벗은 뒤 잠자리에 들어 에픽테토스(Epictetus, 고대 그리스의 스토아학파 철학자)를 읽기 시작했다.' 이 상표의 우스꽝스럽고 한심한 대문자 표기나 에픽테토스의 존재를 보라. 포프가 재림한들 이보다 더 나을 수 없었을 것이다. 또 저 불쌍한 비즈워스 씨가 누워 쉬는 침대의 상표는 무엇인가? 나이폴이 독자에게 일부러 빈번히 말해주듯 그것은 '졸음왕 침대'로, 제 속마음으로는 왕이나 작은 신일지 모르지만 '씨' 이상은 신분이 상승하지 못할 남자에게 적당한 이름이다. 그리고 작품 내내 비즈워스를 '비즈워스 씨'로 부르기로 한 나이폴의 결심은 물론 그 자체로 의사영웅시풍의 아이러니를 지니고 있다. '씨'는 가장 일반적인 경칭인 동시에 가난한 사회에서는 결코 저절로 얻을 수 있는 것이 아니기 때문이다. '비즈워스 씨'는 자유간접화법이 누에고치에 담기듯 압축된 것이라 할 수 있겠다. '씨'는 비즈워스가 자신을 나타내고자 하는 호칭이지만, 그는 다른 모든 이들과 마찬가지로 그 이상의 존재는 될 수 없다.

18

자유간접화법 — 이제 우리는 이것을 그냥 작가적 아이러니라 부르자 — 이 최종적 단계로 정교해지면, 작가의 목소리와 인물의 목소리 사이의 간극은 모조리 무너지는 것처럼 보이고 인물의 목소리가 불온하게도 서술을 실제로 모조리 장악한 것처럼 보이게 된다. '그 읍내는 작아서 시골 마을보다 보잘것없었으며 늙은이들 말고는 이곳에 사는 사람이 거의 없었는데,

늙은이들은 하도 드문드문 죽어서 짜증스러울 지경이었다.' 얼마나 놀라운 도입부인가! 이것은 체호프(Anton Chekhov)의 단편소설 「로실드의 바이올린」(Skripka Rotshl'da)의 첫 문장이다. 뒤이어 다음과 같은 문장들이 나온다. '그리고 병원과 감옥에서는 관 수요가 매우 적었다. 한마디로 장사가 시원찮았다.' 이 문단의 나머지 부분에는 몹시 심술궂은 관 짜는 사람이 등장하는데, 이 대목에서 독자는 이야기가 자유간접화법의 와중에서 시작되었다는 것을 깨닫게 된다. '늙은이들 말고는 이곳에 사는 사람이 거의 없었는데, 늙은이들은 하도 드문드문 죽어서 짜증스러울 지경이었다.' 우리는 장수하는 것을 경제적으로 성가시게 여기는 관 짜는 사람의 속마음 한가운데에 있다. 체호프는 초점을 좁히기 전에 ('N이라는 작은 읍내는 시골 마을보다 작았고, 꽤 너저분한 두 개의 작은 거리가 있었다' 등등으로) 상황을 전반적으로 훑어주는 식의 단편이나 장편소설의 전통적인 도입부에서 기대되는 중립성을 전복한다. 그런데 「죽은 사람들」에서 조이스가 명백하게 릴리를 자유간접화법의 고리로 삼는 반면, 체호프는 작중인물이 누구인지 식별되기도 전에 자유간접화법을 사용하기 시작한다. 또 조이스가 릴리의 관점을 버리고 전지적 작가 시점으로 옮겼다가 이어서 게이브리얼 콘로이의 관점으로 이동하는 반면, 체호프의 이야기에서는 계속해서 관 짜는 사람의 눈으로 사건들을 서술한다.

혹은, 어느 한 사람의 시점보다는 마을 코러스(고대 그리스극에서 코러스는 12~24명 정도로 구성된 배우집단으로 극중 사건이나 인물에 대해 논평을 하기도 함)의 것에 더 가까운 관점에서 이야기가 쓰였다고 말하는 게 더 정확할지도 모른다. 이 마을 코러스는 관 짜는 사람만큼이나 삶을 냉혹하게 바라보지만—'환자들은 많지 않았고, 그는 오래 기다릴 필요가 없었다. 겨우 세 시간 정도'— 관 짜는 사람이 죽은 뒤에도 이 세상을 계속 바라본다. 씨칠리아 작가로 체호프와 거의 정확히 동시대 사람이었던 조반니 베르가(Giovanni Verga)는 마을 코러스를 통한 이런 식의 서술을 체호프보다 훨씬 더 체계적으로 사용했다. 그의 이야기들은 기법상으로는 작가적 삼인칭 시점으로 기술되었지만, 씨칠리아 농부들의 공동체에서 뿜어져나오는 것처럼 보인다. 그것들은 속담과 격언, 소박한 직유로 빽빽이 차 있다.

우리는 이것을 '미식별 자유간접화법'이라고 부를 수 있겠다.

19

자유간접화법의 논리가 자연스럽게 전개된 결과로 디킨스(Charles Dickens), 하디(Thomas Hardy), 베르가, 체호프, 포크너(William Faulkner), 빠베세(Cesare Pavese), 헨리 그린(Henry Green) 등의 작가들이 자신들의 작중인물들이 만들어낼 법한 (그 자체만으로도 충분히 성공적이고 문학적인) 직유와 은유들을 만들어내는 경향이 있다는 것은 놀랄 일이 못된다. '멋지고 태평한 첫 환희를/다시 포착'하려고 새가 노래를 두 번 되풀이하는 소리를 로버트 브라우닝(Robert Browning)이 묘사할 때, 그는 최상의 시적 이미지를 찾으려 노력하고 있는 시인으로서 임하는 것이다. 하지만 체호프가 그의 단편 「농부들」(Muzhiki)에서 새의 울음이 소가 헛간에 밤새 갇혀 있었던 것처럼 들렸다고 말할 때, 그는 소설가로서 임한다. 그는 농부들 중 한명처럼 생각하고 있는 것이다.

20

이렇게 보면 자유간접서술 ─ 곧 아이러니 ─ 의 기다란 손가락이 닿지 않은 서술의 영역이란 거의 없다. 나보꼬프(Vladimir Nabokov)가 지은 『쁘닌』(Pnin)의 끝에서 두번째 장을 생각해보라. 우스꽝스러운 러시아인 교수는 막 파티를 끝냈고, 그가 가르치고 있는 학교가 더는 그의 근무를 원하지 않는다는 소식을 들었다. 울적하게 설거지를 하고 있는데, 호두까기가 그의 비누 묻은 손에서 미끄러져 나와 물속으로 떨어지면서 설거지물에 잠겨 있는 예쁜 그릇을 깨뜨릴 기세다. 나보꼬프는 사람이 지붕에서 떨어지듯이 호두까기가 쁘닌의 손에서 떨어진다고 쓴다. 쁘닌은 그것을 잡으려고 하지만, 그 '다리가 긴 놈'(leggy thing)은 물로 미끄러져 들어간다. '다리가 긴 놈'은 멋들어진 은유적 유사물이다. 곧바로 독자는 고집스러운 호두까기의 긴 다리들을 떠올릴 수 있다. 그 다리들이 지붕에서 떨어져내리고 걸어 사라지기라도 하는 듯. 그런데 '놈'(thing)은 뜻이 애매하다는 바로 그 이유 때문에 '다리가 긴'보다 더 근사하다. 쁘닌은 그 도구를 향해 돌진하는데, 영어의 어떤 단어가 언어적 의미를 향한 이 너저분한 돌진, 언어적 의미를 겨누고 휘두른 강타 한방을 '놈'보다 더 잘 표현하겠는가? '다리가 긴'이란 멋진 표현이 나보꼬프의 단어라면, 불운한 '놈'은 쁘닌의 단어다. 나보꼬프는 여기서 일종의 자유간접화법을 쓰고 있는데, 아마도 그에 대한 의식조차 없었을 수도 있다. 늘 그렇듯, 이 부분을 일인칭 발화로 바꾸면 '놈'이 쁘닌에게 속한다는 것과 어떤 말을 하려는 것인지를 들을 수 있다. '이리 와, 너, 너······ 오······ 이 짜증나는 놈!' 첨벙.[4]

21

훌륭한 작가들이 실수를 저지르는 것을 지켜보는 것은 도움이 된다. 많은 뛰어난 작가들이 자유간접화법에 걸려 넘어진다. 자유간접화법은 많은 것들을 해결하지만 모든 허구적 서술에 내재하는 문제를 두드러져 보이게 만들기도 한다. 인물들이 사용하는 단어가 그들이 쓸 법한 것으로 보이는가, 아니면 작가의 것처럼 들리는가? 내가 '테드는 바보 같은 눈물 사이로 오케스트라를 쳐다보았다'라고 썼을 때, 독자는 '바보 같은'을 작중인물 자신에게 돌리는 데 어려움이 없었다. 그러나 만약 내가 '테드는 악의에 차서 솟은 눈물 사이로 오케스트라를 쳐다보았다'고 썼다면, 그 표현은 내가 마치 그 눈물을 설명하는 가장 근사한 방법을 찾으려고 애쓰기라도 한 것처럼 별안간 작가의 것처럼 보여 거슬릴 것이다.

업다이크(John Updike)의 소설 『테러리스트』(*Terrorist*)를 예로 들어보자. 이 책의 3면에서 아마드라 불리는 열여덟살의 열렬한 미국인 무슬림 주인공은 허구적으로 변용된 뉴저지 도심의 거리를 따라 학교로 걸어간다. 소설이 본격적으로 시작되기 전이므로 업다이크는 작중인물의 됨됨이를 설정하는 작업을 해야 한다.

> 아마드는 열여덟살이다. 지금은 이른 사월이어서 녹색이 돌로 된 도시의 흙 틈새로 다시금 숨어들고 있다. 그는 자신의 새 키 높이에서 밑을 내려다보며 풀 속의 보이지 않는 곤충들에게 자신과 같은 의식이 있다면 그들에게 자신은 신일 것이라고 생각한다. 작년에 그는 삼 인치가 자라서 육 피트가 되었고, 더 많은 물질적 힘들이 그 의지를 그에게 행사하고 있다. 더는 자라지 않겠지, 이번 생에서건 다음 생에서건, 하고 그는 생각한다. 만약 다음 생이 있다면 말이지, 하고 내면의 악마가 중얼거린다. 예언자의 타오르는 듯 신성한 영감을 받은 말들 외에 다음 생이 있다는 것을 입증하는 증거가 무엇이 있나? 그것은 어디에 숨겨져 있을 것인가? 누

가 그것의 보일러 불을 영원히 때고 있을 것인가? 어떤 끝없는 에너지의 원천이 풍요로 넘치는 에덴동산을 지탱해서, 짙은 눈의 미녀들을 배불리 먹이고 무겁게 매달린 과일들을 부풀게 하며, 시냇물에 새로 물을 대고 분수에 물이 솟구치게 해서, 『꾸란』의 제9장에 묘사된 것처럼 신을 영원히 기쁘게 할 것인가? 열역학 제2법칙은 어찌 될 것인가?

아마드는 길을 따라 걸으면서 주변을 둘러보고 생각한다. 이는 플로베르 이후의 고전적인 소설적 행위다. 첫번째 몇줄은 대체로 통상적인 서술이다. 이어서 업다이크는 아마드의 생각을 신학적으로 채색하고 싶어한다. 그래서 그는 신학적 차원으로 불안한 이행을 감행한다. '더는 자라지 않겠지, 이번 생에서건 다음 생에서건, 하고 그는 생각한다. 만약 다음 생이 있다면 말이지, 하고 내면의 악마가 중얼거린다.' 작년에 자기가 얼마나 자랐나 생각하고 있는 남학생이 '더는 자라지 않겠지, 이번 생에서건 다음 생에서건'이라고 생각할 가능성은 별로 없어 보인다. '다음 생에서건' 같은 말은 천국에 관한 이슬람의 생각에 대해 쓸 기회를 업다이크에게 주기 위해 있는 것일 뿐이다. 우리는 겨우 4면에 이르렀을 뿐인데, 아마드 본인의 목소리를 따라가려는 노력을 아예 저버리고 말았다. 표현방식과 구문과 서정성은 아마드가 아닌 업다이크의 것이다. ('누가 그것의 보일러 불을 영원히 때고 있을 것인가?') 끝에서 두번째 줄, 『꾸란』

의 제9장에 묘사된 것처럼 신을 영원히 기쁘게 할 것인가'(강조는 저자의 것)는 매우 시사적이다. 이와 대조적으로 헨리 제임스는 독자가 메이지의 마음속에 깃들게 하는 데 얼마나 열심이었으며, '당혹스럽게도'라는 그 단 하나의 부사에 얼마나 많은 것을 압축해 넣었는가. 그러나 업다이크는 아마드의 마음속으로 들어가는 데 자신이 없고, 결정적으로, 우리가 아마드의 마음속으로 들어가리라는 데 자신이 없다. 그래서 자신의 정신적 영토 도처에 커다란 작가의 깃발을 심어놓는다. 따라서 업다이크는, 아마드야 그 대목이 어디에 나오는지 알고 있을 것이므로 스스로 상기해야 할 필요가 없을 텐데도, 정확히 『꾸란』의 몇 장이 신을 언급하는지 밝힐 수밖에 없다.[5]

22

한편으로 작가는 제 자신의 말을 갖고 싶어하고 개인적 문체의 주인이 되기를 원한다. 그런가 하면 서술은 작중인물들과 그들이 말하는 습관을 향한다. 이 딜레마는 근사한 속임수이기 십상인 일인칭 서술에서 가장 첨예하게 드러난다. 화자가 독자에게 말하는 척하지만 사실은 작가가 독자를 향해 쓰는 것이다. 그리고 독자들은 그 속임수를 기꺼이 따라간다. 『내가 죽어가며 누워 있을 때』(As I Lay Dying)에서 포크너의 화자들조차도 좀처럼 어린아이들이나 문맹자들처럼 들리지 않는다.

그렇지만 삼인칭 서술에서도 이와 같은 긴장이 존재한다. 하수구에 부어지는 '흑맥주의 맥 빠진 분출'(the flabby gush of porter)을 눈여겨보거나 식당 포크의 '웅웅거리는 갈래들'(the buzzing prongs)을 (그렇게 멋진 표현으로!) 음미하는 사람이 의식의 흐름 와중에 있는 레오폴드 블룸이라고 누가 진정으로 생각하는가? 이 섬세한 인식과 아름다우리만치 정확한 문구들은 조이스의 것이며, 독자는 블룸이 때로는 블룸처럼 들릴 것이고 때로는 오히려 조이스처럼 들리기도 할 것이라는 점을 받아들이는 협정을 맺어야 한다.

이것은 문학 그 자체만큼이나 오래되었다. 셰익스피어(W. Shakespeare)의 인물들은 자기 자신들처럼 들리면서 또한 언제나 셰익스피어처럼 들리기도 한다. 글로스터의 눈을 뜯어내기 전에 놀랍게도 그것을 '꼴사나운 젤리'라고 부르는 자는— 말을 하는 것은 비록 콘월이지만— 사실 콘월이 아니라 그 문구를 제공한 셰익스피어다.

23

데이비드 포스터 윌리스(David Foster Wallace) 같은 현대 작가는 이 긴장을 극단으로 밀고 가기를 원한다. 그는 자기 인물들의 목소리 내부에서부터 쓰는 동시에 그 목소리 위에 덧쓴다. 그가 이렇게 하는 것은 (좀더 추상적일지라도) 좀더 큰 언어의 한층 광범한 문제들을 탐구하기 위해서다. 아래 인용하는 것은 그의 단편 「고통받는 채널」(The Suffering Channel)의 한단락 인데, 여기서 그는 맨해튼 기자들의 망가진 은어를 불러낸다.

부편집장이 언급한 또다른 『스타일』 기사는 '고통받는 채널'에 관련된 것이었다. '고통받는 채널'은 애트워터 가 로럴 맨덜리에게 막판 긴급취재 후 '세상에 이런 일 이' 담당 편집자 수석인턴에게 송고하도록 한 광범위 벤처 케이블방송망이었다. 애트워터는 '세·이·일' 특 집 전담팀 풀타임 월급쟁이 셋 중 한명이었다. '세·이· 일'은 주당 0.75 편집면을 할당받았고 BSG 주간지 기 사들 중 엽기쇼나 타블로이드 선정성에 가장 근접했 으며 『스타일』 최고위층 간에 논란의 핵이었다. 스태 프 규모 및 큰 폰트 스펙으로 보면 스킵 애트워터는 공 식적으로 삼주당 사백 단어에 계약된 셈이었다. 하지만 에클셰프트-보드가 앵거 부인으로 하여금 연예란을 뺀 모든 것의 편집예산을 자르게 만든 이래 '세·이·일' 팀 월급쟁이들 중 최고 막내는 반일제 근무를 해왔으므로 실제로는 팔주당 완성기사 세꼭지에 더 가까웠다.

이것은 내가 '미식별 자유간접화법'이라 불렀던 것의 또다 른 사례다. 체호프의 단편에서 그랬듯 언어는 작중인물(애트워 터 기자)의 관점 주위를 맴돌지만 실은 일종의 '마을 코러스'에서 뿜어나온다. 그 언어는 이 특정한 공동체가 이야기를 맡았을 경우 사용하리라 예상되는 언어로 된 혼합물인 것이다.

24

월리스의 경우 혐오스럽도록 추하고 고통스러운 미식별 서술이 한두면 넘게 이어진다. 체호프와 베르가에게는 유사한 문제가 없었는데, 이는 언어가 대중매체에 의해 극심하게 오염되는 상황을 그들이 맞닥뜨리지 않았기 때문이다. 그러나 미국에서는 사정이 다르다. 드라이저(Theodore Dreiser)의 『씨스터 캐리』(*Sister Carrie*, 1900)와 씽클레어 루이스(Sinclair Lewis)의 『배빗』(*Babbitt*, 1923)은 작가들이 소설적으로 전달하고자 하는 광고, 사업상의 편지, 상업적 전단지 들을 전문 그대로 재현하려고 애쓴다.

현대적 글쓰기 기획에 내재하는 위태로운 동어반복이 시작된 것이다. 타락한 언어(작중인물이 구사할 것 같은 타락한 언어)를 불러오려면 작가는 자신의 텍스트 속에 그 만신창이 언어를 재현하고 그리하여 어쩌면 자기 자신의 언어를 철저히 타락시키는 데 망설임이 없어야 한다. 핀천(Thomas Pynchon), 드릴로(Don DeLillo), 데이비드 포스터 월리스는 어느정도까지는 (그리고 아마도 이 측면에서만) 씽클레어 루이스의 후계자들이며,[6] 월리스는 그의 완전몰입기법을 패러디적 극단으로 몰아붙인다. 서슴없이 그는 이삼십면을 위에서 인용한 식으로 서술한다. 그의 소설은 미국 언어의 해체에 관한 강렬한 논쟁을 수행한다. 그는 독자가 미국의 이 언어적 실태를 작가 자신과 더불어 체험하도록 하기 위해서 자신의 문체를 분해하고 산만하게 만드는 것을 두려워하지 않는다. 핀천이 『제49호 품목의 경매』(*The Crying of Lot 49*)에서 쓰듯, '이게 미국이다. 그대들이 이 안에서 살고 있고, 그대들이 이런 일이 벌어지게 내버려두었다.' 휘트먼(Walt Whitman)은 미국을 '가장 위대한 시'라고 부르지만, 만약 그게 사실이라면 미국은 모방에 따르는 위험, 곧 경쟁상대인 미국이라는 시를 모방하느라 자신의 시가 비대해질 위험을 작가에게 제기할 수도 있다. 오든(W. H. Auden)은 자신의 시 「소설가」(The Novelist)에서 전반적인 문제를 잘 짚어낸다. 시인은 경기병처럼 치달아나갈 수 있지만, 소설가는 속도를 늦추고 '범상하고 서툴러지는' 법을 배워야 하며, '지루함의 총체가 되어야' 한다고 그는 쓴다. 즉 소설가의 임무란 자신이 묘사하는 것을 체현하는 것이다. 설령 그 대상 자체가 타락하고, 상스럽고, 지루할지라도. 데이비드 포스터 월리스는 지루함의 총체가 되는 것에 매우 능하다.

25

이렇듯 단편소설들과 장편소설들에 기본이 되는 긴장이 있다. 작가의 인식 및 언어를 인물의 인식 및 언어와 화해시킬 수 있을 것인가? 만약 위에 든 월리스의 구절에서처럼 작가와 인물이 완벽하게 융합되는 경우 우리는 말하자면 '지루함의 총체'를 얻게 된다. 이때 작가의 부패한 언어는 실제 존재하며 우리가 너무도 잘 알고 있고 실상 필사적으로 벗어나려 하는 부패한 언어를 단순히 모방할 뿐이다. 하지만 업다이크의 구절에서처럼 작가와 인물이 너무 분리된다면, 우리는 텍스트 위로 소외의 차가운 숨결을 느끼면서 스타일리스트의 지나친 '문학성'을 혐오하기 시작할 것이다. 업다이크 같은 작가가 (작가의 개입이 두드러지는) 유미주의의 한 예라면, 얼핏 보기에 월리스 같은 작가는 (작중인물이 전부인) 반유미주의의 한 예다. 하지만 사실 이 둘은 동일한 유미주의의 다른 부류일 뿐, 밑바닥에는 **문체**를 과시하려는 완강한 의지가 깔려 있다.

26

그리하여 언제나 소설가는 적어도 세가지 언어로 작업한다. 작가 자신의 언어, 문체, 인식의 도구 등이 있고, 작중인물의 것으로 설정된 언어, 문체, 인식의 도구 등이 있으며, 끝으로 세상의 언어라고 부를 만한 것이 있다. 세상의 언어란 소설이 물려받아 소설의 문체로 변용하게 되는 언어, 곧 일상적 발화, 신문, 사무실, 광고, 블로그와 문자메시지 등의 언어다. 이런 의미에서 소설가는 삼중으로 작가이며, 당대 작가는 우리의 주체성과 우리의 내밀함에 침범해 들어온 이 삼두마차의 세번째 말, 곧 세상 언어의 잠식적 존재 덕분에 이 삼중성의 압력을 지금 각별히 느낀다. 제임스는 이 내밀함을 소설 본연의 탐구대상으로 여겼고 (그 나름의 삼두마차 어법으로) '손에 만져지는 듯한 현전-내밀성'(present-intimate)이라 부르기도 했다.[7]

27

소설가가 작중인물 위로 덧써나가는 또 하나의 예는 벨로우(Saul Bellow)의 『오늘을 붙잡아라』(*Seize the Day*)에서 (잠깐) 나타난다. 실직 상태의 운수 사나운 외판원으로 예술애호가나 지식인이라고 할 수도 없는 토미 빌헬름은 맨해튼 상품 거래소에서 애를 태우며 게시판을 바라보고 있다. 그 옆에는 늙은 노동자 래퍼포트 씨가 씨가를 피우고 있다. '씨가 끝에 길고 완벽한 모양의 재가 달렸다. 엽맥이 다 남아 있고 얼얼한 맛이 좀 희미해진 담뱃잎사귀의 하얀 유령. 노인은 그것을, 그것의 아름다움을 무시했다. 아름다웠기 때문이다. 마찬가지로 그는 빌헬름도 무시했다.'

멋들어지고 음악적인 구절로, 벨로우의 특징과 아울러 현대 허구적 서사의 특징을 보여주는 대목이다. 소설은 속도를 늦추면서, 경시될 소지가 있는 표면 또는 질감으로 독자의 관심을 이끈다. 이것은 독자에게 친숙한 '묘사적 휴지'(descriptive pause)[8]의 한 예로, 이때 소설은 행위를 멈추고 작가는 요컨대 다음과 같이 말한다. '이제 나는 까르파티아의 구릉지에 둥지를 튼 N 시에 대해서 이야기하려 한다.' 또는 '제롬의 집은 오천 에이커의 비옥한 방목지에 자리 잡은 거대하고 어두운 성이었다.' 그러나 동시에 이 세부사항은 분명 작가가 본 것이 아니라 작중인물이 본 것이다. 혹은 작가 혼자 본 것이 아니라 작중인물도 본 것이다. 그리고 이 대목에서 벨로우는 멈칫거린다. 현대적 서사에 만연해 있으면서 현대적 서사가 회피하려는 경향이 있는 한가지 불안을 벨로우는 받아들인다. 재를 주목한 다음 벨로우가 논평한다. '노인은 그것을, 그것의 아름다움을 무시했다. 아름다웠기 때문이다. 마찬가지로 그는 빌헬름도 무시했다.' 『오늘을 붙잡아라』는 매우 밀착된 삼인칭 서술로 쓰였으며 대부분의 작중행위를 토미의 관점에서 관찰하는 자유간접화법 문체로 되어 있다. 토미가 그 재를 주목하는 것은 그것이 아름답기 때문이며, 재와 마찬가지로 노인에게 무시당하는 토미도 웬지 모르게 아름답다고 벨로우는 암시하는 듯하다. 그러나 벨로우가 독자에게 이렇게 말한다는 사실은 그가 독자의 반론 가능성을 분명 인정한다는 것을 뜻한다. '어떻게 그리고 왜 토미가 이 재를 주목하는가? 게다가 이처럼 제대로, 이처럼 멋진 표현으로?' 그런 반론에 대해 벨로우는 불안해하며 이렇게 답하는 셈이다. '글쎄요, 토미가 그런 근사한 수사에 능하지 않다고 생각할 수도 있지만, 그는 정말 이 아름다운 것을 주목

했습니다. 그리고 그것은 그 자신이 꽤 아름답기 때문이지요.'

28

　작가의 문체와 작중인물들의 문체 사이의 긴장은 세 요소가 함께 만날 때, 곧 벨로우나 조이스 같은 주목할 만한 스타일리스트가 작업을 하고, 그런 스타일리스트가 작중인물들의 인식과 생각을 따라가겠다고 작심하고 있으며(이 작심은 대개 자유간접화법이나 그 자손 격인 의식의 흐름을 통해 결행되거니와), 그 스타일리스트가 세부사항을 묘사하는 데 각별한 관심을 갖고 있을 때 첨예해진다.

　개성적 문체, 자유간접화법, 그리고 세부묘사, 이 셋은 곧 플로베르를 묘사해준다. 플로베르의 작품은 그러한 긴장을 열어 보이고 또 해소하려 시도했으며, 그는 실로 이것의 효시이기도 하다.

플로베르와 현대적 서사

29

소설가들은 시인들이 봄을 고맙게 여기듯 플로베르에게 감사해야 한다. 모든 것이 그로 인해 다시 시작한다. 실로 플로베르 이전의 시대와 그 이후의 시대가 있을 뿐이다. 플로베르는 대부분의 독자와 작가 들이 근대 리얼리즘 서술이라고 생각하는 것을 결정적으로 확립했으며, 그의 영향은 너무도 친숙해서 오히려 눈에 띄지 않을 정도다. 우리는 좋은 산문을 두고, 이야기를 잘 풀어가고 세부사항이 훌륭하다, 고도의 시각적 관찰에 특권을 부여한다, 감상에 빠지지 않는 평정을 유지하며 훌륭한 시종처럼 필요 이상의 설명을 자제할 줄 안다, 선악을 중립적으로 판단한다, 독자에게 혐오감을 주더라도 진실을 찾아내려 한다, 그리고 작가의 지문이 이 모든 것에 찍혀 있는데 이 지문은 역설적이게도 흔적을 찾을 수는 있어도 보이지는 않는다, 하는 식의 언급을 굳이 하지 않는다. 이런 측면 중 일부는 디포우(Daniel Defoe)나 오스틴, 발자끄(Honoré de Balzac)에서 찾을 수 있지만, 한 작가에게서 이 모든 것이 발견되는 것은 플로베르가 처음이다.

『감정교육』(*L'Education sentimentale*)의 주인공 프레데리끄 모로가 빠리의 풍경과 소리를 민감하게 느끼며 라땡 지구를 헤매는 모습을 보여주는 다음 구절을 보자.

> 그는 라땡 지구를 따라 하릴없이 거닐었다. 그곳은 대개 활기로 북적대지만 학생들이 모두 귀가하고 이제는 텅 비어 있었다. 대학들의 거대한 벽들은 침묵 때문에 더 길어지기라도 한 듯 어느 때보다도 우중충해 보였고, 새장 속 날개들의 퍼덕임, 선반의 웅웅거림, 구두 수선공의 망치소리 같은 갖가지 평화로운 소리가 들렸으며, 거리 한복판에서 헌옷 장수들은 기대에 차서, 그러나 헛되이, 창문들을 하나씩 빠짐없이 바라보았다. 텅 빈 까페 뒤편에는 바 건너편 여자들이 손대지 않은 병들 사이로 하품을 했고, 신문은 독서구역 탁자 위에 펼쳐지지 않은 채 놓여 있으며, 세탁장에는 따뜻한 샛바람에 세탁물이 나부꼈다. 때때로 그는 책 장수의 진열대 앞에 멈춰섰고, 도로를 따라 내려오며 포장석을 스치는 소리를 내는 옴니버스 한대가 그를 돌아보게

만들었다. 뤽상부르에 다다르자 그는 왔던 길을 되짚
었다.

  이것은 1869년에 출판되었지만 1969년에 나타났을 만도 하
다. 많은 소설가들이 여전히 본질적으로 이와 동일한 소리를
낸다. 플로베르는 카메라처럼 거리들을 무심하게 훑는 듯이 보
인다. 영화를 볼 때 우리가 화면에서 배제된 것들, 곧 카메라 프
레임의 경계 바로 밖에 있는 것들을 인지하지 않듯, 플로베르
가 인지하지 않기로 결정한 것을 우리는 인지하지 않는다. 그리
고 우리는 그가 선별한 것들이 당연히 무심결에 훑은 결과가 아
니라 매우 냉혹하게 선택된 것이라는 점을, 그리고 각 세부사
항은 선택됨이라는 젤 속에 거의 얼어붙어 있다는 점을 이제
인지하지 못한다. 이 세부사항들은 얼마나 빼어나며 또 얼마나
멋들어지게 고립되어 있는가. 하품하는 여자들, 펼쳐지지 않은
신문들, 따뜻한 공기 중에 나부끼는 세탁물.

30

  플로베르가 얼마나 신중하게 세부사항들을 선별하고 있는지
독자가 처음에 눈치채지 못하는 까닭은 그가 이 작업과정을 우
리 눈에서 가리려고 무척 애쓰는데다, 이 모든 알아차림의 주
체가 누구인가—플로베르인가 프레데리끄인가?—라는 질

문을 열심히 감추기 때문이다. 플로베르는 이에 대해 입장이 분명했다. 그는 얼핏 보면 몰개성적으로 여겨지는, 산문으로 된 매끈한 벽이라고 스스로 불렀던 것을 독자가 마주하기를 원했다. 삶이 그러하듯 세부사항들은 그냥 스스로 축적되어가는 것처럼 보이기를 원했다. 잘 알려져 있듯 그는 '우주 속의 신과 같이 작가는 자신의 작품 속에서 모든 곳에 존재하지만 아무 데서도 보이지 않아야 한다'라고 1852년의 어느 한 편지에 썼다. '예술은 제2의 자연이므로 그 자연의 창조자는 유사한 절차에 따라 작업해야 한다. 숨겨진 가없는 피동성이 모든 원자, 모든 현상에서 느껴지게 하라. 바라보는 사람에게 미치는 효과는 경이로움과도 같은 것이어야 한다. 이 모든 게 어떻게 일어났을까!'

이런 목적에서 플로베르는 리얼리즘 서술에 필수적인 기법, 곧 습관적 세부사항과 역동적 세부사항을 뒤섞는 기법을 완성했다. 빠리의 그 거리에서, 여자들이 하품을 하는 시간의 길이와 세탁물이 나부끼거나 신문들이 탁자 위에 놓여 있는 시간의 길이가 같을 수 없다는 것은 분명하다. 플로베르의 세부사항들은 상이한 박자부호에 속하는 까닭에 일부는 순간적이고 일부는 반복적이지만, 그들은 마치 모두 동시에 일어나고 있는 것처럼 매끈하게 한데 어우러져 있다.

그 효과는 삶과 같음, 아름답게 인위적으로 삶과 같음이다. 플로베르는 이 세부사항들이 중요하기도 하고 동시에 중요하지 않기도 하다고 암시하는 데 어떻든 성공한다. 중요하다는 것은 그것들이 작가의 주목을 받고 종이에 적어놓았기 때문이고, 중요하지 않다는 것은 그것들이 온통 뒤섞이고 곁눈질로 본 것 같기 때문이다. 그것들은 우리에게 '삶처럼' 다가오는 듯하다. 이것에서 전쟁 르뽀르따주 같은 현대적인 스토리텔링의 상당량이 흘러나온다. 범죄물 작가와 종군기자는 중요한 세부사항과 중요하지 않은 세부사항 사이의 이 같은 대비를 더 극단적으로 키움으로써 끔찍한 것과 일상적인 것 사이의 긴장으로 변환한다. 근처의 어린 소년이 학교에 가는 사이 군인은 죽음을 맞는다.

31

상이한 박자부호는 플로베르가 발명한 것은 물론 아니었다. 작중인물이 어떤 일을 하는 와중에 무언가 다른 일이 동시에 진행되는 상황은 늘 존재했다. 『일리아스』(*Ilias*)의 제22권에서 헥토르의 아내는 그가 실은 얼마 전에 죽었는데도 집에서 그의 목욕물을 데운다. 오든은 「미술관」(Musée des Beaux Arts)에서 이카로스가 추락하는 동안 배 한척이 무심히 파도를 헤치고 고요히 나아가는 것에 주목한 브뤼헐을 칭송했다. 이언 매큐언(Ian Russel McEwan)의 『속죄』(*Atonement*) 중 던커크 장(章)에서는 주인공인 영국 군인이 혼란과 죽음을 뚫고 던커크 쪽으로 후퇴하던 와중에 바지선이 지나가는 것을 본다. '그의 뒤로 십 마일 떨어진 곳, 던커크는 불타고 있었다. 그의 앞으로는, 뱃머리에서 두 소년이 아마도 구멍난 바퀴를 수리하고 있는 듯 뒤집어진 자전거 위로 몸을 구부리고 있었다.'

플로베르는 단기적으로 발생하는 것과 장기적으로 발생하는 것을 함께 몰고 가려고 고집하는 **방식**에서 앞에서 든 예들과는 조금 다르다. 브뤼헐과 매큐언은 동시에 일어나는 매우 다른 두 가지 일을 묘사하지만, 플로베르는 시간적으로 불가능한 일을 내세운다. 눈—그의 눈, 혹은 프레데리끄의 눈—이 다른 속도로 그리고 다른 시점에서 일어나고 있음이 틀림없는 감각들과 사건들을, 이를테면 시각적으로 단숨에 목격할 수 있다고 내세우는 것이다. 『감정교육』에는 1848년 혁명이 빠리로 밀려오고 군인들이 닥치는 대로 총질을 해대고 모든 것이 아수라장이 되는 대목이 나온다. '그는 께 볼떼르까지 내달려갔다. 어느 노인이 와이셔츠 바람으로 열린 창문가에서 하늘을 우러러보며 흐느끼고 있었다. 쎈 강은 평화롭게 흘러가고 있었다. 하늘은 푸르고 새들은 뛰일리 궁전에서 노래하고 있었다.' 다시 한번 창문가 노인의 일회적 사건은 좀더 장기적인 사건들 속에 떨구어진다. 마치 그들 모두 속한 곳이 같다는 듯.

32

여기에 이르고 나면, 현대의 전쟁 르뽀르따주에 흔히 나타나

는 주장——끔찍한 것과 일상적인 것은 (허구적 주인공 그리고/
또는 작가에게) 동시에 의식되기 마련이며, 어찌 되었든 **그 두
경험들 사이에는 중요한 차이가 없다는 것**——은 지척에 있다. 모
든 세부사항은 다소간 충격적이며, 정신적 외상을 입은 엿보는
자(voyeur)에게 동일한 인상을 남긴다. 다시 한번『감정교육』
을 인용하자.

> 광장을 내려다보는 모든 창문에서부터 충격이 있었
> 다. 총알들이 허공을 뚫고 팽 하니 날아갔다. 분수가 관
> 통당했고, 물은 피와 섞이면서 땅 위에 웅덩이를 이루
> 며 퍼졌다. 사람들은 옷가지며 군모, 무기 따위를 밟으
> 며 진흙탕에 미끄러졌다. 프레데리끄는 발밑에서 무언
> 가 부드러운 것을 느꼈다. 도랑에 얼굴이 처박힌 회색
> 외투를 입은 하사관의 손이었다. 새로운 노동자 무리
> 들이 계속 다가오면서 전사들을 감시소 쪽으로 내몰았
> 다. 총격은 더욱 빨라졌다. 포도주 상인들의 가게들이
> 열려 있었고, 이따금 누군가 싸우러 돌아가기 전에 파
> 이프를 한대 피우거나 맥주를 한잔 하러 들어가곤 했
> 다. 길 잃은 개가 울부짖기 시작했다. 이것이 웃음을 불
> 러일으켰다.

 이 단락에서 결정적으로 현대적이라는 인상을 주는 순간은
'프레데리끄는 발밑에서 무언가 부드러운 것을 느꼈다. (…)

회색 외투를 입은 하사관의 손이었다'라는 대목이다. 먼저 고요하면서 끔찍한 예측('무언가 부드러운 것')이 있고, 다음에는 고요하면서 끔찍한 확인과정('그것은 하사관의 손이었다')이 이어진다. 이러한 글쓰기는 소재에 함축된 감정에 개입하기를 거부한다. 매큐언은 던커크 장에서 동일한 기법을 체계적으로 사용하며, 『붉은 무공 훈장』(*The Red Badge of Courage*)에서의 스티븐 크레인(Stephen Crane)도 마찬가지다. (크레인은 『감정교육』을 읽었다.)

> 기둥 같은 나무에 등을 기댄 채 앉아 있는 죽은 남자가 그를 응시하고 있었다. 그 시체는 한때 푸른색이었으나 이제는 녹색의 우울한 색조로 바랜 제복 차림이었다. 젊은이를 노려보는 두 눈은 죽은 생선의 옆면에서 볼 수 있는 둔탁한 색으로 변해버렸다. 입은 열려 있었다. 입의 붉은색은 오싹한 누런색으로 변해버렸다. 얼굴의 회색 살갗 위로 작은 개미들이 달렸다. 한마리가 윗입술을 따라 보따리 같은 것을 굴리고 있었다.

이것은 플로베르보다도 훨씬 더 '영화 같다'. (그리고 영화는 물론 이 기법을 소설에서 빌려온다.) 고요한 공포가 있다. ('죽은 생선의 옆면에서 볼 수 있는 둔탁한 색'.) 시체에 점점 더 가까이 다가가는 줌과 같은 렌즈의 동작이 있다. 그러나 독자가 공포에 점점 가까이 다가서고 있는 동안, 동시에 이 글은 반감

상성을 고집하며 점점 멀리 뒤로 물러난다. 세부사항 자체에 골몰하는 현대적 경향도 있다. 주인공은 너무 많은 것을 주목하고 모든 것을 기록하는 것처럼 보인다! ('한 마리가 윗입술을 따라 보따리 같은 것을 굴리고 있었다.' 우리 가운데 실제로 그 정도로 볼 수 있는 사람이 있을까?) 그리고 상이한 박자부호들도 존재한다. 시체는 영원히 죽어 있을 것이지만, 그의 얼굴 위로는 삶이 계속된다. 개미들은 인간의 유한성에 대해 분주히 무관심하다.[1]

플로베르와 플라뇌르의 부상

33

플로베르가 상이한 박자부호들을 함께 몰고 갈 수 있는 이유는 불어의 동사형태에는 반과거시제가 있어서 불연속적 사건들('그는 길을 쓸고 있었다')과 반복적 사건들('매주 그는 길을 쓸었다') 둘 다를 전달할 수 있기 때문이다. 영어는 좀더 쓰기 불편하기 때문에 반복을 나타내는 동사들을 정확히 번역하기 위해서는 '그는 무엇을 하고 있는 중이었다'거나 '그는 무엇을 하곤 했다' 또는 '그는 무엇을 종종 했다' — '매주 그는 길을 쓸곤 했다' — 같은 표현에 의존해야 한다. 그러나 그렇게 영어로 표현하는 순간, 우리는 손에 쥔 패를 다 보여준 셈이 되고, 다른 시간성들의 존재를 인정하는 꼴이 된다. 『쌩뜨뵈브에 대한 반론』(*Contre Sainte-Beuve*)에서 프루스뜨(Marcel Proust)

는 반과거시제를 이렇게 사용한 것이 플로베르가 이룬 위대한 혁신이라고 제대로 지적했다. 그리고 플로베르는 이 새로운 리얼리즘 스타일을 눈—작가의 눈, 그리고 인물의 눈—의 사용에 기초해서 창시했다. 사물을 주시하고 생각에 잠기기도 하면서 그저 거리를 따라 걷는 업다이크의 작중인물 아마드는 플로베르 이후의 고전적인 소설적 행위에 몰두하는 것이라고 나는 앞에서 말한 적이 있다. 플로베르의 프레데리끄는 향후 플라뇌르(flâneur)라고 불리게 되는 것의 선구자다. 플라뇌르란 대개 젊은 남성으로 크게 다급한 일 없이 거리를 걸으면서 보고 응시하고 생각에 잠기는 한가한 인물을 말한다. 보들레르 (Charles Baudelaire)의 작품에 이런 유형이 등장하고, 릴케 (Rainer Maria Rilke)의 자전적 소설『말테 라우리츠 브리게의 수기』(*Die Aufzeichnungen des Malte Laurids Brigge*)에 나오는 모든 것을 다 보는 화자도 이런 유형이며, 보들레르에 관한 발터 벤야민(Walter Benjamin)의 글들에도 이런 유형이 나온다.

34

이러한 인물은 본질적으로는 작가의 대리자이며, 주체할 수 없이 범람하는 인상들을 빨아들이는 다공성(多孔性) 정찰자이다. 그는 노아의 비둘기처럼 정보를 얻기 위해 세상으로 나간다. 작가의 정찰자가 부상(浮上)하는 것은 도시생활의 부상, 그리고 엄청난 인간 군상들이 작가—또는 지목된 관찰자—에게 거대한 분량의, 당혹스러울 만큼 다양한 세부사항들을 던진다는 사실과 내밀하게 연관된다. 제인 오스틴은 본질적으로 농촌 작가이고, 『에마』(Emma)에서 그려진 런던은 사실 하이게이트 마을일 뿐이다. 그녀의 여주인공들은 그저 생각에 잠기고 응시하면서 한가하게 걸어다니는 법이 없다. 그들의 생각은 모두 당면한 도덕적 문제에 강렬하게 집중되어 있다. 그러나 젊은 오스틴이 집필하고 있을 시기쯤 워즈워스(William Wordsworth)가 런던을 방문할 때, 그는 『서시』(The Prelude)에서 즉시 플라뇌르처럼—현대 작가처럼—들리기 시작한다.

> 여기는 죽은 벽들에 담시 뭉치가 매달려 대롱거리고,
> 거대한 광고들이, 높은 데로부터
> 갖가지 색으로 시야에 밀려든다……
> 방랑하는 불구자, 몸통께에서 짧게 잘린.
> 그리고 팔들로 턱턱거리며 걷는……
> 햇빛 쬐기를 즐기는 독신남,
> 어슬렁거리는 군인, 그리고 귀부인……
> 이딸리아인, 성상 액자를
> 머리에 이고 있는. 허리에 바구니를 찬
> 유대인. 당당하고 느리게 움직이는 터키인
> 그 팔 아래 포개진 슬리퍼 꾸러미.

이어서 워즈워스는 '두서없는 광경들'에 질린다면, 우리는 군중 속에서 '온갖 인종들'을 찾을 수 있다고 쓴다.

> 태양이 내려주는 모든 색깔,
> 그리고 갖가지 특색의 형상과 얼굴,
> 스웨덴인, 러시아인. 남쪽으로부터,
> 프랑스인과 스페인인. 멀리
> 미국으로부터, 사냥꾼 인디언. 무어족,
> 말레이시아인, 인도인, 타타르인과 중국인,
> 그리고 흰색 모슬린 드레스를 입은 흑인 여성들.

워즈워스가 플로베르처럼 자신이 원하는 대로 눈의 렌즈를 조절하는 모습에 주목하라. 여러 줄에 걸쳐 일반화된 명단을 제시하지만(스웨덴인, 러시아인, 미국인 등등), 단 하나의 색깔 대비를 갑작스레 퉁겨내는 것으로 끝맺는다. '그리고 흰색 모슬린 드레스를 입은 흑인 여성들.' 내키는 대로 작가는 영상을 확대했다 축소하지만, 이러한 세부사항들은 초점과 집중도에서 차이가 있음에도 마치 도박장 딜러가 막대기로 쓸어버리듯 단일한 무더기로 우리에게 들이민다.

35

워즈워스는 스스로 런던의 이러한 모습들을 바라보고 있다. 그는 시인의 처지에서 자기 자신에 대해 쓰고 있다. 소설가도 이런 식으로 세부사항들을 기록하고 싶지만, 소설에서 작가는 다른 사람을 통해서 써야 하고, 독자는 또 기본적인 소설적 긴장—이것들을 지각하는 사람이 소설가인가 아니면 허구적 인물인가,라는 의문—을 느끼기 때문에, 소설에서는 작가가 서정시인처럼 행동하기는 어렵다.『감정교육』의 첫번째 단락에서 플로베르는 빠리에 대해 약간의 근사한 장면설정을 하고 있는데, 프레데리끄가 이 단락의 세부사항들 중 일부를 볼 따름인 반면 플로베르는 마음의 눈으로 그 모두를 본다고 독자는 가정하면 되는가? 아니면 단락 전체가 본질적으로 느슨한 자유간접화법으로 씌어졌고, 플로베르가 독자로 하여금 관심을 갖게 만들려는 모든 것—펼쳐지지 않은 신문들, 하품하는 여인들 등등—을 프레데리끄가 눈여겨본다는 가정이 깔려 있는가? 플로베르의 혁신은 이 질문을 불필요하게 만든 것, 작가와 플라뇌르를 분간할 수 없게 만들어 독자로 하여금 무의식적으로 프레데리끄를 플로베르와 같은 문체적 수준을 지닌 존재로 끌어올리게 한 것이다. 독자는 둘 다 사물을 눈여겨보는 데 꽤 능한 것이 분명하다고 판단하면서 흔쾌히 이 문제를 그 정도에서 덮어두기로 한다.

플로베르가 이렇게 할 필요가 있었던 것은 그가 리얼리스트인 동시에 스타일리스트이고 기자인 동시에 되려다 만 시인이기 때문이다. 리얼리스트는 많은 양을 기록하기를, 빠리에 대해 발자끄식의 작업을 하기를 원한다. 그러나 스타일리스트는 발자끄식의 뒤범벅과 활기만으로는 만족하지 못하고, 이 뒤엉긴 세부사항을 길들여 흠잡을 데 없는 문장들과 이미지들로 바꾸고 싶어한다. 플로베르의 편지들은 산문을 시로 바꾸려 시도하면서 들인 공력에 관해 말해준다.[1] 플로베르의 영향을 받은 우리 시대의 문체 변화가 너무도 커서, 오늘날 우리는 우아한 스타일리스트라면 (업다이크나 벨로우의 예에서 보듯) 때로 자신의 작중인물들 위로 덧써야 한다고―그게 아니면 대리자를 임명할 수도 있다고― 가정하는 경향이 있다. 잘 알려져 있다시피 험버트 험버트는 자신이 우아한 산문문체를 구사한다고 선언하는데, 분명 이것은 그를 창조한 작가의 과도하게 세련된 산문을 설명하는 하나의 방편이다. 벨로우는 그의 인물들이 '일급 관찰자들'이라고 독자에게 일러주길 좋아한다.

36

플로베르적 혁신은 1930년대에 글을 쓰던 크리스토퍼 이셔우드(Christopher Isherwood) 같은 작가에 도달했을 때쯤이면 고도의 기법적 광택이 날 만큼 다듬어져 있다. 1939년에 출간된 『베를린이여 안녕』(*Goodbye to Berlin*)은 그의 유명한 초기 진술을 담고 있다. '나는 셔터가 열린 카메라와 같아서 아주 수동적이고 기록만 할 뿐 생각은 하지 않는다. 맞은편 창문에서 면도하는 남자와 키모노 차림으로 머리를 감는 여성을 기록한다. 어느날 이 모든 것들이 현상되고, 조심스레 인화되고, 고정되어야 할 것이다.' 이셔우드는 자신의 주장을 「노바크가 사람들」(The Nowaks)이란 제목이 붙은 장 서두에 나오는 아래의 장면설정 단락에서 입증한다.

바서토르 가 입구는 약간 옛 베를린풍인 커다란 돌 아치로, 망치와 낫과 나치 십자가가 덧칠되어 있고 경매나 범죄를 알리는 해진 광고지들이 붙어 있었다. 깊고 허름한 자갈 깔린 거리에는 눈물을 글썽이며 기어다니는 아이들이 어수선하게 흩어져 있었다. 모직 스웨터를 입은 젊은이들이 경기용 자전거를 타고 그 거리를 가로질러 흔들흔들 돌면서 우유 항아리를 들고 지나가는 소녀들에게 괴성을 질렀다. 보도에는 하늘땅이라는 뜀뛰기놀이를 위해 분필로 표시가 되어 있었다. 그 끝에, 키가 크고 위험하리만큼 날카로운 붉은 도구처럼 교회 하나가 서 있었다.

이셔우드는 플로베르보다도 더 열심히 세부사항의 무작위성을 감추려 애쓰면서도 플로베르보다도 더 노골적으로 그 무작위성을 역설한다. 이것이야말로 칠십여년 전 한때 급진적이었으나 지금은 현실을 지면 위에 재구성하는 낯익은 방식으로 조금 변질되어가는 문학 양식에서 기대될 법한 정형화다. 결과적으로 한묶음의 편리한 규칙이 되어버린 것이다. 이셔우드는 단지 기록만 할 뿐인 카메라와 같은 자세를 취하면서, 크게 열린 무미건조한 시선을 바서토르 가 쪽으로 돌릴 따름인 것처럼 보인다. 아치길이 하나 있고, 아이들이 어수선하게 흩어져 있는 거리가 있으며, 자전거를 탄 몇몇 젊은이와 우유 항아리를 든 소녀들이 있다고 그는 말한다. 그저 휙 훑어본 것일 뿐이다. 이셔우드는 그러나 플로베르와 마찬가지로—다만 훨씬 더 단호히— 역동적 행동의 속도는 늦추고 습관적으로 일어나는 일은 냉각시키려 든다. 거리에는 아이들이 어수선하게 흩어져 있을 수도 있으나, 그들이 언제나 '눈물을 글썽일' 리는 없다. 그 장소의 습관적인 부속물처럼 제시되는 자전거 타는 젊은이들과 걸어가는 우유 항아리 소녀들도 마찬가지다. 다른 한편, 해진 광고지와 아이들의 놀이판으로 표시된 땅바닥은 작가가 침묵에서부터 낚아채와서 일시적으로 소란스러워진다. 그것들은 우리를 향해 갑자기 번쩍거리지만, 아이들이나 젊은이들과는 다른 박자부호에 속한다.

37

이 다소 놀라운 글을 보면 볼수록, '삶의 한 단편'이나 카메라로 대충 훑은 것이기보다는 매우 공들인 발레에 가까워 보인다. 이 단락을 시작하는 입구에 관한 서술은 곧 해당 장의 입구이기도 하다. 망치와 낫과 나치 십자가에 대한 언급은 위협의 음조를 도입하며 이 음조는 '경매나 범죄'를 알리는 상업광고지들에 대한 냉소적인 언급으로 완성된다. 이것은 상업일 수도 있으나 불편할 정도로 정치적 낙서에 가깝다. 실상 경매와 범죄란 정치인들, 특히 공산주의나 파시스트적 활동에 연루된 부류들이 하는 일 아닌가? 그들은 우리에게 물건을 팔고 범죄를 저지른다. 나치 '십자가'는 하늘땅이라 불리는 아이들의 놀이로, 그리고 교회로 우리를 멋들어지게 이어준다. 다만 충분히 위협적일 만큼 모든 것이 전도되어 있다. 교회는 더는 교회가 아니라 (피의 빛깔이면서도 동시에 급진적 정치의 빛깔이기도 한) 붉은색 도구(펜, 칼, 고문의 도구)로 보이며, '십자가'는 나치에게 접수되었다. 이 전도됨을 염두에 둔다면 우리는 왜 이셔우드가 이 단락을 나치 십자가로 시작해서 교회로 끝맺고 싶어하는지 이해할 수 있다. 그들 각각이 몇줄 사이에 자리를 바꾸는 것이다.

38

　그렇다면 자신은 카메라에 지나지 않아서 매우 수동적이고 기록만 할 뿐 생각은 하지 않는다고 다짐했던 화자는 우리에게 거짓말을 하고 있는가? 진실을 말한다는 로빈슨 크루소우의 주장이 거짓이라고 할 때와 똑같은 뜻에서만 그러하다. 독자는 두 가지 허구——즉 서술자가 (실제로 1930년대에 이셔우드가 베를린에 살았듯이) 어떻게든 '그곳에 실제로' 있었다는 허구와 서술자가 실은 작가가 아니라는 허구——를 추가로 믿을 속셈에서 기꺼이 작가의 노고를 지워버린다. 또는 달리 말하면, 플로베르의 플라뇌르 전통이 확립하려고 하는 것은 서술자(혹은 작가가 지명한 정찰자)가 일종의 작가인 동시에 실은 작가가 아니라는 것이다. 기질상으로는 작가이되 직업상으로는 작가가 아니다. 작가인 것은 그가 그렇게 많은 것을 그처럼 잘 알아차리기 때문이며, 작가가 아닌 것은 알아차린 것을 종이 위에 적으려는 노동을 전혀 하지 않을뿐더러, 따지고 보면 일반 독자가 볼 만한 것 이상을 실제로 알아차리고 있지도 않기 때문이다.

　저자의 문체와 작중인물의 문체 사이의 긴장에 관한 이 해결책은 하나의 역설을 낳는다. 그것은 사실상 이렇게 선언하는 셈이다. "우리 현대인들은 모두 작가가 되었고, 세부사항을 보는 고도로 세련된 눈을 가졌다. 그러나 삶은 사실상 이것이 암시하는 만큼 '문학적'이지 않다. 왜냐하면 우리는 그런 세부사항이 어떻게 지면에 옮겨지는가를 지나치게 걱정할 필요가 없기 때문이다." 문학적 문체 그 자체가 사라지게 되어 있는 까닭에, 저자의 문체와 작중인물의 문체 사이의 긴장은 사라진다. 문학적 문체는 문학적 수단을 통해서 사라지게 되어 있는 것이다.

39

플로베르적 리얼리즘은 대부분의 허구처럼 실제의 삶 같으면서도 인위적이다.[2] 그것이 실감나는 것은 세부사항들이 특히 대도시에서는 임의성이라는 문신을 새긴 채 우리에게 부딪쳐오기 때문이다. 그리고 실제로 우리는 상이한 박자부호들 속에 존재한다. 내가 거리를 걸어간다고 상상해보자. 경찰 싸이렌, 철거 중인 건물, 가게 문의 삐걱대는 소리 등 여러가지 소음과 많은 움직임을 나는 의식한다. 상이한 얼굴들과 몸뚱이들이 나를 지나쳐 흘러간다. 그리고 까페를 지나치다가 나는 어떤 여성의 눈길을 붙잡는데, 그녀는 혼자 앉아 있다. 그녀는 나를, 나는 그녀를 바라본다. 부질없으며 모호하게 에로틱한 도시적 접촉의 순간이지만, 그 얼굴은 내가 한때 알았던 누군가를, 똑같이 짙은 머리칼을 가진 소녀를 연상시키면서 연이은 생각을 촉발한다. 나는 계속 걸어가지만, 까페의 바로 그 얼굴은 기억 속에 빛나면서 머물고 또 일시적으로 보존되는 중이다. 반면 내 주위 소음과 움직임은 그처럼 보존되지 않은 채 의식에서 명멸

하고 있는 중이다. 그 얼굴이 4/4박자로 연주하고 있는 동안, 도시의 나머지 부분은 6/8박자로 좀더 빠르게 흥얼거리며 지나간다고 말할 수도 있을 것이다.

예술적 인위성의 본질은 세부사항의 **선별**에 있다. 실제 삶에서 우리는 머리와 눈을 이리저리 돌릴 수는 있지만, 사실 무력한 카메라와 같다. 우리는 광각렌즈를 가지고 있어서 우리 앞으로 오는 것은 무엇이든 받아들여야 한다. 우리 기억이 선별 작업을 해주지만 문학적 서술의 선별방식과는 그리 비슷하지 않다. 우리의 기억은 심미적 재능이 없다.

세부사항

그러나 그것은 다른 어떤 방식으로도 가능하지 않다. 책과 삶이 나에게 가르쳐주었듯, 세부사항들을 통해서만 우리는 본질을 이해할 수 있다. 우리가 모든 세부사항을 알아야 하는 것은 그것들 중 무엇이 중요한지, 또 어떤 단어가 사물의 이면으로부터 빛나는지 결코 확신할 수 없기 때문이다.[1]

40

1985년 등반가 조우 씸슨은 안데스 산맥 이만일천 피트 지점 얼음 암붕(岩棚)에서 떨어져 다리가 부러졌다. 밧줄에 무력하게 매달린 채 그는 죽은 것으로 여겨져 자신의 등반 동료에게 버림받았다. 그의 머릿속으로 보니 엠의 노래 「링 놀이 하는 갈색 소녀」(Brown Girl in the Ring)가 저절로 흘러들어왔다. 그는 그 노래를 좋아한 적이 전혀 없었으므로 바로 이 싸운드트랙에 맞춰 죽는다는 생각에 미칠 듯 화가 났다.

문학 속의 죽음에는, 삶에서도 그러하듯, 얼핏 보기에 무관한 일이 수반되기 일쑤다. 녹색 들판에 대해 횡설수설하는 폴스타프를 비롯해 자기 목숨을 끊기 직전에 건축학적 세부사항을 눈여겨보고 있는 발자끄의 뤼시앵 드 뤼방프레(『고급 창부의 영광과 불행』(*Splendeurs et misères des courtisanes*)), 임종의 자리에서 사소한 대화에 대한 꿈을 꾸고 있는 『전쟁과 평화』 (*Voina i Mir*)의 안드레이 공작, '마치 무언가를 수집하거나 모으고 있는 것처럼' 담요를 따라 팔을 움직이는 『마의 산』(*Der Zauberberg*)의 요아힘에 이르기까지. 프루스뜨는 우리가 죽음을 전혀 대비하고 있지 않기 때문에 그와 같은 무관함이 늘 우리 죽음에 따르기 마련이라고 암시한다. 자신의 죽음이 '바로 오늘 오후에' 닥칠 수도 있다고 생각하는 사람이 누가 있겠는가. 그 대신,

> 한달이면 신선한 공기의 필요량을 채울 수 있게끔 매일 매일 산책을 고집한다. 어떤 코트를 가져갈지, 어떤 마부를 부를지 고민한다. 마차에 타고 보니 하루가 통째로 앞에 놓여 있다. 친구가 보러 오기에 집에 일찍 돌아와야 하므로 짧은 하루다. 내일도 이렇게 화창하기를 바란다. 그리고, 내부에서, 다른 차원에서 다가오고 있는 죽음이 정확히 바로 이 날을 골라, 몇분 안에, 마차가 샹젤리제에 닿는 순간을 전후해 등장하리라는 의심은 전혀 하지 않는다.[2]

조우 썸슨의 경험과 유사한 사례가 체호프의 단편 「6호 병동」의 말미에서 일어난다. 의사 라긴은 죽어가고 있다. '전날 그는 한 무리의 사슴 이야기를 읽은 적이 있는데, 유난히 아름답

고 우아한 녀석들이 그의 곁을 지나 달려갔다. 그러고는 어느 아낙네가 등기 편지를 그에게 내밀었다. (…) 미하일 아베랴니치가 뭐라고 말했다. 그러고는 모든 것이 사라지고 안드레이 예피미치는 영영 의식을 잃었다.' 등기 편지를 가지고 온 아낙네는 (불길한 수확자의 소환 등등을 떠올리므로) 좀 지나치게 '문학적'이다. 하지만 저 사슴의 무리라니!

작중인물의 마음속 깊은 곳에서, '그는 자신이 읽고 있었던 사슴에 대해 생각했다'라거나 또는 '그가 읽고 있었던 사슴을 마음속에서 보았다'라고도 말하지 않고, 사슴이 '그의 곁을 지나 달려갔다'라고 그저 담담히 단언하는 체호프의 담백함이란 얼마나 사랑스러운가!

41

1941년 3월 28일, 버지니아 울프(Virginia Woolf)는 호주머니들을 돌로 채우고는 우즈 강으로 걸어들어갔다. 그녀의 남편 레너드 울프(Leonard Woolf)는 강박적으로 꼼꼼해서 어른이 되고는 매일 일기를 썼는데, 그는 거기에 하루하루의 식단과 자동차 마일리지를 기록했다. 아내가 자살한 날도 겉보기에는 평소와 다른 것이 없었고, 그는 차의 마일리지를 기입했다. 그러나 그의 전기 작가 빅토리아 글렌디닝(Victoria Glendinning)의 기록에 따르면, 이날 일기가 적힌 지면은 한군데가 뚜렷이 얼룩으로 흐려져 있다. 그 얼룩은 '문질렀거나 닦아낸 황갈색 자국이다. 그것은 홍차나 커피나 눈물일 수 있다. 그것은 그 모든 세월 동안 그가 쓴 깔끔한 일기에 남은 유일한 얼룩이다.'

레너드 울프의 얼룩진 일기와 본질적 취지에서 가장 가까운 허구적 세부사항으로는 토마스 부덴브로크(토마스 만의 『부덴브로크가의 사람들』에 나오는 인물)의 마지막 몇시간이 묘사되는 대목을 들 수 있다. 토마스의 누이인 페르마네더 부인은 임종을 지키고 있었다. 열정적이지만 냉정한 그녀는 한순간 비통함을 못 이겨 기도문을 읊는다. '주여 오소서, 그의 꺼져가는 숨을 받으소서.' 그런데 그녀는 자신이 기도문을 끝까지 알지는 못한다는 사실을 잊었던 터라 더듬거리게 되고, '태도에 위엄을 더함으로써 급작스럽게 멈춘 것을 벌충할 수밖에 없었다'. 모두가 당황한다. 그러고는 토마스가 죽고 페르마네더 부인은 바닥에 털썩 주저앉아 통곡한다. 잠시 후 자제력이 다시금 발휘된다. '얼굴에는 여전히 눈물이 흐르고 있었지만 그녀는 진정되고 편안해졌으며, 일어섰을 때는 완전히 제정신을 찾아 죽음을 알리는 데 곧바로 마음을 쏟기 시작했다. 어마어마한 숫자의 우아한 카드들을 당장 주문해야 했다.' 죽음에 할퀴어진 뒤 삶은 분주함과 일상으로 돌아간다. 흔한 일이다. 그렇지만 '우아한'이라는 저 형용사의 선택은 절묘하다. 부르주아적 질서가 그 '우아한' 카드들과 더불어 꿈틀거리며 생기를 찾는다. 토마스 만(Thomas Mann)은 이 계급이 사물의 견고함과 고상함에 대한 믿음을 고수하며, 실로 거기에 매달린다는 것을 암시한다.

42

1960년 대통령 선거전 기간에 리처드 닉슨과 존 F. 케네디는 최초로 텔레비전 중계 토론을 벌였다. 진땀을 흘리는 닉슨이 반나절 사이 자라난 수염으로 음침해 보인 탓에 '졌다'는 이야기들을 흔히 한다.

사람들은 리처드 닉슨이 어떻게 생겼는지 안다고 생각했다. 그러나 더 훤칠하게 생긴 케네디 곁에 그가 자리 잡고 텔레비전 조명이 이글거리자, 그가 달라 보였다. 유부녀인 안나 까레니나가 모스끄바에서 뻬쩨르부르그로 가는 야간열차에서 브론스끼를 만날 때도 마찬가지 일이 일어난다. 아침이면 이미 무언가 중요한 변화가 일어났지만, 아직 그녀는 그것을 제대로 알아차리지 못한다. 이런 상황을 환기하기 위해 똘스또이는 안나가 남편 까레닌을 새로운 관점에서 주목하게 한다. 까레닌이 안나를 만나러 역으로 왔는데, 그녀는 대뜸 이런 생각이 든다. '오, 세상에! 왜 저 사람 귀가 저렇게 되었지?' 그녀의 남편은 냉정하고 위압적인 모습이지만, 갑자기 이상해 보이는 것은 무엇보다 그의 귀다. '둥그렇고 검은 펠트 모자 가장자리를 연골로 떠받치는 그의 귀.'

43

보니 엠, 단 하나의 얼룩, 닉슨의 수염. 문학에서처럼 인생에서도 우리는 세부사항이라는 별들을 보며 항해한다. 우리는 세부사항을 통해 초점을 잡고 인상을 고정하고 회상한다. 우리는 세부사항에 낚인다. 이사끄 바벨(Isaac Babel)의 단편 「나의 첫번째 요금」(My First Fee)에는 십대 소년이 매춘부에게 허풍을 떠는 대목이 나온다. 그녀는 지겨워하면서 믿지 않다가, '청동으로 된 약속어음'을 어느 여자에게 주었다고 그가 상상을 동원해 말하는 순간, 느닷없이 걸려든다.

44

문학과 삶의 차이는 삶이 두루뭉술하게 세부사항으로 가득차 있으면서도 우리를 그 세부사항에 주목하도록 거의 이끌지 않는 반면, 문학은 우리에게 세부사항을 알아차리는 법을 가르쳐준다는 점이다. 이를테면 어머니가 나에게 키스하기 직전 당신 입술을 닦으시는 모습, 디젤엔진이 맥없이 공회전하고 있을 때 런던 택시가 드르륵거리는 소리, 오래된 가죽 재킷에 고기 조각의 지방 줄무늬 같은 흰 줄이 가 있는 모양, 갓 내린 눈이 발밑에서 '뽀드득'거리는 느낌, 아기의 팔이 너무도 통통해서

끈으로 묶어놓은 것처럼 느껴지는 것 등을 알아차리는 법을 문학은 가르쳐준다.(아, 다른 예들은 다 내가 만든 것이지만 저 마지막 예는 똘스또이에서 따왔다.)[3]

45

이 지도과정은 변증법적이다. 문학이 우리를 좀더 삶을 잘 알아차리는 사람으로 만들면, 우리는 삶 자체에서 실습하게 되고, 그리하여 이것이 우리를 문학의 세부사항을 좀더 잘 읽는 독자로 만들면, 그것이 이번에는 우리를 삶을 좀더 잘 읽는 사람으로 만든다. 이런 과정이 이어지는 것이다. 문학을 가르쳐보면 젊은 독자들 대부분이 삶을 알아차리는 능력이 형편없다는 것을 쉽게 깨달을 수 있다. 이십년 전 학생 때 마구잡이로 주를 달아둔 내 옛날 책을 보면서 알게 된 것인데, 그 당시 나는 지금에 와서는 진부하다고 느껴지는 세부사항들, 이미지, 은유 따위에 마음에 든다는 표시로 줄곧 밑줄을 치면서도, 지금 굉장해 보이는 것들은 아무 생각 없이 놓치고 있었던 것이다. 독자로서도 우리는 성장과정을 겪거니와, 스무살배기들은 상대적으로 철딱서니다. 그들은 문학을 읽는 법을 문학에서 배우기에는 읽은 문학작품이 아직 충분하지 않다.

46

작가들도 저 스무살배기들과 같을 수 있다. 상이한 수준의 시각적 재능에 발이 묶여 있을 수 있는 것이다. 모든 미적 영역들이 그렇듯, 알아차리는 것에도 성공의 단계가 있다. 어떤 작가들은 그저 그런 재능을 지닌 관찰자인 반면 다른 이들은 엄청나게 예리하다. 또한 소설에는 작가가 힘을 비축하며 물러나 있는 듯한 순간들이 많다. 평범한 관찰에 이어 주목할 만한 세부사항이, 장관을 이루며 풍성해진 관찰이 따라나온다. 마치 작가가 이전에는 준비운동을 하고 있었던 것처럼 산문은 비로소 옥잠화처럼 문득 피어나는 것이다.

47

세부사항이 참으로 진실될 때 우리는 어떻게 그것을 알아보는가? 무엇이 우리를 안내해주는가? 중세 신학자 던스 스코터스(Duns Scotus)는 개별화의 형식에 '이것다움'(thisness, haecceitas)이라는 이름을 붙였다. 그 개념은 홉킨스(Gerard Manley Hopkins)에 의해 채택되었고, 그의 시와 산문은 이것다움으로 가득하다. '비단 자루 구름'의 '사랑스러운 행동'(「추수에서 환호하기」(Hurrahing in Harvest))이나 '유리 같은 배

나무' 잎사귀가 '하강하는 파랑을 스치자,/그 파랑 몹시 부산하네/풍요로움으로……'(「봄」(Spring)) 같은 구절들이 예가 된다.

이것다움은 이야기를 시작하기 좋은 지점이다.

내가 말하는 이것다움은 추상적 대상을 자기 쪽으로 끌어와 그것의 추상성을 가촉성(可觸性, palpability)으로써 혹 불어 없애는 세부사항, 즉 구체화를 통해 우리의 관심을 집중시키는 세부사항을 일반적으로 뜻한다.『암흑의 핵심』(*Heart of Darkness*)에서 말로우는 자신의 발밑에서 배에 창이 꽂힌 채 죽어가던 사내를 떠올리며 '내 발이 하도 따뜻하고 축축하게 느껴져 아래를 내려다봐야 했는데…… 내 신발은 꽉 차 있었고, 피 웅덩이가 바퀴 아래서 검붉은 색으로 어슴푸레 빛나며 매우 잔잔했'던 것을 회상한다.[4] 그 사내는 자기 배에 꽂힌 창을 '무언가 소중한 것인 듯, 내가 그것을 자기에게서 빼앗아갈까봐 두려워하는 태도'로 움켜쥔 채 말로우를 근심스레 올려다보며 드러누워 있었다. 내가 말하는 이것다움은 뿌시낀(A. S. Pushkin)이『예브게니 오네긴』(*Yevgenii Onegin*)의 열네행 스탠자들에 압축해 넣은 것과 같은, 정확히 만져질 듯한 구체적인 사항들을 뜻한다. 예브게니의 시골 영지가 그 예가 될 수 있겠는데, 그곳은 수년간 손길이 닿은 적 없고, 거기에는 열지 않은 찬장에 든 과일주와 '가계부', 쓸모없게 된 '1808년 달력'이 들어 있고, 당구대에는 '무딘 큐'도 갖춰져 있다.

내가 말하는 이것다움은『헨리 4세』(*Henry IV*) 1부에서 폴스타프가 자기를 공격한 자들이 입었노라고 맹세한 '켄덜녹색'

처럼 정확한 녹색의 종류를 뜻한다. '켄덜녹색 옷을 입은 후레
자식 세 놈이 내 뒤로 다가와 나를 공격했소.' '켄덜녹색 옷'이
란 표현에는 무언가 놀랍도록 터무니없는 점이 있다. '놈'들이
덤불 뒤에서 뛰쳐나온 것이 아니라 왠지 덤불로 분장한 것처럼
들린다! 그리고 폴스타프는 거짓말을 하고 있다. 그는 켄덜녹
색 옷을 입은 사내들을 보지 않았다. 너무 어두웠던 것이다. 구
체성에서 비롯되는 (이름 자체에 이미 내재하는) 희극성은 그
구체성이 구체성을 가장한 허구인 까닭에 곱절이 된다. 그리고
헨리 왕자는 이것을 눈치채고 있기 때문에 그 우스꽝스러운 세
부묘사를 들이대며 폴스타프를 압박한다. '아니, 너무 어두워
서 그대가 제 손도 보지 못했을 텐데 어떻게 그자들이 켄덜녹
색 옷을 입고 있다는 걸 알 수 있었소?'

　내가 말하는 이것다움은 몇주 전 라 보비에사르의 대무도회
에서 춤출 때 신었던, '밑창이 무도장의 왁스로 노리끼리해진'
공단 무도화를 에마 보바리가 어루만지는 순간을 뜻한다. 내
가 말하는 이것다움은 『일리아스』 제23권에서 대장례경기 중
에 질주하던 아이아스가 밟고 미끄러지는 소똥더미를 뜻한다.
(이것다움은 장례식이나 만찬같이 이것다움을 무디게 하려는
바로 그 목적에서 계획된 의식들을 망치는 데 사용된다. 이것
은 똘스또이가 응접실에서 고약한 냄새 피우기라 불렀던 것이
기도 하다.)[5] 내가 말하는 이것다움은 베아트릭스 포터(Beatrix
Potter)의 단편 「글로스터의 재봉사」(The Tailor of Gloucester)
에 나오는 재봉사가 미처 뜨지 못한 '앵두 빛깔 트위스트' 한

가닥을 뜻한다. (최근 딸에게 읽어주느라 삼십오년 만에 처음으로 이 책을 다시 읽으면서, 저 '앵두 빛깔 트위스트'의 부적과도 같은 작용으로 나는 순간적으로 어머니가 나에게 이 책을 읽어주던 기억을 떠올렸다. 베아트릭스 포터가 뜻하는 것은 멋진 코트의 작은 눈 모양의 단춧구멍 주위로 꿰매야 하는 붉은 비단실이다. 그러나 어쩌면 그 구절이 그 당시 너무도 달콤하게 들렸기 때문에 그것이 나에게 그처럼 마법과 같이 느껴졌을지도 모른다. 감초라든가 당시 제과점에서 여전히 쓰이던 셔벗 **트위스트**라는 말처럼.)

48

이것다움은 가촉성이므로 실물 — 소똥더미, 붉은 비단실, 무도회장 바닥의 왁스, 1808년 달력, 장화 안의 피 — 쪽으로 기울 것이다. 그러나 그것은 다만 이름이나 일화일 수도 있다. 즉 가촉성은 일화나 흥미를 자극하는 사실의 형태로 제시될 수도 있다. 『젊은 예술가의 초상』에서 스티븐 디덜러스는 케이시 씨의 손가락이 펴지지 않는다는 것을 알게 되고, '케이시 씨는 빅토리아 여왕에게 바칠 생일선물을 만들다가 그 세 손가락이 꺾였다고 그에게 말해주었다.' 빅토리아 여왕에게 바칠 생일선물을 만드는 것에 관련된 이 세부사항이 어째서 이토록 생기있는가? 이 대목은 희극적 세세함, 구체적 인유(引喻)로 시작한다.

만약 조이스가 그저 '케이시 씨는 생일선물을 만들다 손가락이 꺾였다'라고만 썼다면, 그 세부사항은 분명 상대적으로 평면적이고 모호할 것이다. 만약 그가 '그는 메리 아줌마에게 줄 생일선물을 만들다 그 세 손가락이 꺾였다'라고 썼다면, 그 세부들은 좀더 생기있었을 터인데, 왜 그럴까? 세세함은 그 자체로 만족스러운 것인가? 나는 그렇다고 생각하거니와, 우리는 문학에서 그와 같은 만족을 기대한다. 우리는 이름과 숫자를 원한다.[6] 그리고 이 경우 희극성과 생동감의 원천은 기대와 그것의 거부에서 촉발되는 근사한 역설이다. 그 문장은 한 영역에서는 세부사항이 미흡하고, 다른 한 영역에서는 지나치게 세세하다. 케이시 씨가 '생일선물'을 만들다가 영구적으로 손가락이 마비되었다고 주장하는 것은 명백히 불충분하다. 어떤 어마어마한 작업이 그를 이렇게 불구로 만들 수 있단 말인가? 따라서 이 희극적인 모호함으로 인해 우리는 세세함을 갈망하게 된다. 그러고 나서 조이스는 선물 받을 사람과 관련된 세부사항을 일부러 지나치게 세세히 독자에게 들이댄다. 그처럼 많은 사실이 주어져 있다는 것은 만족스러운 일이지만, 빅토리아 여왕에 관한 사실은 세세한 듯하면서도 실은 매우 아리송해서, '선물이 무엇이었는가?'라는 기본적인 물음에 답하는 데도 노골적으로 실패한다. (나는 **빅토리아 여왕**—메리 아줌마가 아니라—을 위해 선물을 만드는 것이 애당초 우스꽝스럽다고 전제하기 때문에 이 점을 굳이 거론하지 않는다.) 그리하여 조이스의 문장은 두 불가사의한 세부사항—선물과 그것을 받을 사람—으로 이루어지며, 후자는 앞의 불가사의에 대한 답인 척한다. 이 대목의 희극성은 독자가 세부사항의 이것다움을 갈망하는 데 반해 조이스는 그 갈망을 채워줄 것처럼 순전히 **가장**만 하려고 작심했다는 점에 전적으로 달려 있다. 빅토리아 여왕은, 폴스타프의 허구적 켄딜녹색 옷이 그랬듯, 주변을 에워싼 어둠을 밝혀주겠다고 기약하는 세부사항으로 제시된다. 혹은 여왕에 대한 언급은 허구를 현실적 토대 위에 세우겠다고 기약하는 사실이라고 말할 수도 있겠다. 그것은 한가지 의미에서는 **실로** 허구를 현실적 토대 위에 세운다. 우리의 관심이 확실하게 구체화 쪽으로 이끌리기 때문이다. 그러나 다른 의미에서 보면 그것은 스스로를 에워싼 허구보다 (켄딜녹색 옷처럼) 실제로 더 허구적이거나 또는 (빅토리아 여왕의 경우같이) 더 허구적인 것처럼 보이기 때문에 우스꽝스럽다.

49

고백건대 소설의 세부사항에 관한 나의 태도는 양가적이다. 나는 그것을 즐기고 소비하며 곱씹는다. 거의 하루도 빠짐없이 나는 래퍼포트 씨의 씨가에 대한 벨로우의 묘사를 떠올린다. '엽맥이 다 남아 있고 얼얼한 맛이 좀 희미해진 담뱃잎사귀의 하얀 유령.' 그러나 나는 지나치게 많은 세부사항에 숨이 막히는가 하면, 명확히 플로베르의 영향을 받은 전통이 세부사항을 물신화한다는 생각이 들기도 한다. 세부사항을 지나치게 유미적으로 중시하는 것은 앞에서 이미 살펴본 작가와 작중인물 사이의 긴장이라는 문제를 약간 다른 형태로 다시 제기하는 듯하다.

소설의 역사가 자유간접화법의 발전과정이라고 말할 수 있다면, 마찬가지로 그 역사는 세부사항의 부상과정이라고도 말할 수 있을 것이다. 개인적·독창적인 것보다 정형적·모방적인 것을 편애했던 신고전주의의 이상에 허구적 서사가 얼마나 오랫동안 얽매여 있었는지를 떠올리는 것은 어렵다.[7] 물론 독창적·개인적인 세부사항은 결코 억압할 수 없다. 포프와 디포우, 그리고 필딩(Henry Fielding)마저도 블레이크(William Blake)가 '세밀한 사항들'이라고 불렀던 것으로 가득 차 있다. 그러나 1870년 플로베르가 모빠상(Guy de Maupassant)에게 한 다음과 같은 말을 1770년의 어느 소설가가 하는 것을 상상하기는 힘들다. '모든 것에는 미처 탐색되지 않은 부분이 있습니다. 왜냐하면 우리는 자신이 바라보고 있는 것에 관해 우리 이전 사람들이 품었던 생각에 대한 기억에 비추어서만 눈을 사용하는 습관이 있기 때문입니다. 가장 작은 것조차도 알려지지 않은 무언가를 담고 있습니다.'[8] 쿳시(J. M. Coetzee)는 자신의 소설 『엘리자베스 코스텔로』(Elizabeth Costello)에서 디포우에 대해 이렇게 말한다.

푸른 복장과 기름 낀 머리카락은 온건한 리얼리즘의

세부사항이며 신호이다. 세세한 사항들을 제공함으로써 의미작용이 저절로 일어나게 하라. 이것은 대니얼 디포우가 개척한 방식이다. 배가 난파되어 해변에 내던져진 로빈슨 크루소우는 동료 선원들을 찾아 주변을 살핀다. 그러나 아무도 없다. 그는 말한다. '나는 그뒤로 그들이나 그들의 흔적을 한번도 보지 못했다. 모자 세개, 챙 없는 모자 하나, 제짝 아닌 신발 두개 말고는.' '제짝 아닌 신발 두개'는 제짝이 아님으로 해서 신발이기를 멈추고, 거품 이는 바다가 익사하는 자들의 발에서 뜯어내 물가로 퉁겨올린 죽음의 증거가 되었다. 과장된 단어도 절망의 말도 없이, 모자와 챙 없는 모자와 신발들만 있을 뿐이다.

쿳시의 '온건한 리얼리즘'이라는 구절은 하나의 글쓰기 방식을 표현하는 것으로, '세부사항'에 대한 컬트가 아직 제대로 정립되지 않았던 18세기 체제다. 이 글쓰기 방식에서는 독자의 주목을 끄는 세부사항이 대상에 대한 반복적 주시 및 새로움과 낯섦에 터무니없이 매달리는 경향을 아직 보이지 않는다. 그런 경향은 현대소설의 특징이다.

50

『돈 끼호떼』(*Don Quixote*)나『톰 존스』(*Tom Jones*), 오스틴의 소설을 읽어보면 플로베르가 권장하는 세부사항이 거의 나오지 않는다. 오스틴은 발자끄나 조이스에서 발견되는 시각적 가구 묘사를 제공하지 않으며, 작중인물의 얼굴을 묘사하려고 짬을 내는 법도 거의 없다. 의복, 기후, 실내장식, 이 모든 것들은 우아하게 압축되고 엷어진다. 세르반떼스(Miguel de Cervantes), 필딩, 그리고 오스틴의 군소인물들은 연극적이며 대체로 틀에 박힌 듯하고, 시각적인 의미에서 거의 주목의 대상이 되지 못한다. 필딩은『조지프 앤드루스』(*Joseph Andrews*)의 각기 다른 두 인물들을 '매부리코'를 가졌다고 별 거리낌 없이 묘사한다.

하지만 플로베르와 디킨스, 그리고 그들 이후 수백명의 소설가들에게 군소인물들은 감칠맛 나는 문체적 도전이다. 어떻게 하면 그가 독자의 눈에 띌 것이며, 어떻게 하면 그가 생동감을 지니게 될 것이며, 또 어떻게 하면 그가 윤기를 띨 수 있을 것인가? (『데이비드 코퍼필드』(*David Copperfield*)에서 근위기병대에 있는 도라의 사촌이 '너무도 다리가 길어서 다른 누군가의 오후 그림자처럼 보이는' 것처럼.)『보바리 부인』(*Madame Bovary*)에서 플로베르는 무도회에 등장했다가 다시 나오지 않는 한 군소인물을 다음과 같이 곁눈질한다.

저기, 탁자 상석에, 저 모든 여성들 사이에 홀로, 한접
시 듬뿍 가득한 음식 위로 몸을 굽히고, 어린아이처럼
목 주위에 냅킨을 두른 채, 한 늙은 남자가 앉아서 식
사를 하는데, 입술에는 국물이 질질 흘렸다. 그의 눈은
충혈되어 있었고 조그맣게 땋은 머리를 검은 리본으로
묶고 있었다. 이 사람은 후작의 장인, 늙은 라베르디에
르 공작으로, 한때 아르뚜아 백작의 총애를 받았던 인
물이다. 또 그는 소문에 따르면 므시외 드 꾸아니 다음
이자 므시외 드 로죙보다 먼저 마리 앙뚜아네뜨의 연
인이었다고 한다. 오입질과 싸움질, 내기와 여자 납치
로 떠들썩한 삶을 살았으며, 재산을 탕진하는 통에 온
가족을 겁에 질리게 한 자였다.

자주 그렇듯, 플로베르의 유산에는 유불리가 혼재한다. 되풀
이되는 이야기지만, 플로베르의 세부사항 주위에서 독자는 '선
별성'(chosenness)이라는 저 기묘한 부담감을 느끼거니와, 그
선별성이 소설가의 작중인물에 대해 갖는 함의도 문제다. 독자
는 세부사항을 선별하는 것이 소설가의 느긋한 즐거움이라기
보다는 시인의 강박적 고뇌가 되었다는 느낌을 갖는 것이다.
(플라뇌르―작가이자 작가가 아닌 주인공―는 이 문제를 해
결하거나 또는 그러려고 시도한다. 그러나 위에 든 예에서는
플로베르에게 적당한 대리자가 없다. 왜냐하면 에마가 그의 대

리인이기 때문이다. 그래서 결과적으로 관찰자는 다름 아닌 소설가 자신이다.) 『말테 라우리츠 브리게의 수기』에서 릴케가 길에서 본 적이 있는 장님에 대해 고통스러울 정도로 꼼꼼하게 구는 모습을 보자. '나는 그를 상상하는 작업에 착수했고, 그러한 노력으로 인해 진땀을 흘리고 있었다. (…) 나는 그와 관련된 그 어느 것도 하찮지 않음을 이해했다. (…) 그의 모자, 낡고 정수리 부분이 높으며 뻣뻣한 펠트 모자, 여느 장님들이 쓰는 것과 같은 방식으로, 얼굴의 선과 아무런 상관 없이, 자신의 모습에 모자를 더함으로써 새로운 외적 통일성을 형성할 가능성도 없이 쓴, 그저 자의적이고 이질적 대상에 지나지 않는 모자.'[9] 플로베르 이전의 작가가 이런 투의 연극적 수사에 빠지는 것을 상상하기란 불가능하다('그러한 노력으로 인해 진땀을 흘리고 있었다')! 릴케가 그 눈먼 사람에 대해 하는 말은 릴케 자신의 땀투성이 문학적 근심사들을 그 사람에게 투사한 것처럼 읽힌다. 어떤 문학적 세부사항도 하찮지 않을 때, 아마도 각각의 세부사항은 '새로운 외적 통일성을 형성하는' 데 실로 실패하면서, '순전히' '자의적이고 이질적 대상'이 될 것이다.

우리는 플로베르와 그의 계승자들에서 이상적인 글쓰기란 실로 꿴 듯한 세부사항의 행렬, 주시하는 행위들로 이루어진 목걸이이며, 이것은 때로 보는 데 도움은커녕 장애가 된다는 느낌을 받는다.

51

그래서 19세기 동안 소설은 더욱 회화적으로 변했다. 『나귀 가죽』(*La Peau de Chagrin*)에서 발자끄는 '새로 내려 쌓인 눈처럼 하얗고, 그 위로는 식기 쎄트들이 균형있게 솟아 있으며 금빛 빵이 그 꼭대기에 올려진' 식탁보를 묘사한다. 쎄잔(Paul Cézanne)은 '나는 그것, 그 새 눈 같은 식탁보를' 젊은 시절 내내 '그리고 싶었다'고 말한 적이 있다.[10] 나보꼬프와 업다이크는 때로 세부사항을 그 자체에 대한 컬트로 고착시킨다. 유미주의가 여기에서 큰 위험요소이며, 주시하는 눈을 과장하는 것도 마찬가지다. (인생에는 순전히 시각적이라고 할 수만은 없는 세부사항이 너무도 많다.) '숯 같은 눈썹에 꾸민 웃음을 띤, 나이 지긋한 꽃 파는 여인이 어느 산책하던 사람을 가로막고 그의 단춧구멍에 카네이션의 통통한 꽃받침을 날렵하게 밀어넣었고, 부끄러운 듯 꽃을 꽂는 모습을 그가 비스듬히 내려다보자 왼쪽 턱의 기품있는 주름이 더 두껍게 잡혔다'라고 쓴 나보꼬프는 창문 위의 비를 다음처럼 주시한 업다이크와 같아진다. '창틀에는 아메바와 같은 결심으로 갑작스레 합치고 갈라지고 경련하듯 아래로 내달리곤 하는 물방울들이 흩뿌려져 있었고, 창문 가리개에는 반만 수놓인 자수 견본품이나 풀어져버린 십자말풀이처럼 미세하고 반투명한 비의 모자이크 조각이 제멋대로 아로새겨져 있었다.'[11] 업다이크가 비에 젖은 창문을 십자말풀이에 비유한 것은 의미심장하다. 이 두 작가의 이런 식의 글쓰기는 마치 독자에게 퍼즐을 내는 것처럼 들린다.

벨로우가 주시하는 능력이 빼어난 반면, 나보꼬프는 주시하는 게 얼마나 중요한지를 우리에게 말해주고 싶어한다. 언제나 나보꼬프 소설은 훌륭한 주시에 대한 프로파간다가 되고, 그 소설 자체에 대한 프로파간다가 되곤 한다. 전혀 시각적이지 않은 아름다움도 존재하지만, 나보꼬프는 그런 것들을 보는 밝은 눈이 없다. 그가 토마스 만, 까뮈(Albert Camus), 포크너, 스땅달(Stendhal), 제임스를 가볍게 보는 것을 어떻게 달리 설명할 것인가? 이 작가들에 대해 나보꼬프가 한 비판의 핵심은 문체가 충분히 세련되지 못했다는 것, 시각적으로 충분히 기민하지 못하다는 것이다. 비평가 에드먼드 윌슨(Edmund Wilson)과 주고받은 이야기 중에서 전선(戰線)이 뚜렷하게 드러나는데, 윌슨은 당시 나보꼬프에게 헨리 제임스를 읽히려고 노력 중이었다. 결국 나보꼬프가 『애스펀 문서』(*The Aspern Papers*)에 눈길을 던지긴 했지만, 그가 윌슨에게 한 답은 제임스의 세부사항 처리가 너절하다는 것이었다. 제임스는 창문 밖에서 바라본 씨가의 불붙은 끝을 묘사하면서 그것을 '빨간 끄트머리'라 부른다. 그러나 씨가는 끄트머리가 없다는 것이 나보꼬프의 말이다. 제임스가 충분히 열심히 바라보고 있지 않았다는 것이다. 그는 이어 제임스의 글을 뚜르게네프(I. S. Turgenev)의 '연약한 금발 산문'에 비유한다.[12]

씨가다, 다시 또! 여기에 세부사항의 창조에 대한 두 가지 다른 접근이 있는 셈이다. 내 생각에 제임스는 우선 씨가에는 끄트머리가 있으며, 또한 씨가를 묘사할 때마다 벨로우나 나보꼬프식의 작업을 할 필요는 없다고 답할 것이다. 제임스에게 그런 작업을 할 **능력이 없었다**는 입장──나보꼬프의 불만에 암시된 입장──은 쉽게 논박된다. 하지만 제임스는 분명 나보꼬프 같은 작가는 아니다. 세부사항의 구성과 관련된 그의 생각은 나보꼬프보다 더 다양하고 더 비가촉적이며 궁극적으로 더 형이상학적이다. 아마도 제임스는, 진실로 아무것도 놓치지 않는 작가가 되려고 노력해야 하겠지만 그렇다고 온갖 것을 다 묘사하는 작가가 될 필요는 없다고 주장할 것이다.

52

조용하면서도 무언가를 '말해주는'(telling) 세부사항을 애호하는 현대적 관습이 존재한다. '탐정은 칼라의 머리띠가 놀랄 만큼 더럽다는 것을 알아차렸다'와 같이. 만약 말해주는 세부사항이란 것이 있다면, 말해주지 않는 세부사항이란 것도 있어야 할 터이다. 그렇지 않은가? '비번' 세부사항, '근무 중' 세부사항이라고 이름을 붙이면 좀더 잘 구별될 법하다. 비번 세부사항은 말하자면 삶의 상비군의 일부로 늘 동원될 준비를 하고 있다. 문학은 그와 같은 비번 세부사항으로 가득하다. (제임스의 빨간 씨가 끄트머리가 한 예가 될 듯하다.)

그런데 혹시 '비번' '근무 중'이란 표현이 문제를 말만 바꾸어놓는 것 아닐까? 비번 세부사항이란 본질적으로 근무 중인 동료만큼은 말해주는 바가 없는 세부사항 아닌가? 발자끄 이래 19세기 리얼리즘이 너무도 풍부한 세부사항을 창조한 나머지, 현대의 독자는 서사가 늘 일정한 과잉, 내장된 장황함을 포함할 것이며, 필요한 것보다 더 많은 세부사항을 지닐 것이라고 기대하게 되었다. 달리 말하면, 인생이 잉여적 세부로 가득한 것과 꼭 같이 허구도 많은 잉여적 세부사항을 내장한다는 것이다. 내가 한 남자의 머리를 이렇게 묘사한다고 가정해보자. '그의 피부는 매우 붉었고, 눈은 충혈되어 있었으며, 눈썹은 성난 듯했다. 윗입술에는 작은 사마귀가 있었다.' 붉은 피부, 충혈된 눈, 성난 눈썹은 아마도 우리에게 그 남자의 성격에 대해 무언가를 말해줄 것이나, 사마귀는 '무관해' 보인다. 그냥 '거기' 있을 뿐이다. 그것은 현실이며, '그의 모습'이 그러할 따름이다.

53

그런데 이처럼 팬스레 주어진 세부사항의 층이 실제로 삶과 같은가 아니면 속임수에 지나지 않는가? 롤랑 바르뜨가 자신의 에세이 「현실 효과」(The Reality Effect)[13]에서 펼치는 주장의 핵심은 '무관한' 세부사항이란 우리가 더는 주목하지 않는 약호이며, 삶의 참모습과는 상관없다는 것이다. 그는 역사가 미슐레(Jules Michelet)가 옥에 갇힌 샤를로프 꼬르데의 최후 시간을 묘사하는 한 단락을 논한다. 어느 화가가 그녀를 방문하여 초상화를 그리는데, '한시간 반 뒤 그녀의 뒤쪽 작은 문을 가만히 두드리는 소리가 들렸다.' 이어서 바르뜨는 플로베르가 「순박한 마음」(Un Coeur Simple)에서 오뱅 부인의 방을 묘사하는 대목을 거론한다. '여덟 개의 마호가니 의자들이 흰색 징두리 벽판에 등을 대고 줄지어 있었고, 기압계 밑에는 상자와 통이 피라미드처럼 쌓여 있는 오래된 피아노가 있었다.' 피아노는 부르주아 신분을 암시하기 위해, 상자와 통은 아마도 무질서를 암시하기 위해 있는 것이라고 바르뜨는 주장한다. 그런데 기압계는 왜 거기 있는가? 기압계는 그 어떤 것도 나타내지 않는다. 그것은 '생뚱맞지도 않지만 의미심장하지도 않은' 물건이다. 그것은 얼핏 보기에 '무관하다.' 그것의 역할은 실재성을 나타내는 것이며, 그것이 거기 있는 것은 실재라는 효과, 분위기를 자아내기 위해서다. 그것은 '내가 실재야'라고 말할 따름이다. (혹은 '내가 리얼리즘이야'라고 하는 편이 나을까?)

바르뜨는 이어서 기압계 같은 대상은 실재를 나타내리라고 **예상되지만** 실제로는 실재를 기호화하는 것이 고작이라고 말한다. 앞에 든 미슐레의 단락에 나오는 문 두드리는 소리라는 '채워넣기 표현'은 시간이 흘러간다는 리얼한 '효과'를 내려고 이 글이 '끼워넣은' 것이 된다. 이 주장이 암시하는 바는 리얼리즘 일반이 바로 그와 같은 거짓 외연 작업이라는 것이다. 기압계는 수백개의 다른 품목들로 교체될 수 있으므로, 리얼리즘은 자의적일 뿐인 기호들로 된 인위적 조직(tissue)이다. 리얼리즘은 실재의 외양을 제공하지만 사실은 철저히 가짜다. 바르뜨는 이것을 '지시적 환상'(referential illusion)이라 부른다.

『신화들』(*Mythologies*)에서 바르뜨는 할리우드의 '로마시대' 영화에 나오는 배우들의 월계수잎 머리 스타일이 플로베르의 기압계가 '실재다움'을 기호화하듯 '로마다움'을 기호화한다고 재치있게 지적한다. 둘 중 어느 경우에도 실제로 실재적인 그 어떤 것도 지시되지 않는다. 플레어스커트나 미니스커트가 패션 산업 자체에 의해 확립된 기호화 체계의 일부로서만 의미를 갖는 것과 마찬가지로, 이것들은 단지 스타일의 관습일 뿐이다. 패션의 약호는 전적으로 자의적이다. 바르뜨의 입장에서 보면, 두 체계 모두 사물의 의미보다는 사물의 기호화 과정을 읽게 하므로 문학은 패션과 같다.[14]

54

그러나 바르뜨는 세부사항의 유, 무관을 너무 급하게 결정한다. 기압계가 왜 무관한가? 만약 기압계가 실재성을 자의적으로 공표하려는 목적에서만 존재한다면, 피아노와 상자들도 마찬가지 아닌가? 너톨(A. D. Nuttall)이 『새 미메시스』(*A New Mimesis*)에서 쓴 것처럼, 기압계는 '내가 실재야'라고 말하기보다는 '나야말로 그런 집에서 볼 수 있을 법한 물건이 아닌가?'라고 말한다. 특색 없이 전형적이라는 바로 그 이유 때문에 그것은 생뚱맞지도 의미심장하지도 않다. 많은 집에 아직도 그와 같은 기압계가 있으며, 기압계의 존재는 그 집이 어떤 곳인가에 대해 실제로 우리에게 무언가를 이야기해준다. 상류층이기보다는 중산층이라는 것, 특정한 종류의 인습, 대단찮은 가보들에 대한 곰팡내 나는 애착이 있다는 것 등등. 그리고 기압계는 **결코 맞는 법이 없다.** 그렇지 않은가? 이것은 우리에게 무엇을 말해주는가? 영국의 날씨는 늘 희끄무레하고 비가 약간 내리므로, 당연히 기압계는 특히나 희극적인 도구다. 기압계가 결코 필요하지 않을 것이다. 사실 기압계야말로 특정한 중간적 신분을 나타내는 좋은 계측기라 할 수 있을지도 모른다. 기압계가 자기 자신의 매우 훌륭한 계측기인 셈이다. (그렇다면 **그 것**이 그들의 작동방법인 것이다).

아무튼 바르뜨의 인식론적 유보를 받아들이지 않고도 그의 문체론적 단서를 받아들일 수는 있다. 허구적 실재가 실상 그와 같은 '효과들'로 구성되는 것은 사실이지만, 리얼리즘은 하나의 효과이면서 동시에 진실될 수 있는 것이다. 이 잘못된 분리를 고집하는 것은 리얼리즘에 대한 바르뜨의 예민하고 살기 등등한 적개심일 뿐이다.

55

오웰(George Orwell)은 에세이 「교수형」(A Hanging)에서 사형수가 교수대로 걸어가는 길에 웅덩이를 피하여 비껴가는 모습을 바라본다. 오웰에게 이것은 막 빼앗길 생명의 '불가사의'라고 그가 이름 붙인, 바로 그것을 나타낸다. 그래야 할 마땅한 이유가 없으면서도 사형수는 신발을 깨끗이 간수하는 데 마음을 쓰는 것이다. 이것은 '무관한' 행동이다. (그리고 오웰이 보여주는 놀라운 관찰력의 한 예다.) 이제 이것이 에세이가 아니라 한편의 허구라고 가정해보자. 그리고 사실 오웰의 이와 같은 에세이들에 나타나는 사실과 허구의 비율을 놓고 적잖은 뒷말이 있기도 했다. 웅덩이를 피하는 행위야말로 예컨대 똘스또이가 멋들어지게 구사할 법한 근사한 세부사항일 수도 있다. 『전쟁과 평화』에는 오웰의 에세이와 본질적으로 매우 가까운 처형 장면이 나오는데, 오웰이 똘스또이에게서 그 세부사항을 기본적으로 베껴왔다고 할 만하다. 『전쟁과 평화』에서 삐에르는 한 사내가 프랑스군에게 처형당하는 것을 지켜보다가, 그 남자가 죽기 직전 너무 꽉 조여져 불편한 눈가리개를 머리 뒤에서 조절하는 것을 알아차린다.[15] 웅덩이를 피하고 눈가리개를 만지작거리는 것, 이런 행동들은 무관한 또는 과도한 세부사항이라고 부를 법한 것들이다. 그것들은 설명될 수 없지만, 허구에서는 바로 그 설명될 수 없음을 나타내기 위해 존재한다. 이것이 리얼리즘의 효과, '리얼리즘적' 문체의 효과 중 하나다. 그러나 오웰의 에세이는, 그것이 실제로 일어난 일을 기록한다고 가정한다면, 그와 같은 허구적 효과들이 오로지 관습상 무관하거나 형식상 자의적인 것이 아니라 **실재 자체의 무관성**에 대해 우리에게 무언가 이야기해준다는 것을 보여준다. 달리 말하면, 아무 쓸모 없으면서도 기압계가 현실의 집에 존재하는 것처럼, 무관함 또는 설명될 수 없음이라는 범주도 삶 속에 존재한다. 사형수가 웅덩이를 피해야 할 논리적인 이유는 없다. 그것은 순전히 기억된 습관이다. 그렇다면 삶도 불가피한 잉여, 없어도 무방한 것으로 채워진 여백, 필요한 것보다 항상 더 많은 것이 존재하는 영역—더 많은 물건들, 더 많은 인상들, 더 많은 기억들, 더 많은 습관들, 더 많은 단어들, 더 많은 행복, 더 많은 불행을 포함하는 영역—을 항상 포함할 것이다.

56

기압계, 웅덩이, 눈가리개 조절은 '무관하지' 않다. 그것들은 의미심장하게 무의미하다. 「개를 데리고 다니는 여인」(Damas sobachkoi)에서, 한 남자와 한 여자가 침대로 간다. 섹스 후에 남자는 담담하게 수박을 먹는다. '호텔 방 탁자 위에는 수박이 하나 있었다. 구로프는 수박을 한조각 잘라서 천천히 먹기 시작했다. 적어도 삼십분이 침묵 속에 지나갔다.' 이것이 체호프가 쓴 전부다. 그는 이런 식으로 할 수도 있었다. '삼십분이 지났다. 밖에서는 개가 짖기 시작했고, 몇몇의 아이들이 거리를 내달렸다. 호텔 지배인이 뭐라고 소리쳤다. 문이 쾅 닫혔다.' 분명 이 세부사항들은 이와 비슷한 다른 세부사항들로 대체할 수 있을 것이다. 그것들은 아무런 결정적 의미를 지니지 않으니까. 그것들은 이것이 삶 같다는 느낌을 주려고 있는 듯하다. 그들의 무의미함이 바로 그들의 의미심장함인 것이다. 그리고 바르뜨가 그토록 미심쩍어하는 미슐레의 단락에서처럼, 이런 종류의 의미심장하게 무의미한 세부사항이 부각되는 명백한 이유 중 하나는 시간의 흐름을 환기하는 데 이것이 필요하며, 소설이 새롭고 독특한 문학적 과제—시간성의 관리—를 갖게 되었다는 것이다. 예를 들어 『플루타르코스 영웅전』이나 『성서』와 같은 고대서사에서는 공연한 세부사항을 찾기가 매우 힘들다. 세부사항은 대체로 기능을 지니거나 상징적이다. 마찬가지로 고대의 이야기꾼들은 '실제 시간'(체홉의 삼십분)의 실제와 같은 흐름을 환기해야 한다는 압박을 느끼지 않는 것처럼 보인다. 시간은 경련하듯 재빠르게 흐른다. '그리고 아브라함은 아침 일찍 일어났으며, 그리고 나귀에 안장을 얹었으며, 그리고 두 젊은이 그리고 아들 이삭을 데려갔으며, 그리고 번제에 쓸 나무를 쪼갰으며, 그리고 일어났으며, 그리고 신이 그에게 알려주신 장소로 올라갔다. 그러고 나서 세번째 날에 아브라함은 눈을 들었으며, 그리고 저 멀리 떨어진 그곳을 보았다.' 시간은 운문으로 된 행 사이로 보이지도 들리지도 않고 흘러가는데,

지면 어디에도 시간의 흐름은 없다. 새로 나타나는 '그리고'와 '그러고 나서' 각각은 거대한 시계침이 일분에 한번 갑자기 앞으로 미끄러져나가는 저 오래된 역전 시계처럼 행위를 밀고 나간다.

우리는 플로베르의 상이한 시간성이라는 방법에는 일부 유관한 세부사항과 일부 계획적으로 무관한 세부사항들의 조합이 필요하다는 것을 보았다. '계획적으로 무관한'이란 표현을 썼는데, 무관한 세부사항이란 것이 소설에 사실상 존재하지 않는다고 우리는 인정한다. 그와 같은 세부사항을 일종의 충전재로 써서 근사하고 편안한 핍진성을 도모하려는 경향이 있는 리얼리즘에서조차도 그렇다. 집을 비우거나 호텔 방을 나갈 때도 전기를 낭비해가며 불을 켜두는 것은 우리가 존재한다는 것을 증명하기 위해서가 아니라, 잉여의 여백 자체가 삶처럼 느껴지고, 왠지 기묘하게, 살아 있는 것처럼 느껴지기 때문이다.

57

「죽은 사람들」에서 조이스는 게이브리얼이 늙은 이모들이 아끼는 조카였다고 쓴다. '그는 그들이 아끼는 조카로 죽은 큰 언니 엘런의 아들이었는데, 형부는 항만국의 T. J. 콘로이였다.' 처음에는 이 문장이 대단찮아 보일지 모른다. 아마도 이것의 진가를 알려면 특정한 종류의 쁘띠부르주아적 속물근성을 익히 알아야 할 것이다. 하지만 이 문장은 단 한줌의 단어로 두 자매에 대해 얼마나 많은 것을 알려주는가! 그것은 심리상태, 몸짓, 무심코 한 말처럼 어떤 인물에 대한 우리의 앎을 촉진시켜주는 세부사항이다. 그것은 인간적, 그리고 도덕적 이해에 속하며, 이것다움(thisness)이 아니라 지식으로서의 세부사항이다.

조이스는 문장의 맨 끝에서 자유간접화법으로 들어감으로써, 자신들 형부의 지위에 대해 생각하다가 '걸린' 그 단정하고 속물적인 노부인들의 집합적 정신에 깃든다. 만약 이 문장이 '엘런과 톰의 멋진 아들, 그는 그들이 가장 아끼는 조카였다'라고 상상해보자. 그 문장은 우리에게 그 자매들에 관해 아무것도 말해주지 않을 것이다. 그 대신 조이스가 짚으려는 것은, 그들 자신의 마음속에서 그들 자신의 은밀한 목소리로 그들은 아직도 형부를 '톰'이 아닌 '항만국의 T. J. 콘로이'로 생각하고 있다는 것이다. 그들은 그가 성취한 것과 세상에서 그가 누리는 지위를 자랑스럽게 여기며 그것 때문에 주눅까지 좀 들어 있다. 그리고 그 '항만국'라는 수수께끼 같은 수식은 빅토리아 여왕에게 바치는 선물과 같은 기능을 한다. 우리는 '항만국'에서 T. J. 콘로이가 무엇을 했는지 모르며, '항만국'에서 한자리하는 것이 도대체 얼마나 대단한지를 알아내는 것도 기차게 어려운 일이다. (그것이 웃기는 점이다.) 그러나 조이스는──『테러리스트』의 그 단락에서 업다이크가 했던 것과는 정반대의 방식으로 작업하면서 ── '항만국'에 대해 독자에게 더 이상 알려주면 이 지위가 이 여인들에게 무언가 중요한 것을 의미한다는 심리적 진실이 망가진다는 것을 안다. 그것을 아는 것만으로 충분하다.

핵심적인 인간적 진실을 이처럼 불현듯 포착하는 것, 단 하나의 세부사항이 불현듯 독자로 하여금 인물의 생각(혹은 그 결여)을 볼 수 있게 해주는 이 순간은, 위의 예에서 보듯 자유간접화법의 한갈래라 할 수도 있다. 하지만 반드시 그런 것은 아니다. 그것이 소설가의 작중인물 '외부'로부터의 관찰일 수도 있기 때문이다. (그것이 물론 독자가 인물 내부로 들어가는 것을 촉진하기도 한다.) 그와 같은 순간은 『라데츠키 행진곡』(*Radetzkymarsch*)에서 늙은 대위가 침대에 누워 죽어가는 하인을 방문했을 때 그 하인이 시트 아래에서 자신의 벗은 뒤꿈치를 절도있게 철컥 모으려고 애쓰는 장면, 혹은 『악령』(*Besy*)에서 오만하고 유약한 주지사 폰 렘브께가 통제력을 잃는 장면에서 볼 수 있다. 그는 자신의 거실에 모인 한 무리 방문객들에게 고함치며 당당히 걸어나가지만, 결과는 기껏 양탄자에 걸려 넘어지는 것이다. 멈추어선 채 양탄자를 쳐다보며 그는 우스꽝스럽게 내지른다. '이거 바꿔놔!' 그러고는 걸어나간다. 에마를 그토록 사로잡은 라 보비에사르 대무도회에서 아내와 함께 돌아온 샤를 보바리가 양손을 비비며 '집에 오니 좋군'이라고 말할 때도 마찬가지다. 또는 『감정교육』에서 프레데리끄가 자신의 좀 변변찮은 정부(情婦) 로자네뜨를 퐁뗀블로에 데려갔을 때도 마찬가지다. 그녀는 따분해하면서도 프레데리끄가 자신의 부족한 교양에 좌절했다는 것을 알아차린다. 그래서 한 전시실에서 그림을 둘러보고는 무언가 유식하고 인상적인 말을 해보려 애쓰지만, '이 모든 것들이 기억을 되살리는군요!' 하고 외치는 것이 고작이다. 또는 별거 뒤 안나 까레니나의 남편, 그 뻣뻣하고 낙없는 관리가 '내 불행에 대해 알고 있습니까?'라는 말을 자기 소개말 삼아 되뇌며 돌아다닐 때도 마찬가지다.

58

이 세부사항들은 우리가 까레닌이나 보바리나 프레데리끄의 정부를 '아는' 것을 도와주지만, 동시에 수수께끼를 내놓기도 한다. 수년 전 아내 클레어와 나는 바이올리니스트 나자 쌀레르 노소넨버그의 연주회에 간 적이 있다. 조용하고 보잉이 어려운 대목에서 그녀가 얼굴을 찌푸렸다. 그것은 명연주자들이 늘 짓는 희열에 찬 찡그린 얼굴이 아니라 갑작스러운 짜증의 표현이었다. 우리 부부는 같은 순간에 완전히 상이한 해석을 내놓았다. 아내는 나중에 나에게 말했다. '그녀는 그 부분을 뜻대로 잘 연주하지 못해서 찡그리고 있었던 거야.' 나는 답했다. '아니지, 관중이 너무 소란스러워서 찡그리고 있었던 거지.' 좋은 소설가라면 그 찡그림을 그냥 내버려둘 것이고, 뭔가 밝혀보려는 우리 의견도 그냥 내버려둘 것이다. 이 자그마한 장면을 설명으로 질식시킬 필요는 없다.

이와 같은 세부사항, 즉 인물 안으로 들어가지만 그 인물을 설명하기를 거부하는 세부사항은 우리를 독자인 동시에 작가로 만든다. 그리하여 우리는 그 인물의 존재를 공동으로 창조한 자가 된 것처럼 보인다. '이거 바꿔놔!'라고 소리칠 때 폰 렘브께의 마음속에 어떤 일이 일어나고 있는지에 관해 독자는 짚이는 바가 있지만, 해석은 여러가지가 가능하다. 로자네뜨의 둔감함에 대해 독자는 짚이는 바가 있지만, '이 모든 것들이 기억을 되살리는군요!'라고 그녀가 말할 때 정확히 무엇을 뜻하는지는 알 수 없다. 이 인물들은 꾸밈없이 자신을 드러낼 때조차도 어쩐지 매우 내밀하다.

「개를 데리고 다니는 여인」은 도저히 설명되지 않는 세부사항들로 거의 전부 이루어져 있는데, 이 점은 왠지 설명할 수 없는 큰 행복을 연인들에게 안겨주는 애정행각을 다룬 이 이야기와 잘 맞는다. 여자 꾀는 데 능한 어떤 유부남이 어떤 유부녀를 얄따에서 만나고, 둘이 같이 잔다. 왜 구로프가 수박을 먹는 동안 적어도 삼십분이 침묵 속에 지나가는가? 여러 이유들이 머리에 떠오르고 우리는 그 침묵을 우리가 **생각하는** 이유들로 채운다. 나중에 가서 이 자신만만한 바람둥이는, 자신도 제대로 표현할 수 없는 이유로, 뻬쩨르부르그 출신의 이 평범하게 생긴 여인이 자신이 지금껏 사랑했던 그 누구보다도 소중하다고 결론짓는다. 그는 모스끄바에서 그 여인이 사는 지방 도시로 가는 여정을 마다하지 않고, 결국 그 지방의 극장에서 그녀를 만난다. 관현악단이 **조율**에 시간을 많이 들인다고 체호프는 쓴다. (여기서도 해설은 전혀 없다. 독자에게는 지방 관현악단이 비전문적이라고 추측할 자유가 주어지는 셈이다.) 연인들은 연주장 바깥의 계단에서 한순간을 낚아챈다. 그 위에서 남학생 둘이 담배를 피우며 그들을 바라본다. 그 소년들은 어떤 드라마가 아래쪽에서 벌어지고 있는지 아는가? 그들은 무관심한가? 연인들은 남학생들이 지켜보고 있어서 난처했는가? 체호프는 말하지 않는다.

세부사항의 완결은 대칭성과 관계가 있다. 나쁜 사람 둘이 다른 나쁜 사람 둘을 만났는데 각 쌍은 다른 쌍과 아무 상관이 없다.

체호프풍의 영국 작가인 모더니스트 헨리 그린은 해설에 바싹 더 재갈을 물리고 싶어하고 얼핏 보기에 독자를 오도하는 것을 즐긴다. 그의 소설 『사로잡히다』(*Caught*, 1943)는 런던 공습 기간을 배경으로 삼으면서, 잡다한 이유로 전투에 동원되지 않은 민간인들의 전시 조직인 보조소방대를 다룬다. 문제의 소방대는 서툴기 일쑤다. 하루는 어느 가정집 화재 진압에 호출되었는데, 어쩌다 불난 집 옆 건물로 잘못 진입하게 된다. 다음날 트랜트라는 자치구소방관(직업소방관)이 이 터무니없는 일을 돌아본다. '15번가에서 트랜트의 아내는 그가 거처를 떠날 때 저녁식사로 돼지고기 파이를 약속했다. 이것은 트랜트에게 전날 너절한 오리떼 같은 보조대를 데리고선 목 잘린 닭처럼 이리저리 나대며 자기들을 우스갯거리로 만들어버린 부하 경관을 생각나게 했다.' 자, 돼지고기 파이가 왜 전날의 사건을 '트랜트에게 생각나게' 하는가? 그린은 독자에게 알려줘야 할 필요를 느끼지 못한다. 우리로서는 트랜트가 다음과 비슷한 식으로 생각했으리라고 짐작하는 것이 고작이다. '돼지고기 파이…… 죽은 돼지…… 농가 마당…… 닭들이 죽임을 당한 뒤 뛰어다닌다…… 내 부하들이 목 잘린 닭들처럼 뛰어다니던 어제의 끔찍한 난장판.' 이 대목은 이렇게 조이스식으로 써놓으면 둔중하지만, 신속하고 입에 지퍼를 채운 듯한 그린의 자유 간접화법으로 압축해놓으면 반짝이면서 불투명하다. 이것은 우리의 마음이 실제로 작동하는 방식과 매우 흡사해 보인다.

그러나 트랜트의 마음은 전혀 그런 식으로 작동하지 않았을 수도 있다. 어쩌면 그는 이렇게 생각했을 수도 있다. '돼지고기 파이…… 어제의 끔찍한 난장판…… 목 잘린 닭처럼.' 이런 순서로?

작중인물

그 이야기의 백미는 어느 미국인 학자가 베께뜨(Samuel Beckett)에 관해 '그는 사람들에 대해 개뿔도 신경 쓰지 않는다. 그는 예술가다'라고 말하는 대목이다. 이때 베께뜨는 오후 티타임의 쨍그랑대는 찻잔소리 너머로 목소리를 높여 소리쳤다. '근데 나는 사람들에 관해 개뿔 신경을 써요! 개뿔 신경 쓴다니까요!'[1]

59

허구적 인물의 창조보다 어려운 것은 없다. 나는 사진에 대한 묘사로 시작하는, 내가 읽은 습작소설들의 숫자로 그 사실을 알 수 있다. 독자들도 이 문제를 알 것이다. '어머니는 맹렬한 햇빛 속에 실눈을 뜨고서, 무슨 이유에선지 죽은 꿩을 들고 있다. 그녀는 끈으로 묶어올리는 구식 장화를 신고 흰 장갑을 꼈다. 그녀는 철저히 불행해 보인다. 그러나 아버지는 늘 그렇듯 가눌 수 없을 정도로 신이 나 있고, 어린 시절부터 내가 너무도 잘 기억하는, 프라하에서 가져온 회색 벨벳 중절모를 쓰고 있다.' 숙련되지 않은 소설가는 정적인 것에 매달리는데, 동적인 것보다 묘사하기가 훨씬 쉽기 때문이다. 사람들을 젤리 같은 정지상태에서 꺼내 장면 안에서 움직이게 만드는 것은 어려운 일이다. 위에서 패러디한 것 같은 늘어진 회화적 묘사를 마주할 때면, 나는 작가가 난간을 붙잡은 채 두려워 밀고 나가지 못하는 것이 아닌가 하는 의심이 들어 걱정스럽다.

60

그러나 어떻게 밀고 나갈 것인가? 어떻게 정적인 초상화를 살아 움직이게 할 것인가? 포드 매독스 포드는 자신의 책 『조지프 콘래드: 개인적 기억들』(*Joseph Conrad: Personal Remembrance*)에서 작중인물을 일으켜세워 달리게 하는 법 ── '작중인물을 끌어들이는 법'이라고 그가 부르는 것 ── 에 대해 멋들어지게 적고 있다. 그의 말에 따르면 콘래드 자신은 '진정으로 또한 충분하게 인물을 끌어들였다고 진실로 만족한 적이 결코 없었다. 그는 자신이 독자를 납득시켰다고 납득한 적이 없었다. 이것이 콘래드의 몇몇 소설들의 분량이 방대한 원인이다.' 나는 콘래드가 인물들의 핍진성을 높이려고 여러 면에 걸쳐 만지작거릴 수밖에 없었기에 그의 몇몇 소설들이 길어졌다는 이 생각이 마음에 든다. 그것은 무한히 긴 소설이라는 상상을 불러일으키기도 한다. 그렇다면 적어도 배짱이 두둑한 견습 작가에게는 좋은 동지가 있는 셈이다. 포드와 콘래드는 모빠상의 단편 「오르땅스 여왕」(La Reine Hortense)에 나오는 다음 문장을 사랑했다. '그는 언제나 첫번째로 문을 통과하는 붉은 구레나룻의 신사였다.' 포드는 논평한다. '저 신사는 너무도 잘 끌어들여졌기(got in) 때문에 그가 어떻게 행동할지 이해하려고 그에 관해 더 설명할 필요가 없다. 그는 이미 "끌어들여졌으므로" 당장 일에 착수할 수 있다.'

포드가 옳다. 이를테면 초상화를 걸어다니게 하는 데 그리 많은 붓질이 필요하지 않다. 그리고 여기에서 추론되는 것은 독자는 작고 명이 짧으며 다소 평면적이기까지 한 인물들에게서 크고 입체적이며 우뚝 솟은 남녀주인공들에게서만큼 많은 것을 얻어낼 수 있다는 것이다. 내 생각에 「개를 데리고 다니는 여인」의 간부(姦夫) 구로프는 개츠비나 드라이저의 허스트우드(『씨스터 캐리』에 나오는 인물), 나아가 제인 에어만큼이나 생생하고 흥미로우며 제구실을 하는 인물이다.

61

이것을 잠시 생각해보자. 낯선 이가 방에 들어선다. 그 순간 우리는 어떻게 그를 가늠하기 시작하는가? 당연히 그의 얼굴과 옷을 바라본다. 이 남자는 중년이어도 여전히 잘생겼고, 머리가 벗어지고 있다고 하자. 정수리에는 납작 눌린 머리카락으로 테가 둘린 반질반질한 부분이 있는데, 그것은 창백한 미스터리 써클처럼 보인다. 그의 태도에는 어딘지 남들이 주목해주리라 기대하는 것처럼 보이는 데가 있다. 그런가 하면 처음 몇분간 그는 머리 위를 손으로 너무 자주 매만지는데, 그쪽 머리카락이 빠진 것 때문에 좀 거북해한다는 생각도 들게 한다.

상반신은 멋진 셔츠를 다림질해 입고 좋은 재킷을 걸치는 등 고급스럽게 치장을 한 반면, 하반신은 얼룩지고 주름진 바지에 낡고 닦지 않은 구두를 신은 단정하지 못한 차림으로 호기심을 끈다고 생각해보자. 그렇다면 그는 사람들이 단지 그의 상반신만을 주목할 것이라 기대하는가? 아니면 이것이 사람들의 관심을 휘어잡는 자신의 연극적 능력, 사람들로 하여금 자기 얼굴을 계속 바라보게 하는 능력에 대한 어떤 믿음을 암시한다고 볼 수 있는가? 아니면 혹시 그 자신의 삶이 이와 비슷하게 두갈래로 나뉘어 있는가? 어쩌면 그는 어떤 면에서는 정리되어 있고 다른 면에서는 흐트러져 있을지도 모른다.

62

인물이 어떻게 말하며, 누구에게 말하는지 — 그가 어떻게 세상에 부딪치는지 — 를 보고 우리는 그에 대해 많은 것을 알 수 있다. 이디스 워튼(Edith Wharton)이 말했듯, 사람들은 다른 이들의 부동산과 같다. 우리는 우리의 것과 닿아 있는 것들에 대해서만 안다. 구깃구깃한 바지를 입은 그 남자가 한 남자와 여자가 서 있는 방에 들어간다고 해보자. 그는 먼저 여자에게 말을 걸고, 남자는 무시한다. 우리는 속으로, '아, 저 남자 그런 친구로군' 하고 생각한다. 그런데 뒤이어 소설가는 그가 말을 건 여성이 눈에 띄게 못생겼다는 사실을 우리에게 일러준다. 그렇게 되면 불현듯 소설의 예사롭지 않은 능력이 진가를 발한다. 예컨대 소설은 영화와 달리 인물이 무슨 생각을 하는지 말해줄 수 있다. 그리고 이 순간 소설가는 자유간접화법으로 바로 다음과 같이 덧붙이기로 작정한다. '자기 나름으로 전통에 충실했던 어머니는 신사란 방에서 가장 못생긴 여성에게 먼저 말을 걸어서 편하게 해줘야 한다고 언제나 그에게 가르쳤다. 소박한 기사도인 것이다.'

위의 것은 겨우 문단 하나에 지나지 않을 것이다.

63

안또니오니(Antonioni)의 영화 『일식』(L'Eclisse, 국내에서는 '태양은 외로워'라는 제목으로 알려짐)에서, 환한 얼굴의 모니까 비띠는 알랭 들롱이 연기한 약혼자가 일하는 로마 주식거래소를 방문한다. 들롱은 방금 오천만 리라를 잃은 뚱뚱한 남자를 가리킨다. 호기심이 생긴 그녀는 남자를 따라간다. 그는 바에서 음료를 시킨 뒤 거의 건드리지도 않고는 일어나 어느 까페로 간 다음 거기서 미네랄 워터를 한병 시키지만 또다시 거의 건드리지 않는다. 그는 종잇조각에 무언가를 써서 그것을 탁자 위에 남겨둔다. 틀림없이 그것은 분노에 차고 우울한 형상들의 조합일 것이라고 우리는 상상한다. 비띠는 탁자로 다가가서 그것이 꽃 그림이라는 것을 본다.

누가 이 작은 장면을 사랑하지 않겠는가? 그것은 너무도 섬세하고 너무도 부드러우며, 너무도 완곡하고 살짝 유머러스할 뿐더러, 우리 자신을 너무도 근사하게 놀려준다. 우리에게는 투자에 실패한 사람이 어떻게 파국에 반응하는지에 관한 고정관념—좌절, 절망, 투신자살—이 있는데, 안또니오니는 우리의 기대를 깨뜨린다. 작중인물은 운하 갑문을 통과하여 지나가는 배처럼 우리의 변화하는 지각들 사이를 미끄러지듯 빠져나간다. 우리는 잘못된 확신에서 시작해 풀 수 없는 수수께끼에서 끝난다.

이 장면은 무엇이 진정 인물을 구성하는가,라는 의문을 불러일으킨다. 우리는 이 투자자에 대해 이 에피소드가 우리에게 알려주는 것 외에는 아무것도 알지 못한다. 그는 영화에서 더는 등장하지 않기 때문이다. 그가 진실로 '작중인물'이기는 한가? 그럼에도 안또니오니가 이 인물의 성정에 대해, 그리고 확장해서 말하자면, 압박하에서 인간이 유지하는 그 어떤 태평스러움—혹은 어쩌면, 압박하에서 생겨나는 태평스러움을 향한 그 어떤 방어적 의지—에 관해 무언가 날카롭고 깊은 것을 드러냈다는 점을 반박할 사람은 아무도 없을 듯하다. 살아 있고 인간적인 그 무엇이 드러난 것이다. 그러므로 이 장면은 서사가 한 개인에 관한 생생한 느낌을 주지 않고도 한 작중인물에 관한 생생한 느낌을 줄 수 있고 또 자주 준다는 것을 증명한다.

우리는 이 특정한 남자에 대해서는 알지 못하지만, 이 순간 그의 특정한 행동에 대해서는 안다.

64

소설에 나오는 인물을 두고 많은 양의 헛소리가 ─ 작중인물에 대한 믿음이 너무 많은 사람들 편에서건 너무 적은 사람들 편에서건 ─ 날마다 씌어진다. 믿음이 너무 많은 사람들은 인물이란 무엇인지에 관해 한꾸러미 무쇠 같은 편견을 가지고 있다. 독자는 그들을 '알게' 되어야 하고, 그들은 '정형화된 인물'이 아니어야 하고, 그들은 외면뿐 아니라 '내면'도 가져야 하고, '성장하고' '발전해야' 한다. 그리고 그들은 착해야 한다. 따라서 그들은 우리와 꽤 비슷해야 한다. 『뉴욕 타임스』에서 한 비평가는, 쿠레이시(Hanif Kureishi)의 영화 『비너스』(*Venus*)에서 칠십대의 오툴이 연기한 '늙어빠진 난봉꾼'과, 베넷(Alan Bennett)의 연극/영화 『히스토리 보이스』(*The History Boys*)에서 '남자 학생들을 더듬는' 나이 지긋한 교사 헥터는 상대적으로 '인자한' 인물로 의도되었으나, 그들의 실제 행동은 그들을 '하찮고 자기기만적인' 존재로 보이게 만든다고 불평한다. 그와 같은 나이 지긋한 인물들이 어린 희생자들을 '스토킹하는' 것을 지켜보는 데에는 그 비평가가 '중대한 혐오요소'라 부르는 것이 개재된다. 하지만 그의 주장에 따르면 영화제작자들은 이 인물들을 실제 성폭력자로 그리는 대신 우리가 그런 행동에 공감하고 박수갈채까지 보내기를 바라는 듯하다. 『히스토리 보이스』의 문제는 그 영화가 '관객 역시 영화를 만든 사람들처럼 이 호색적인 주인공을 통째로 끌어안으리라 가정한다는 데 있다는 것이다.'[2]

달리 말하면, 예술가들은 우리가 용인할 수 없는 인물들을 이해하려 노력해보라고—또는 예술가들이 확고히, 그리고 분명하게 그들을 심판하기 전까지— 우리에게 요구하면 안된다는 것이다. 우리가 이 '혐오요소'들을 느끼면서도 동시에 이 늙어가는 호색적인 남자들의 눈을 통해 삶을 바라볼 수도 있다는 생각, 그리고 이처럼 우리 자신에게서 벗어나 일상적 경험의 영역 너머로 들어가는 것이 도덕과 공감에 대한 그 나름의 교육일 수도 있다는 생각은 이 특정 평자에게 떠오르지 않는 듯하다. 그에 대해 내가 할 수 있는 말은 그 자신이 칠십세가 되면 그렇게 가차없지는 않으리라는 것뿐이다. 하지만 이 기사가 유난히 잘못되었다는 것은 아니다. 아마존닷컴에 올라오는 수천 건의 바보 같은 '독자평'이 '혐오스러운 인물'에 대해 늘어놓는 불평을 일별하노라면, 훈계조로 고상을 떠는 것이 만연해 있다는 것을 확인할 수 있다.

65

다른 한편으로, 작중인물에 대한 믿음이 너무 적은 사람들은 인물이란 아예 존재하지 않는다고 말한다. 소설가이자 평론가인 윌리엄 개스(William Gass)는 헨리 제임스의 『서투른 나이』(*The Awkward Age*)에 나오는 다음 단락에 대해 논평한 바 있다. '캐시모어 씨는 심한 대머리가 아니었더라면 머리칼이 매우 붉었을 터이고, 외눈안경에 윗입술은 길었다. 그는 거대하고 쾌활했으며 그런 타입에 맞지 않는 작고 앵돌아진 탄식소리를 냈다.' 이에 대해 개스는 아래와 같이 말한다.

> 우리는 여기에 덧붙일 만한 캐시모어 씨에 관한 문장을 몇개든지 생각해낼 수 있다. 문제는 '캐시모어 씨란 무엇인가?'라는 것이다. 여기 내가 내놓는 답은 이렇다. 캐시모어 씨란 (1)소음 (2)고유명사 (3)관념의 복합적 체계 (4)통어하는 지각 (5)언어적 조직화의 도구 (6)참조의 양식으로 가장된 어떤 것 (7)언어적 에너지의 원천 등이다. 그는 지각의 대상이 아니며, 그를 두고 인간에 걸맞은 그 어떤 것을 거론하는 것도 잘못이다.[3]

나는 이것이 깊숙이, 고칠 수 없을 만큼 틀렸다고 본다. 문학은 그와 같이 단어들의 집합이므로 인물도 물론 단어들의 집합이다. 하지만 이것은 우리에게 전혀 아무것도 말해주지 않으며, 소설은 종이 낱장들을 책으로 철한 것에 지나지 않으므로 상상된 '세계'를 진정으로 창조할 수는 없다고 공들여서 알려주는 것과 같다. 제임스가 이렇게 소개한 캐시모어 씨는, 우리가 그에 대한 묘사를 바라보고 있다는 바로 그 이유에서, 분명 곧바로 '인식의 대상'이 되었다. 개스는 '그를 두고 인간에 걸맞은 그 무엇을 거론하는 것도 잘못이다'라고 단언하지만, 방금 제임스가 한 것이 바로 그것이다. 그를 두고 제임스는 실재하는 인간에 대해 보통 하는 이야기를 한 것이다. 그는 우리에게 캐시모어 씨의 머리는 벗어지고 붉어 보이며, '앵돌아진 탄식 소리'는 거대한 몸집과 쾌활함에 어울리지 않아 보인다('그런 타입에 잘 맞지 않는다')고 말했다. 물론 현재로서는 제임스의 초벌 붓질에서 캐시모어 씨가 막 창조되었을 뿐이므로, 그는 거의 존재하지 않는다고 할 수 있다. 그런데 개스는 인물의 에덴동산에서와 같은 순결함을 나중의 타락한 본질과 혼동한다. 말하자면 이 순간 캐시모어 씨는 우리가 길거리에서 바라보는, 무대 쎄트처럼 보이기 일쑤인 건물의 얼개와 같다. 물론 '캐시모어 씨에 관한 문장을 몇개든지' 생각해내어 지금 문장에 덧붙일 수 있을 것이다. 하지만 그것이 가능한 것은 제임스가 그에 관해 지금까지 말한 것이 몇문장 되지 않기 때문이다. 제임스가 더 많은 물감을 칠해가면 인물은 점점 덜 잠정적으로 보일 것이다. 개스의 말은 짐짓 회의주의를 표방하지만 실은 멋부린 경박함이며 문학에서 타인에 관해 배우는 것을 거부하는

데 지나지 않는다. 내 생각에 인물을 그렇게 극단적으로 부정하는 것은 소설을 본질적으로 부정하는 것이다.

66

반복하건대, 작중인물이란 **도대체 무엇인가?** 나는 인물의 자격요건에서부터 곤경에 처한다. 인물은 의식, 곧 마음의 사용과 연관되어 있는 것 같다고 말하면, 생각을 거의 하지 않는 듯이 보이는, 곧 생각하는 모습이 거의 보이지 않는 뛰어난 인물의 여러 사례들이 들고일어난다(개츠비, 에이해브 선장, 베키 샤프, 위드머풀, 진 브로디 등등〔이 다섯은 각각 스콧 피츠제럴드의 『위대한 개츠비』, 허먼 멜빌의 『모비 딕』, 윌리엄 메이크피스 새커리의 『허영의 시장』, 앤서니 파월의 『시간의 음악에 맞추어 춤추다』, 뮤리엘 스파크의 『진 브로디 양의 전성기』에 나오는 주요인물〕). 인물이란 적어도 내면적 삶, 곧 내향성과 약간의 본질적 관계가 있고 '내면으로부터' 제시되어야 한다는 말을 반복하는 것으로 내 생각을 보완하려니, 안나 까레니나와 에피 브리스트라는 두 간부(姦婦)의 절묘하게 상반되는 예가 문제다. 전자는 생각이 많은 인물로 외면적으로뿐 아니라 내면적으로도 관찰되지만, 폰타네(Theodor Fontane)의 동명 소설 주인공인 후자는 거의 전적으로 외부에서만 관찰될 뿐 내면의 생각을 재현할 공간이 할애되지 않는다. 단지 독자의 눈에 안나가 생각을 좀더 많이 하는 것으로 비친다는 이유에서 안나가 에피보다 더 생생하다고는 아무도 말할 수 없을 법하다.

만약 내가 주요인물과 군소인물—입체적 인물과 평면적 인물—을 구별하려고 애쓰면서, 이들이 미묘함과 깊이, 지면에 등장하는 시간의 측면에서 다르다고 주장한다면, 동시에 나는 다수의 이른바 평면적 인물들이 입체적 인물들—평면적 인물을 거느린다고 추정되는 인물들—보다 더 생동감 있어 보이고, 그들이 아무리 단명하더라도 인간에 대한 연구로서 더욱 흥미로워 보인다는 점을 시인할 수밖에 없다.

67

소설은 예외주의의 대단한 대가다. 그것은 그 주변에 둘러쳐진 규칙들을 언제나 빠져나간다. 그리고 소설적 인물들은 예외주의의 후디니(Harry Houdini, 헝가리 출신의 미국인 마술사, 영화제작자) 자체다. '단일한 소설적 인물'이라는 것은 없다. 그저 수천가지 다른 유형의 사람들이 있어서, 일부는 입체적이며 일부는 평면적이고, 일부는 깊이있고 일부는 캐리커처이며, 일부는 사실적으로 재현되었고 일부는 매우 가벼운 붓놀림으로 그려졌을 따름이다. 그들 중 일부는 우리가 그들의 동기에 대해 고찰할 수 있을 정도로 충분히 탄탄하다. 왜 허스트우드는 돈을 훔치는가? 왜 이저벨 아처는 길버트 오즈먼드에게 돌아가는가? 쥘리앵 쏘렐(스땅달『적과 흑』의 주인공)의 진정한 야망은 무엇인가? 왜 끼릴로프는 자살하고 싶어하나? 비즈워스 씨가 원하는 건 무엇인가? 그러나 온전히, 혹은 관습에 따라 그려지지 않았으면서도 살아넘치고 생생한 허구적 인물들은 숱하게 많다. 심오한 비밀을 지닌 채 우리를 대면하는 19세기의 탄탄한 허구적 인물(나는 비즈워스도 그런 부류로 친다)은 인물을 창조하는 데 '최상의' 방법도 아니고 이상적이거나 유일한 방법도 아니다. (그렇다고 포스트모더니즘이 그런 인물에 대해 몹시 굽어보는 듯한 태도를 취하는 것이 온당하다는 것은 아니다.) 나 자신의 취향은 좀더 소략하게 제시된 허구적 인물들, 공백과 생략 때문에 우리 애를 태우고 우리로 하여금 자신들의 깊고도 얕은 여울로 걸어들어오라고 자극하는 인물들 쪽으로 기운다. 왜 오네긴은 따쩨야나를 거부하고 또 이어서 렌스끼에게 싸움을 거는가? 뿌시낀은 우리가 대답의 근거로 삼을 만한 증거를 거의 내놓지 않는다. 스베보의 제노는 미쳤는가? 함순의『굶주림』의 화자는 미쳤는가? 독자에게는 단지 사건들에 관한 그들의 신뢰할 수 없는 서술만 있을 뿐이다.

68

어쩌면 나는 인물이 무엇인지 확신하지 못하기 때문에, 『쁘닌』이나『진 브로디 양의 전성기』(*The Prime of Miss Jean*

Brodie) 혹은 『히까르두 헤이스가 죽은 해』(*O Ano da Morte de Ricardo Reis*, 주제 싸라마구의 1984년 소설) 또는 볼라뇨(Roberto Bolaño)의 『야만스러운 탐정들』(*Los Detectives Salvajes*)과 같은 현실적이면서 동시에 비현실적인 인물들과 독자가 작품에서 마주하게 되는 포스트모던 소설들이 특히 감동적이라고 느끼는지도 모른다. 이 모든 소설에서 작가는 제목에 나오는 남녀주인공들의 허구성에 대해 고민하라고 독자에게 요청한다. 그리고 근사한 역설이지만, 바로 그와 같은 고민이, 허구적 인물들을 '실재'하도록 만들고 싶은 욕구, 즉 작가에게 사실상 다음과 같이 말하고 싶은 욕구를 독자의 마음속에 꿈틀거리게 한다. '나는 그들이 허구일 뿐이라는 걸 알아요. 그대가 나에게 계속 그렇게 말하고 있군요. 하지만 나는 그들이 실재한다고 취급해야만 그들을 알 수 있어요'라고. 이것이 일례로 『쁘닌』의 작동방식이다. 신뢰할 수 없는 화자는 '인물'(character)이라는 말에 담긴 두가지 의미 ─ 유형(광대 같고 괴짜 같은 이민자)이라는 의미와 허구적 주인공, 곧 화자의 공상이라는 의미 ─ 에서 쁘닌 교수가 '인물'이라고 주장한다. 화자가 자신의 무르고 어리석은 소유물을 시혜적으로 대하는 데 우리는 분노를 느끼는데, 바로 그 이유 때문에 우리는 그 '유형' 뒤에 참된 쁘닌이, 온전하고 복잡한 그대로 '알' 만한 가치가 있는 인물이 틀림없이 존재한다고 내세운다. 그리고 나보꼬프의 소설은 참된 쁘닌 교수, 고압적이고 악의적인 화자의 거짓된 허구에 맞설 '진정한 허구'에 대한 저 열망을 우리 안에 불러일으키게끔 구성되어 있다.

69

주제 싸라마구(José Saramago)의 위대한 소설 『히까르두 헤이스가 죽은 해』는 작동방식은 조금 달라도 같은 결과를 낳거니와, 『쁘닌』과 마찬가지로 진정한 자아란 무엇인가에 대한 감동적 탐색이 된다. 브라질에서 온 의사 히까르두 헤이스는 고향 뽀르뚜갈로 돌아가기로 작정한, 냉담하고 보수적인 유미주의자다. 때는 1935년 말로, 위대한 시인 페르난두 뻬소아(Fernando Pessoa)가 막 죽었다. 헤이스 자신도 시인으로, 뻬소아의 작고를 애도한다. 그는 무엇을 할지 확신이 없다. 돈은 좀 모았기에 한동안 호텔에서 살고 있는데, 거기서 객실담당 여종업원과 정사를 갖는다. 그는 여러개의 아름다운 서정시를 쓰기도 하고, 이제 귀신이 된 뻬소아가 찾아오면 대화를 나누기도 한다. 싸라마구는 이 대화들을 솔직하게 축자적이고 직접적인 방식으로 묘사한다. 1935년이 1936년으로 저물어가는 동안 헤이스는 리스본 거리를 헤맨다. 그는 신문을 읽으며 유럽의 개들이 짖는 소리에 점점 더 놀란다. 스페인 내전과 프랑꼬의 등장, 독일의 히틀러, 이딸리아의 무쏠리니, 그리고 뽀르뚜갈에는 쌀라자르의 파시스트 독재 등등. 그는 이 나쁜 소식으로부터 숨고 싶다. 그는 좋은 소식만으로 편집된 『뉴욕 타임스』 특별 수정판을 매일 배달받는 아흔일곱살의 존 D. 록펠러의 이야기를 부러워하며 곰곰이 생각한다. '세상의 위협은 마치 태양

처럼 보편적이지만, 히까르두 헤이스는 그 자신의 그림자 안에서 피난처를 찾는다.'

하지만 히까르두 헤이스는 데이비드 코퍼필드나 에마 보바리 같은 '진짜' 허구적 인물 — 이 말이 무슨 뜻이든 — 은 아니다. 그는 리스본에서 일하고 살다가 1935년에 죽은 시인인 실제 뻬소아가 시를 쓸 때 페르소나로 사용했던 네개의 필명 중 하나다. 이 책 특유의 깜박이는 듯한 느낌, 작품을 환각처럼 보이게 하는 독특한 색조와 섬세함은 이중으로 허구적인 — 뻬소아의 인물이면서 동시에 싸라마구의 인물인 — 한 인물에 싸라마구가 부여하는 탄탄함에서 비롯된다. 이것 때문에 싸라마구는 독자가 이미 알고 있는 것, 즉 히까르두 헤이스가 허구라는 사실을 가지고 독자를 애태울 수 있다. 싸라마구는 이것에서 무언가 깊이있고 감동적인 것을 만들어낸다. 히까르두 또한 자신이 어딘지 허구적이며, 기껏해야 그림자 같은 구경꾼, 사물의 주변에 놓인 존재라고 느끼기 때문이다. 그리고 히까르두가 그렇게 생각할 때 독자는 그가 알지 못하는 무엇, 곧 그가 실재가 아니라는 것을 알기에 그에게서 묘한 애정을 느낀다.

70

우리 모두가 허구적 인물로, 삶을 부모로 두고 우리들 자신에 의해 씌어진 존재라고 할 만한 측면이 있는가? 이것은 어딘지 싸라마구의 질문과 비슷하다. 하지만 싸라마구가 온갖 것의 메타픽션적 성격을 우리에게 들추어 보이기 좋아하는 저 포스트모던 소설가들과는 반대방향의 여정을 통해 자신의 질문에 도달한다는 것은 유념할 만하다. 특정 부류의 (예컨대 존 바스 〔John Barth〕 같은) 포스트모던 소설가는 언제나 이렇게 우리에게 설교한다. '기억하라, 이 작중인물은 그저 작중인물일 뿐이다. 내가 그를 만들어냈다.' 그런데 싸라마구는 만들어낸 인물에서 출발해 그와 동일한 회의주의를 통과하면서도 방향은 반대였고, 그리하여 실재성을 향해, 가장 깊은 질문들을 향해 나아갈 수 있었다. 싸라마구는 결과적으로 이렇게 묻는 셈이다. '작중인물일 뿐'이라는 것이 **도대체 무엇인가?**라고. 그리고 실생활에서 '나는 존재하지 않아'라고 말하는 사람은 결코 없으므로, 싸라마구의 불분명함은 윌리엄 개스의 회의주의보다 더 리얼하다. 우리는 오히려 히까르두가 말하는 것과 꼭 같이 '나는 내가 존재한다고 믿어'라고 말한다.

싸라마구의 소설들에서 자아는 히까르두 헤이스처럼 단지 그림자를 드리울 뿐일는지 모른다. 하지만 이 그림자는, 마치 태양이 던진 그림자가 태양을 직시해서는 안된다고 우리에게 경고하듯, 자아의 부재가 아니라 자아가 드러나기 어렵다는 것, 거의 드러날 수 없다는 것을 암시한다. 히까르두 헤이스는 냉담하고 유령 같다. 그는 정치를 포함하여 현실적 관계에 끌려드는 것을 원하지 않는다. 유럽은 전쟁을 향해 다투어 나아가고 있지만 히까르두는 자신의 존재 여부를 고민하며 호사스레 한가로이 앉아 있을 뿐이다. 그는 이렇게 시작하는 시를 쓴다. '우리는 아무 가치가 없다, 우리는 부질없다 할 것도 없다.' 다른 시는 이렇게 시작한다. '빈손으로 걸으라. 세상의 모습에 만족하는 자는 현명하므로.' 그렇지만 이 소설은 세상의 모습이 끔찍할 때 그 세상의 모습에 만족하는 것은 어딘지 좀 죄스러운 구석이 있는 일일지 모른다고 암시한다.

71

이 소설을 비롯하여 싸라마구 작품 대다수가 제기하는 질문은 '히까르두 헤이스는 존재하는가?'라는 메타픽션적 게임과는 무관하다. 그것은 '누구와도 관계 맺기를 거부한다면 우리는 존재하는가?'라는 훨씬 더 통렬한 질문이다.

72

허구적 인물을 '사랑한다는' 것, 그 인물을 안다고 느끼는 것은 무슨 뜻인가? 이것은 어떤 유형의 지식인가? 진 브로디 양은 전후 영국소설의 등장인물 가운데 매우 사랑받는 인물 중한명으로, 사람들의 일상대화에 오르내리는 몇 안되는 인물이다. 그러나 만약 에든버러의 프린시스 거리로 마이크를 끌고 가서 사람들에게 브로디 양에 대해 무엇을 '아는'가라고 묻는다면, 뮤리엘 스파크(Muriel Spark)의 소설을 읽은 사람들은 대개 그녀의 수많은 경구들을 읊을 것이다. '나는 지금이 전성기예요' '당신은 최고 중 최고예요' '속물들이 우리를 공격하는군요, 로이드 씨' 등등. 이것은 진 브로디가 한 유명한 말들이다. 달리 말하면 브로디 양은 실제로는 전혀 '알려져' 있지 않다. 우리는 그녀를 그녀의 어린 학생들이 아는 식으로, 판박이 상투어구 모음, 과장스러운 연기, 교사 공연 등으로 알 뿐이다. 마샤 블레인 여학교에서 브로디 패거리는 저마다 무언가로 '유명'하다. 메리 맥그레거는 멍청한 것으로 유명하고, 로즈는 섹스로 유명하고 등등. 브로디 양은 그녀가 한 말로 유명한 것 같다. 작중인물로서 그녀가 희박하게 묘사된 까닭에 독자는 그녀를 에워싸고 한층 두꺼운 해석의 재킷을 입히는 경향이 있다.

뮤리엘 스파크의 소설은 거의 전부 맹렬하게 차분하고 독실하게 굶주렸다. '결코 사과하지 말고, 결코 절대 설명하지 마라'를 모토로 삼은 듯한 찬란하게 절제된 그녀의 문체는 의도적인 도발로 보인다. 독자는 겨우 초승달일 뿐인 그녀의 인물들을 꽉 찬 보름달로 바꾸지 않고는 못 배기겠다고 느낀다. 설명조나 감상조를 띠기를 거부하는 그녀의 태도가 어느정도 기질적인 데서 비롯되었을지 모르나, 그것은 또한 도덕적이기도 했다. 스파크는 우리가 누군가를 얼마만큼 알 수 있는지에 관해 깊은 관심이 있었으며, 나아가 그러한 지식을 가진 척, 누구보다 많이 가장하는 소설가는 과연 자신의 인물을 얼마나 알 수 있는지에 관해서도 관심이 있었다. 스파크는 브로디 양을 그저 금언을 모으는 수준에 머물게 함으로써 우리가 브로디의 학생이 되게끔 한다. 소설 내내 독자는 학교를 떠나 브로디 양과 함께 그녀의 집에 가는 법이 없다. 결코 그녀를 무대 밖에서 사적으로 보지 못하는 것이다. 그녀는 언제나 직무수행 중인 교사로 공적인 얼굴을 유지한다. 독자는 뭔가 충족되지 못하고 절망적이기까지 한 면이 그녀에게 있다고 짐작하지만, 소설가는 독자가 그녀의 내면으로 접근하는 것을 허용하지 않는다. 브로디는 자신의 전성기에 관해 많은 이야기를 하지만 독자는 그 시절을 목격할 수 없으며, 따라서 전성기에 대해 그리도 많은 말을 한다는 것은 따져보면 더는 전성기가 아니라는 뜻이 아닌가 하는 심술궂은 의심마저 생긴다.

스파크는 언제나 자신의 허구적 인물들에게 지배력을 가차없이 행사하는데, 이 작품에서 그녀는 이것을 과시한다. 그녀는 자신의 이야기 여기저기에 일련의 '내다보기'(flash-foward)를 징처럼 박아놓으며, 이를 통해 독자는 플롯의 주요사건이 일어난 뒤 인물들에게 무슨 일이 생기는지를 알게 된다(브로디 양은 암으로 죽을 것이고 메리 맥그레거 학생은 스물세살의 나이에 화재로 사망할 것이며, 다른 한 학생은 수녀원에 들어가고 또 다른 학생은 평범한 결혼을 할 것이며, 다른 학생은 처음으로 대수(代數)라는 것을 발견했던 때만큼 결코 다시는 행복해지지 못할 것이다). 이 냉정하게 예언적인 대목들은 너무도 즉결재판 같아서 어떤 독자들에게는 잔인하다는 인상을 준다. 하지만 그 대목들은 감동적이다. 만약 브로디 양에게 진정한 전성기가 없었던 것이라고 한다면, 몇몇 여학생들의 전성기는 어린 시절에—적어도 선생님들은 '너희들 삶의 가장 행복한 나날'이라 진심으로 찬양하는 그 나날 중 어느 때—일어났다는 생각이 들게 하기 때문이다.

이 '내다보기'는 무언가 다른 기능도 수행한다. 뮤리엘 스파크가 자신의 창조물들에 대한 궁극적 지배력을 가지고 있다는 것을 독자에게 상기시키는 한편, 다름 아닌 브로디 양을 떠올리게 한다. 이 전제적인 권위야말로 브로디 양의 가장 명민한 학생인 쌘디 스트레인저[4]가 자기 선생님을 혐오하는 점인데, 쌘디는 이것을 결국 폭로해버린다. 자기 선생님은 파시스트이자 스코틀랜드 칼뱅주의자로, 학생들의 삶을 미리 정해서 우격다짐으로 그들을 인위적 틀에 맞추어낸다는 것이다. 소설가 또한 이런 일을 하는 것일까? 이것이 스파크의 관심을 끄는 질문이다. 소설가는 신과 같은 전능한 힘을 쥐고 있지만, 그가 자기 인물들에 대해 진실로 알 수 있는 것은 무엇인가? 우리 삶의 궁극적 저자인 신만이 분명 우리의 오고 감을 알 수 있으며, 신만이 분명 그러한 것들을 결정할 도덕적 권리를 지니고 있다. 나보꼬프는 자신이 인물들을 농노나 체스 말처럼 이리저리 밀어낸다고 말하곤 했다. 작가들은 은유적 무지와 무기력을 핑계 삼아 '무슨 일이 일어났는지는 모르겠지만 내 작중인물이 그냥 나에게서 벗어나 제 스스로 행동했소. 나는 그것과 아무 관련이 없소'[5]라고 말하길 좋아하지만, 나보꼬프에게는 그런 은유에 쓸 시간이 없었던 것이다. 헛소리,라고 나보꼬프는 말한다. 만약 내가 인물이 길을 건너길 바란다면 그는 길을 건넌다. 내가 주인이다. 나보꼬프의 소설은 스파크의 소설과 마찬가지로 그런 힘이 암시하는 바를 탐색한다. 결국 찌모페이 쁘닌은 나보꼬프 자신이 아닐까 의심되는 나보꼬프의 심술궂은 화자에 의해 이리저리 밀쳐지기를 거부한다. (쁘닌 교수가 가르치는 과의 학과장으로 오는) 화자 '밑에서 일하기'를 거부한다는 쁘닌의 말은 기억에 남을 만하다. 이것은 『위로하는 사람들』(*The Comforters*)이나 『죽음을 기억하라』(*Memento Mori*)와 같은 초기의 소설들에서부터 맨 마지막 작품 『교양 학교』(*Finishing School*)에 이르기까지 스파크의 지속적인 관심사 중 하나였다. 그녀는 허구 그 자체의 책임과 한계에 관해, 그리고 실로 모든 허구 쓰기의 어려움과 한계 자체에 관해 깊이 생각하는 데 허구를 활용했다.

73

이와 같은 허구에 대한 자의식, 그리고 절제된 형식에 대한 애착으로 인해 스파크는 때로 로브그리예(Alain Robbe-Grillet)나 영국 아방가르드 작가 B. S. 존슨(Bryan Stanley Johnson) 같은 **누보로망** 작가를 닮은 것처럼 보인다. 언젠가 존슨은 『불운한 자들』(*The Unfortunates*)이라는 소설을 출판했는데, 그것은 상자 안의 낱장들로 이루어져 독자가 적당하다고 생각하는 대로 다시 정리하게 되어 있었다. 그의 좀더 전통적인 소설 『크리스티 말리 그 자신의 복식부기장』(*Christie Malry's Own Double Entry*)은 매우 재미있거니와, 흥미로운 메타픽션적 자의식이 많이 들어 있다. 크리스티의 어머니는 이런 말을 한다. '내 아들아, 나는 이 소설을 위해 정확히 지난 십팔년 오개월간 네 어머니 노릇을 해왔단다……' 그의 어머니의 장례식에서, '크리스티는 유일한 애도자였다. (다른 수많은 것들에 대해서와 마찬가지로) 친척과 관련된 검약이 이 소설의 미덕 중 하나이므로.' 나보꼬프나 스파크가 그랬듯 존슨도 '체스 말들'을 마음대로 다룰 수 있다는 점에서 전지적 작가인 신과 전능한 소설가가 유사하다고 보았다. 어느 시점에서 크리스티의 어머니는 아담과 이브가 어떻게 나무에서 처음 열매를 따먹었는지 설명한다. 그녀는 그 모든 게 물론 부조리하다고 말한다. 신은 모든 것을 다 아니까 원하는 때에 그것을 언제든 멈출 수 있을 테니까. '하지만 그게 아니야. 신은 그때그때 그 모든 것을 지어내고 있었어. 어떤 부류의 소설가들처럼……'

그러나 존슨과 스파크 사이의 차이점 역시 교훈적이다. 존슨은 이 질문들을 유희의 대상으로 삼긴 하지만 스파크나 나보꼬프나 싸라마구처럼 거기에 깃들지는 않는다. 결과적으로 독자가 그 작가들에게서 느끼는 탐색의 긴박감 같은 것이 없다. 존슨은 되풀이해서, 그리고 매우 재미있게 '크리스티는 존재하는가?'라는 메타픽션적 질문을 던지는 데 만족할 뿐, '크리스티는 어떻게 존재하는가?'라는 형이상학적 질문——실은 '우리는 어떻게 존재하는가?'——을 던지지는 않는다. 이 소설의 분위기가 포스트모던한 가벼움을 띠는 것은 존슨이 진지하게 긍정적일 수 없는 까닭에 진지하게 회의적일 수도 없기 때문이다. (이는 우리가 이미 보았듯 긍정에서 회의주의를 쥐어짜낸 싸라마구의 경우와 반대이다.) 비록 우리가 진 브로디를 한벌의 카드처럼 뒤섞인 한줌의 장면들에서밖에 볼 수 없지만, 그녀는 스파크에게 **존재하고**, 형이상학적으로 현존하며, 우리에게도 역시 그러하다. 그것이 '진 브로디가 누구였는가? 누가 진정으로 그녀를 아는가?'라는 질문들이 힘을 지니고 문제가 될 수 있는 이유이다. 그러나 크리스티 말리는 존슨에게 진정으로 존재하지 않는다. 그는 믿어지기도 전에 부정된다.[6]

74

진 브로디를 도러시어 브룩을 알 수 있는 만큼 깊이 알 수 있다고 주장하고, 인물묘사의 빈틈이 탄탄함만큼이나 깊이있는 것이며 인물묘사에서 부재가 현존만큼이나 심오한 앎의 형태일 수 있다고 주장하며, 스파크와 싸라마구와 나보꼬프의 인물들이 제임스나 엘리엇(G. Eliot)의 인물만큼이나 감동을 줄 수 있다고 주장한다고 해서, 윌리엄 개스의 회의주의에 숙이고 들어가는 것은 전혀 아니다. 이 인물들 모두가 같은 양의 현실화된 '깊이'를 지니지는 않지만, 그들 모두는 개스의 말을 빌리면 지각의 대상이고, 그들 모두는 (물론 **실제로** 단어의 꾸러미들이긴 하지만) 단순한 단어의 꾸러미들 이상이며, 사람들에 관하여 해서 옳은 말은 그들에게도 통한다. 그들은 모두 '실재'이지만 (그들은 실재성을 띠지만) 방식은 상이하다. 그 실재성의 수준은 작가마다 다르며, 인물의 특정한 깊이나 실재성의 수준에 관한 독자의 허기는 작가에 의해 길들여지고 각 작품의 내적 관습에 적응한다. 이런 이유 때문에 우리는, 하루는 제발트, 그리고 다음날은 울프, 또 다음날은 필립 로스(Philip Roth)를 읽고도 각자가 서로 닮기를 요구하지 않는다. '깊고' '입체적인' 인물을 내놓지 않는다고 제발트를 비난하고, 디킨스식의 윤기 있고 원기왕성한 군소인물들을 내놓지 않는다고 울프를 비난하는 것은 명백한 범주적 오류일 것이다. 소설이 실패하는 것은 작중인물이 충분히 생생하거나 깊지 않을 때가 아니라, 문제의 소설이 자신의 관습에 어떻게 적응할지 독자에게 가르치는 데 실패했을 때, 작중인물들과 실재성의 수준에 대한 독자의 구체적 허기를 다루는 데 실패했을 때라고 나는 생각한다. 그럴 경우 독자의 식욕은 곧 실망을 느끼면서 독자에게 제공된 것을 넘어서 거칠게 솟구치고, 독자는 충분히 내놓지 않는다고—인물이 충분히 살아 있거나 입체적이거나 자유롭지 않다고 불평하면서— 작가를 탓하게 된다. 그러나 독자는 이런 식으로 실망시킨다는 이유로 제발트나 울프, 로스—그들 중 누구도 해묵은 19세기식으로 탄탄한 인물을 창조하는 데 특별한

관심이 없거니와──를 비난할 생각은 꿈에도 하지 않을 것이
다. 이 작가들이 자신들의 관습과 자신들의 개방적 한계에 독
자를 너무도 훌륭하게 길들여놓은 나머지, 독자는 그들이 내놓
는 것만으로도 만족하기 때문이다.

75

　전통적인 리얼리즘식의 의미에서 '탄탄하게 실현'되었다고
우리가 생각하는 인물들마저도 오래 바라볼수록 덜 견고해 보
인다. 나는 '소극적 능력'(negative capability)을 풍부하게 지닌,
그리하여 전혀 자신들 같지 않은 다양한 사람들의 군상을 자의
식 없이 창조해내는 것처럼 보이는 똘스또이, 트롤럽(Anthony
Trollope), 발자끄, 디킨스 같은 소설가나 셰익스피어 같은 극
작가와, 이런 능력에 관심을 덜 가졌거나 혹은 그런 능력 자
체를 아마도 덜 타고났지만 어떻든 자아에 큰 관심을 가지고
있는 작가들──제임스, 플로베르, 로런스, 어쩌면 울프, 무질
(Robert Musil), 벨로우, 미셸 우엘베끄(Michel Houellebecq),
필립 로스 같은──은 기본적으로 구분해야 한다고 생각한다.
벨로우의 진동하는 듯한 개인들은 디킨스적으로 생생하고, 벨
로우 자신이 미학적으로 그리고 철학적으로 개인에 관심을 가
지고 있어도 아무도 그를 허구적 개인들의 위대한 창조자라고
부르지 않을 것이다. 우리는 '오기 마치(벨로우 소설『오기 마치의

모험』의 주인공)나 찰리 씨트린(벨로우 소설 『훔볼트의 선물』에 나오는 인물)이라면 어떻게 할까?'라고 혼잣말하며 돌아다니지 않는다.[7] 머독(Iris Murdoch)은 첫번째 범주에 진입하려 평생을 노력했다는 바로 그 이유에서 이 두번째 범주의 가장 가슴 아픈 구성원이다. 머독은 자신의 문학 및 철학 비평에서 자유롭고 독립적인 인물들의 창조야말로 위대한 소설가의 징표라고 거듭거듭 강조하지만, 그녀 자신의 인물들에게는 결코 이런 자유가 없다. 그녀 역시 그것을 알았다. '일반적인 의미에서 "다른 사람들에게" 아무리 많은 "관심을 갖고 있다 하더라도", 그 관심만으로는 자기 자신이 아닌 인물을 창조하는 데 필요한 앎에 훨씬 미치지 못한다는 사실은 참으로 금방 알게 된다. 나로서는 이러한 실패를 일종의 영적 실패로 보지 않을 수 없다.'[8]

76

그러나 머독은 자기 자신에게 너무 가차없다. 많은 소설가들의 경우에 작중인물들은 기본적으로 서로 비슷하거나 그들을 창조한 작가와 다분히 유사해 보인다. 하지만 그들의 창조물들은 생명력으로 넘쳐나기 때문에 자유롭다고 하지 않을 수 없다. 『무지개』(*The Rainbow*)에 서로 닮은 소리를 내지 않거나 궁극적으로 로런스처럼 들리지 않는 인물이 나오는가? 톰 브랑원, 윌, 애나, 어설라, 심지어는 리디아마저도 모두 로런스적 테마의 변주이며, 의사표현의 분명함과 교육의 면에서는 차이가 있지만 내면의 삶은 매우 비슷하게 진동한다. 그들이 말하는 것은 드문 일이지만, 하게 되면 똑같이 들린다. 그럼에도 그들은 타오르는 내면적 삶이 있으며, 영혼의 상태에 관한 이 탐색이 소설가 자신에게 얼마나 중요한지를 독자는 늘 느낀다. 어떤 의미로는 장면들――남편과 아내의 전투, 대립하면서도 인접한 두 에고 간의 전투들――이 인물 자신들보다 더 개별화되어 있다. 예컨대, 추수 달빛 아래 윌과 애나가 옥수수 다발을 쌓는 장면이 그러하고, 결혼 초의 황홀한 몇달을 묘사하는 「승리자 애나」라 불리는 장에서 윌과 애나가 성적 결합의 숭엄함을 발견하고 자신들이 공유하는 정열에 비하면 세상은 보잘것없다는 것을 깨닫는 대목이 그렇다. 윌이 부러운 듯 바라보는 동안, 다윗이 한때 주(主) 앞에서 춤췄듯이, 임신한 애나가 침실에서 나체로 춤추는 장면, 링컨 성당 방문을 다루는 장, 톰 브랑윈을 죽게 하는 홍수, 어설라와 스끄레벤스끼가 달 아래에서 키스하는 장면, 어설라가 일키스턴의 억압적인 학교에서 지내는 장면 등도 마찬가지다. 스끄레벤스끼와 어설라가 런던과 빠리로 도망가는 장면, 그리고 런던의 호텔 방에서 목욕하는 그를 바라보며 그녀가 '그는 날씬했고, 그녀가 보기에는 완벽하고, 깨끗한, 깔끔하게 다듬어진 청년으로, 몸에 불필요한 것이라곤 한톨도 없었다'라고 생각하는 장면 등도 그 예가 된다.

마찬가지로 제임스의 인물들이 독립적으로 생생한 작가적 창조물로서는 그다지 설득력이 없어 보이는 경우가 종종 있다.

그러나 인물들을 생생하게 만드는 것은 그들에 관한 제임스의 관심이 지닌 힘, 창조주의 탐색하는 손가락을 그들의 진흙 속에 밀어넣는 작가의 방식이다. 그들은 인간적 에너지의 거점이며, 그들에 관한 제임스의 조바심하는 관심으로 진동한다. 『한 여인의 초상』(*The Portrait of a Lady*)을 보라. 이저벨 아처가 정확히 어떤 인물 같은지는 무척 말하기 힘들며, 그녀는 『미들마치』(*Middlemarch*)의 도러시어 브룩 같은 여주인공이 지닌 명징성 또는 깊이라고도 할 만한 것이 결여된 것처럼 보인다.

나는 이것이 제임스가 의도한 것이라고 생각한다. 그의 소설은 예사롭지 않게 딱딱하고 자의식적으로 시작한다. 세 남자가 앉아 경박한 농담을 주고받으며 차를 마시면서 집주인 조카딸이 도착하기를 기다린다. 그들은 이 여성에 대해 이야기한다. 그녀는 곧 오지 않을까? 그녀는 예쁠까? 어쩌면 자신들 중 한 명이 그녀와 결혼하게 될 수도 있을까? 그러고는 2장 맨 처음에 그녀가 은혜를 베풀듯 도착한다. 제임스가 문예창작 과정에서 '워크숍' 중이었다면, 그는 이 대목의 신속한 처리가 어색하다는 비난을 받았을 것이다. 그는 당연히 남자들이 차를 마시는 장면과 그 여성이 도착하는 장면 사이에 자연주의적인 채워 넣기 대목을 끼워서, 그 도착 장면이 덜 소설적이고 덜 맞춤해 보이게 만들었어야 한다. 하지만 제임스의 요점은 이 남자들이—그리고 확장하면 우리 독자들이—여주인공의 도착을 기다리고 있으니, 두말할 필요 없이 여기 작가가 나서서 그녀를 선보이겠다는 것이다. 이어서 제임스는 다음 사십여면에 걸쳐 이저벨에 관한 평을 거대한 접시에 담아 우리에게 대접하는데, 평의 대부분은 서로 모순된다. 작가는 이 평을 본격적인 성서 주석 달기식으로 독자에게 제시한다. 이저벨은 눈부시지만 어쩌면 올버니 시골의 기준에서만 그렇게 보일지 모른다든가, 이저벨은 자유를 원하지만 실은 그것을 두려워한다든가, 이저벨은 고난을 겪기를 원하지만 실은 고난의 의미를 믿지 않는다든가, 이저벨은 자기중심적이지만 자신을 낮추는 것만큼 좋아하는 일도 없다든가 등등. 그것은 본질적으로 여러 명제가 어수선하게 제시된 것일 뿐이며, 이저벨을 극적으로 보여주려는 시도는 거의 없다. 그것은 에세이, 인물에 대한 에세이다. 그리고 대체로 제임스는 보여주는 것보다는 이야기하는 데 치중한다.

77

실로 제임스는 자신이 아직 자신의 작중인물을 제대로 형성하지 못했기에 그녀는 여전히 상대적으로 형체가 없는 미국 특유의 비어 있는 존재(American emptiness)이며, 소설이 그녀를 좋게든 나쁘게든 형성할 것이고 유럽이 그녀의 형체를 채울 것이며, 기다리고 지켜보는 이 세 남자들 또한 그녀를 형성할 것과 꼭 마찬가지로 독자로서 우리도 그럴 것이라고 암시하고 있다. 그들과 우리는 그리스극의 코러스와 같이 그녀의 일거수일투족을 놓치지 않는다. 그중 두사람, 워버턴 경과 랠프 터칫은 그녀를 지켜보는 데 자신들의 삶을 바칠 것이다. 그리고 제임스는 묻는다. 가련한 이저벨의 몫으로 쓰일 줄거리는 어떤 것일까? 그중 얼마만큼을 그녀 자신이 쓸 것이며 또 얼마만큼을 다른 사람들이 그녀를 대신해 써줄 것인가? 그리고 종국에 우리는 이저벨이 어떤 사람이었는지 진정 알게 될 것인가? 아니면 단지 한 여인의 초상화만을 그린 셈이 될 것인가?

그러므로 문학적 인물의 생명력은 극적 행위, 소설적 정합성, 심지어 소박한 신빙성 ─호감 유무는 제쳐두고─ 보다는, 좀더 큰 철학적 또는 형이상학적 의미, 인물의 행위가 심오하게 **중요하다**는, 무언가 심오한 것이 걸려 있다는,『창세기』의 신이 알을 품듯 수면 위로 몸을 숙이는 것처럼 작가가 그 인물의 얼굴 위로 몸을 숙이고 있다는 독자의 인식과 더 관련이 있다. 바로 그렇게 해서 독자는, 설령 그녀가 정확히 어떤 사람인지는 말할 수 없을지라도, 마음속에 '이저벨 아처'라는 인물에 대한 인상을 간직하게 된다. 독자는 막연하게 의미있는 날을 기억하는 것과 같은 방식으로 그녀를 기억한다. 무언가 중요한 것이 여기서 행해졌노라고.

78

『소설의 양상들』에서 포스터는 이제는 유명해진 '평면적'(flat)이라는 용어를 써서 소설에 거듭 등장하는 동안 변하지 않고 반복되는 단일한 본질적 속성이 부여된 작중인물을 묘사했다. 흔히 그런 인물들은 관심을 끄는 표현, 표어처럼 덧붙이는 말, 핵심적인 용어 따위를 사용하는데, '나는 미코버 씨를 절대 버리지 않을 거예요'라고 되풀이하기를 좋아하는 『데이비드 코퍼필드』의 미코버 부인도 그런 예다. 그녀는 그러지 않을 것이라는 자신의 말을 지킨다. 포스터는 평면적 인물들에 대해 싹싹하지만 속물적인 태도를 취하면서 그들을 강등시키는 한편, 최상의 범주는 더 입체적이거나 더 온전한 인물들 몫으로 남겨두고 싶어한다. 그의 주장에 따르면 평면적 인물들은 비극적일 수 없고 희극적이기 마련이다. 입체적 인물들은 다시 나타날 때마다 우리를 '놀라게 한다.' 그들은 얄팍하게 연극적이지 않다. 그들은 대화에서 다른 인물들과 잘 섞이며 '은연중에 서로를 이끌어낸다.' 평면적 인물들은 우리를 놀라게 할 수 없으며 보통 단색적으로 연극적이다. 포스터는 '내 저 가시금작화 덤불을 파내야지'라는 말을 입에 달고 지내는 어느 농부가 평면적 중심인물로 나오는 당대 작가의 인기있는 소설 한편을 언급한다. 그런데 포스터에 따르면 독자는 그 농부의 한결같음에 너무도 질린 나머지 그가 실제 그렇게 하는지 안하는지에 대해서는 관심이 없게 된다. 포스터는 미코버 부인이 희극적 가벼움을 지닌 덕분에, 한결같음에서는 그 농부와 유사하지만 지겨움에서는 그 농부와 유사하지 않노라는 의견을 내기도 한다.

그러나 이것이 옳은가? 물론 우리는 캐리커처를 보면 그것이 캐리커처라는 것을 알아보며, 캐리커처는 보통 흥미를 끌지 않는다. (비록 때로는 그것이 요점에서 벗어나지 않으려는 소설가의 방책에 지나지 않을 수도 있지만.) 그러나 우리가 만약 평면성이라는 말로, 대체로 군소인물이지만 늘 그런 것은 아닌, 대체로 희극적이지만 늘 그런 것은 아닌, 본질적인 인간적 진실 혹은 특징을 조명하는 인물을 가리킨다면, 다수의 지극히 흥미로운 인물들은 평면적이다. 나는 인물 묘사에서 '입체성' 개념 자체를 폐지하면 좋겠다. 그것은 우리들—독자, 소설가, 비평가 들—을 실현 불가능한 이상으로써 짓누르기 때문이다. 허구적 인물들은 그 나름으로 매우 생동한다고 하더라도 현실의 사람들과는 같지 않으므로, 허구에서 '입체성'은 불가능하다. (하지만 물론 상당히 평면적이며 그다지 입체적으로 보이지 않는 많은 사람들이 실생활에도 존재한다. 이에 대해서는 곧 다루겠다.) 중요한 것은 섬세함—분석, 탐구, 관심, 느껴지는 압박감 등의 섬세함—이며, 섬세함을 도모하는 데는 아주 작은 기재사항이면 족하다. 단편의 작중인물들에게는 '입체적'으로 될 공간이 거의 없다는 점을 감안하면, 포스터의 구분법은 단편에 비해 장편에 큰 특혜를 주는 셈이다. 그러나 나는 『허영의 시장』(Vanity Fair)에 나오는 베키 샤프의 의식보다 체호프의 「입맞춤」(Potselui)에 나오는 병사의 의식에 대해 더 많이 알게 된다. 병사의 마음이 작동하는 방식에 대한 체호프의 탐구가 새커리(W. M. Thackeray)의 연이은 생생한 묘사보다 더 날카롭기 때문이다.[9]

둘째로, 허구에 나오는 아주 생생한 인물들 가운데 여럿은 편집광이다. 하디의 『캐스터브리지의 시장』(*The Mayor of Casterbridge*)에 나오는, 자신의 단 한가지 비밀에 열을 올리는 마이클 헨처드, 오로지 자기 광산만을 생각하는 『노스트로모』(*Nostromo*)의 굴드가 그런 경우다. 캐소번(조지 엘리엇의 『미들마치』에 나오는 인물) 또한 그의 끝나지 않는 저서에 고착되어 있다. 이런 사람들은 본질적으로 평면적이지 않은가? 그들은 처음에는 독자를 놀라게 할지 모르나 중심적 욕구가 그들을 사로잡음에 따라 독자는 곧 놀라지 않게 된다. 그러나 평면적이라고 해서 그들이 창조물로서 덜 생생하거나 덜 흥미롭거나 덜 진실된 것은 아니다. 분명 그들은 포스터의 논의에 암시된 것 같은 만화적 인물이 아니다. (그들의 편집증이 본래 만화적인 게 아니라 본래 흥미로운 것이기 때문에, 달리 말하면 **일관되게 놀랍기** 때문에 그들은 만화적 인물이 아니다.)

포스터는 왜 독자가 디킨스의 인물들 대부분이 평면적이라고 느끼지만 동시에 그 카메오들에게 막연하게 감동하는지 설명하려고 애쓴다. 그는 디킨스 자신의 생명력 덕분에 그들이 페이지 위에서 약간 '진동'할 수 있었다고 주장한다. 그러나 이 진동하는 평면성은 디킨스에게만 해당되는 것이 아니라, 자주 쓰는 말과 표어투 문구로 여러 작중인물에 꼬리표를 달기 좋아하는 프루스뜨에게도 해당되고, 어느정도까지는 똘스또이에게도 해당되며, 하디와 만의 군소인물들에게도 해당된다. (만은 프루스뜨나 똘스또이처럼 기억술 주도동기[mnemonic leitmotif]의 기법──속성이나 특징의 반복──을 인물의 생명력을 확보하는 데 사용했다.) 그리고 오스틴에게도 지극히 잘 해당된다.

79

불가사의하게도 포스터는 오스틴이 입체적 인물 진영에 속한다고 주장하나, 그렇게 주장함으로써 그는 평면성에 대한 자신의 정의를 확장할 필요가 있다는 것을 보여줄 뿐이다. 왜냐하면 오스틴의 작품에서 눈길을 끄는 점은 다름 아닌 여주인공들만이 진정으로 발전하고 놀라움을 주는 능력을 지닌다는 사실이기 때문이다. 그 인물들만이 의식을 가졌고, 그 인물들만이 정도 여하 간에 깊이있는 사고를 하는 것으로 비치거니와, 그들이 영웅적인 이유도 부분적으로는 의식이라는 비밀을 지녔다는 것이다. 그와 대조적으로 그들 주위에 있는 군소인물들은 상당히 명백하게 평면적이다. 그들은 외면적으로 관찰되고 오로지 말로써만 스스로를 드러내며, 그들에게 요구되는 바는 거의 없다. 콜린스 씨, 베이츠 양, 우드하우스 씨 등이 그런 인물이다. 군소인물들이 연극적 풍자의 어떤 단계에 속하는 반면, 여주인공들은 새로이 떠오르는, 새로운 복잡한 소설 형태에 속한다.

셰익스피어의 『헨리 5세』(*Henry V*)를 예로 들어보자. 해리 왕과 웨일스 대장 플루엘런을 포스터식의 진영으로 나누어보라고 하면 대부분의 사람들은 해리에게는 입체성을, 플루엘런에게는 평면성을 수여할 것이다. 왕은 큰 역할이고 플루엘런은 군소 역할이다. 해리는 말과 생각을 많이 하고 독백을 하며, 고귀하고 신중하고 웅변가이며 의표를 찌른다. 그는 변장하고 병사들 사이를 돌아다니며 그들과 스스럼없이 이야기를 나눈다. 그는 왕 노릇이 힘들다고 불평한다. 이와 대조적으로 플루엘런은 희극적 웨일스인으로, 필딩이나 세르반떼스가 날렵하게 풍자할 만한 부류의 현학자이고, 군대의 역사, 알렉산드로스 대왕, 부추, 몬머스 마을 따위에 관해 언제나 쉴 새 없이 떠들어댄다. 해리가 우리를 웃게 만드는 일은 거의 없지만, 플루엘런은 언제나 우리를 웃긴다. 해리는 입체적이고 플루엘런은 평면적이다. 어느 배우가 오디션에서 왕 배역 대신 플루엘런을 고를 것인가? ('죄송합니다만 브래너〔K. C. Branagh, 다수의 셰익스피어 작품을 영화로 각색, 감독하고 또 그 작품의 주인공으로 출연함〕씨가 이미 그 역을 맡아두셨습니다.')

그러나 이 범주들은 쉽게 그 반대로 해석될 수도 있다. 이 작품의 해리 왕은 『헨리 4세』 1, 2부에서와는 달리 그저 왕다울 뿐이어서 다소 따분하다. 그는 매우 달변이지만, 그 달변은 그 자신의 것이 아니라 셰익스피어의 것처럼 보인다. (그것은 격식을 차렸고 애국적이며 위엄있다.) 왕 노릇이 힘들다는 그의 불평은 다소 틀에 박힌 듯하고 자기연민조이며, (일반적인 의미에서 그가 자기연민을 느끼고 있다는 점을 제외하고는) 우리에게 실제 그 자신에 대해서는 별로 말해주는 것이 없다. 그는 전적으로 공적인 인물이다. 그와 달리 플루엘런은 원기왕성한 작은 테리어 개다. 그의 말에는, 셰익스피어가 부여한 '웨일스 어투'──'이보쇼' 등──가 배어 있지만, 그 자신만의 독특함이 있다. 그는 현학자지만 흥미로운 현학자다. 필딩의 소설에서 현학적 의사나 변호사는 현학적 의사나 법률가처럼 말을 한다. 그들의 현학은 그들의 일과 전문적으로 묶여 있다. 그러나 플루엘런의 현학은 어디에 얽매이는 것이 없으면서 다소 필사적인 데가 있다. 왜 그는 고전에 대해, 알렉산드로스 대왕과 마케도니아의 필리포스에 대해 그리도 많이 알고 있는가? 왜 그는 군사 전문가를 자임했는가? 그는 또한 우리의 의표를 찌르기도 한다. 처음에 우리는 그에게서 특정한 유형의 인간──군사작전을 수행하기보다는 그에 대한 말을 앞세우는 사람──을 본다고 생각하기 때문에, 폴스타프의 경우가 그랬듯 그의 장황함이 전장의 용맹을 대신할 것이라고 생각한다. 그러나 그가 감동적 용맹성과 충성심을 가지고 있다는 것이 밝혀질뿐더러, 그의 강직함도──또 다른 유형의 전도인데── 단지 가식적인 것만은 아니다. (즉, 그가 강직함에 대해 말을 많이 하는 것은 사실이지만, 그렇다고 그것에 대해 말만 하는 것은 아니다.) 그리고 세상 온갖 지식과 문학을 잡식성으로 편력한 사람인 동시에 하찮은 웨일스 촌사람인 이 남자에게는 무언가 통절한 데가 있다. 몬머스가 고대 도시 마케도니아를 닮았다는 그의 독백은 우스꽝스러우면서도 가슴 뭉클하다.

내 장담하지만, 대장, 만약 대장께서 세계지도를 살펴
본다면, 마케도니아와 몬머스를 비교할 때, 이보쇼 대
장, 입지가 같다는 걸 알게 될 게 틀림없소. 마케도니아
에는 강이 있고, 몬머스에도 또한 강이 있다오.

나는 아직도 플루엘런 같은 사람들을 만난다. 그리고 기차
에서 웬 수다스러운 남자가 자기 고향에 대해 자랑을 늘어놓
기 시작하면서 '있잖소, 저런 것들이'—쇼핑몰, 오페라 극장,
시끌벅적한 선술집이—'내 고향에도 있다오' 같은 말을 한다
면, 플루엘런에 대해서 그랬듯 즐거움과 막연한 공감을 동시에
느끼기 십상이다. 이런 종류의 집요한 지방색은 언제나 역설적
이기 때문이다. 시골 사람은 소통하기를 원하면서 동시에 원하
지 않고, 시골 사람으로 남기를 원하면서 동시에 타인과 연결
됨으로써 자신의 지방색을 벗고 싶어한다. 거의 사백년 뒤, 「외
바퀴 손수레」(The Wheelbarrow)라는 단편소설에서 V. S. 프리
쳇(Victor Sawdon Pritchett)은 플루엘런을 다시 방문한다. 웨
일스 사람이면서 택시기사인 에번스는 어떤 여성이 집을 비우
는 것을 도와주고 있다. 그는 상자 안에서 오래된 시집 한권을
발견하고는 갑자기 경멸투로 소리친다. '웨일스 사람들이 모든
유럽시의 창시자란 건 죄다 알지요.'

80

사실 콜린스씨에서 찰스 라이더의 아버지에 이르기까지, 영국소설에 널려 있는 평면적 인물들은 영국적 과묵함과 사교성의 변증법에 관하여 무언가 깊숙한 것을 일러주는 한편, 영국적 연극성에 관해서도 무언가 일러준다. 영국소설에서 자아가 연극적 성격을 띠는 경우가 잦은 것은 영국소설의 위대한 선구자가 셰익스피어라는 것을 감안하면 전혀 놀랄 일이 되지 않는다. 그러나 셰익스피어의 인물들 중 다수는 물론 단순히 연극적인 것만은 아니다. 그들은 자신을 연극화하기도 한다. 그들은 자신의 무용(武勇)과 명성에 대해 터무니없고 미망이기 일쑤인 관념을 지니고 있다. 이는 리어, 안토니우스, 클레오파트라, 리처드 2세, 폴스타프, 오셀로에게 두루 해당된다. (오셀로는 죽어가면서도 관객들에게 자신의 죽음을 기록하라고 지시한다. '그대 이것을 적으라,/그리고 덧붙여 말하라. 한때 알레포에서…… 나는 할례받은 개의 목을 움켜쥐고/그를 이렇게 쳤다고.') 그리고 그것은 연극조의 희극적 생뚱맞음의 불길에 너무도 쉽사리 휩싸이는 론스, 보텀, 미스트러스 퀴클리(각각 『베로나의 두 신사』『한여름 밤의 꿈』『헨리 4세』1, 2부에 나오는 인물) 같은 군소인물에게도 해당된다.

스스로를 연극화하고 다소 자기탐닉적이며, 현란한 수사를 구사하지만 어쩌면 본질적으로 수줍음을 타기도 하는 유형은 셰익스피어로부터 전해내려오는데, 그런 유형은 필딩, 오스틴, 디킨스, 하디, 새커리, 메러디스(George Meredith), 웰스(H. G. Wells), 헨리 그린, 에벌린 워(Evelyn Waugh), V. S. 프리쳇, 뮤리엘 스파크, 앵거스 윌슨(Angus Wilson), 마틴 에이미스(Martin Amis), 제이디 스미스(Zadie Smith)에서 찾아볼 수 있거니와, 몬티 파이슨(Monty Python)의 뛰어난 무언극적 괴짜들과 리키 저베이스(Ricky Gervais)의 데이비드 브렌트로 이어지기도 한다. 이 유형의 전형적인 예로 『데이비드 코퍼필드』에서 데이비드가 장례식 정장을 마련하러 방문하는 재봉사 오머 씨를 들 수 있다. (데이비드는 그의 어머니의 장례식에 가는 길이다). 오머 씨는 영국적 독백가인데, 슬픔에 젖은 데이비드의 마음은 아랑곳 않고 주저없이 지껄여대면서 실언을 연발한다. '특별히 고급한 것이어서 부모 상이 아니라면 과하게 좋은 상복감이라고 그가 말한 옷감 두루마리 하나를 나에게 보여준 뒤…… "하지만 유행이란 인간들과 같아. 언제, 왜, 어떻게인지 아무도 모르게 왔다가, 언제, 왜, 어떻게인지 아무도 모르게 가버려. 내 의견으론 말이다, 모든 게 인생과 같아, 만약 네가 그런 관점에서 본다면 말이지."'

자아와 그 억압불가능성 혹은 무책임성에 관한──모든 면에는 질서정연한 영혼들 속에서 자유가 일으킨 작은 소동, 자아에 난 자유의 틈새, 자아의 과잉 혹은 잉여, 자아가 자기 자신에게 주는 팁 같은 것에 관한── 무언가 진실된 것이 여기서 드러난다. 오머 씨는 설사 옷감의 유행을 사망률 패턴에 견주는 한

이 있어도 **자기 자신이 되기로** 단단히 마음먹은 상태다. 하지만 아무도 오머 씨를 '입체적' 인물이라 하지는 않을 것이다. 그는 매우 잠깐 존재할 뿐이다. 하지만 포스터의 생각과는 **반대로**, 실로 오머 씨와 같은 평면적 인물에게도 '우리의 의표를 찌르는' 능력이 있다. 중요한 점은 그는 우리의 **의표를** 한번만 찌르면 되고, 그리고 나서는 무대에서 사라질 수 있다는 것이다.

'나는 미코버 씨를 절대 버리지 않을 거예요'라는 미코버 부인의 표어투 문구는 그녀가 어떻게 체면을 지키고, 어떻게 연극적, 공공적 허구를 유지하는지에 관해 우리에게 무언가 진실된 것을 일러주고, 그리하여 **그녀 자신**에 관하여 무언가 진실된 것을 일러준다. 반면 '내 저 가시금작화 덤불을 파내야지'라고 말하는 농부는 자기 자신에 관해 이와 같은 식의 흥미로운 허구를 유지하고 있지 않기 때문에 ― 단지 금욕적이거나 습관적으로 굴고 있을 따름이기 때문에 ― 독자는 표어투 문구 이면에 있는 그의 진실된 자아에 대해 아무것도 모른다. 그는 단순히 자신의 농경적 의도를 말하고 있을 뿐이다. 그것은 그가 지루한 까닭이지, '일관성'은 그것과 별 상관이 없다. 그리고 미코버 부인처럼 일정한 종류의 자기표현을 유지하기 위해 실제로 운을 맞춘 어구, 상투적 표현, 반복적 동작 들을 줄 이어 사용하는 사람들을 우리 모두는 현실의 삶에서 알고 있다.

의식의 간략한 역사

81

세르반떼스가 돈 끼호떼의 여행길에 싼초 빤사를 동행케 해야 하는 한가지 이유는 그 기사에게 이야기 상대가 있어야 한다는 것이다. 둘시네아를 찾으라고 싼초를 보낸 뒤 돈 끼호떼가 소설에서 처음으로 오랫동안 홀로 있게 되었을 때, 그는 (요즘 우리가 '생각'이라는 말을 이해하는 방식으로는) 생각하지 않는다. 그는 소리 내어 말하고 독백한다.

소설은 연극에서 시작되고, 독백이 내면으로 들어갈 때 소설적 성격묘사가 시작된다. 그리스 비극이나 『오디세이아』(*Odysseia*) 5권, 『시편』 또는 『사무엘』 상하권의 주에게 바치는 다윗의 노래들에서 볼 수 있듯, 독백 자체의 기원은 기도다. 셰익스피어의 남녀주인공들은 굳이 기도할 목적은 아니라고 할지라도 신들을 불러내기 위해 독백을 사용한다. '오라 정령들이여…… 여기 나의 성별을 앗아가다오'(『맥베스』 1막 5장, 맥베스 부인의 대사), '바람을 불어라, 뺨이 터지게 불어라'(『리어 왕』 3막 2장, 리어 왕의 대사) 등등. 배우는 무대 앞쪽으로 나와서 자신의 마음을 청중에게 말하는데, 하늘 높이 있는 신과 객석에 앉은 관객 모두가 청중이다. 샬럿 브런티(Charlotte Brontë)와 토머스 하디 같은 19세기 소설가들까지도 작중인물들이 혼잣말을 하면 '독백한다'고 묘사했다.

부분적으로 소설은 인물을 바라보는 주체를 바꿈으로써 인물묘사의 기법을 변화시켰다. 우연히 일어난 일로 영구히 영향을 받은 세 남자, 구약의 다윗 왕, 맥베스, 그리고 『죄와 벌』(Prestuplenie i Nakazanie)의 라스꼴리니꼬프를 생각해보자. 다윗은 제집 지붕 위를 거닐다가 벗은 몸으로 일광욕을 하는 밧세바를 보고는 바로 정욕을 느낀다. 그녀를 애인이자 아내로 맞아들이고 그녀의 거추장스러운 남편을 죽여버리겠다는 그의 결심은 그의 몰락과 신의 처벌로 이어질 일련의 사건들에 시동을 건다. 맥베스는 자신이 왕을 죽이고 그 망토를 취하리라는 세 마녀의 암시에 바로 감염된다. 그 또한 벌을 받는다. 뚜렷하게 신이 내린 벌은 아니더라도, '공평한 정의' 그리고 '발가벗은 갓난아기 같은 연민'이 내리는 벌을 받는다. 그리고 라스꼴리니꼬프는 셰익스피어 희곡의 영향을 받은 것이 분명한 이야기에서, 맥베스와 비슷하게 어떤 관념— 한 비참한 전당포 주인을 죽임으로써 자신이 나뽈레옹처럼 평범한 도덕성 너머로 도약할 수 있으리라는 생각—에 오염된다. 도스또옙스끼의 말처럼, 그 또한 '벌을 받아들여야' 하며 신에 의해 교정될 수밖에 없다.

82

구약성서에서 서사가 많은 것—다윗의 정치적 기민성, 자신을 대하는 사울의 태도에 대한 슬픔, 밧세바를 향한 욕정, 아들 압살롬의 죽음 앞에서 느끼는 비통함 등—을 드러내고 미묘하게 암시하지만, 다윗은 끝내 공적인 인물이다. 현대적 의미에서 그는 사생활이 없다. 그가 자기 내면의 생각을 혼잣말로 이야기하는 법은 없다. 그는 신에게 말하며 그의 독백은 기도다. 그는 어떤 면에서 우리에게 존재하는 것이 아니라 주에게 존재하기 때문에, 우리에게는 외부적이다. 그는 주에게는 보이고 주에게는 투명하지만, 우리에게는 끝내 불투명하다. 이 불투명함 덕분에, E. M. 포스터의 말을 빌리면 의외성의 사랑스러운 여백이 생겨난다. 예를 들어 신은 선지자 나단을 통하여 다윗에게 그의 아들부터 시작해 집안이 벌을 받을 것이라고 저주를 내린다. 그리고 실제로 다윗의 아들은 태어난 후 곧 죽는다. 다윗의 반응은 기이하다. 그는 아이가 아픈 동안 단식하고 흐느껴 울다가, 아이가 죽자마자 씻고 옷을 갈아입은 뒤 신을 숭배하며 하인들에게 음식을 내라고 청한다. 사람들이 그에게 왜 그렇게 행동했느냐고 묻자 그가 이렇게 답한다. '아이가 아직 살아 있을 동안에 나는 단식하고 흐느껴 울었지. "그 누가 알리오, 주가 나를 어여삐 여겨 아이가 살게 될지"라고 생각했으니까. 이제 아이가 죽었는데 내가 왜 단식을 하겠는가? 내가 그 아이를 다시 데려올 수 있나? 내가 그 아이에게 갈 것이고 그 아이는 나에게 돌아오지 않을 것이네.'(『사무엘』하권 12:23) 이것은 로버트 얼터(Robert Alter)의 현대 영어 번역인데, 그는 이렇게 주를 단다. '다윗은 그의 신하들이나 그의 이야기를 듣는 사람들이 예측하지 못했을 법한 방식으로 행동한다.'

다윗의 침착하고 육중한 체념('내가 그 아이에게 갈 것이고 그 아이는 나에게 돌아오지 않을 것이네')은 의표를 찌를뿐더러 아름답기도 하다. 다윗은 '영혼이 담백하다.' 신의 저주가 있고 아들과 압살롬을 잃었지만, 다윗은 아들 솔로몬에게 '나는 지상의 모든 자가 가야 할 길을 간다'고 말하며 침상에서 죽는다.

우리가 다윗을 불투명하다고 느끼는 것은 다윗이 자신의 진정한 관객인 신에게 투명하다는 바로 그 이유 때문이다. 『성서』를 쓴 사람에게 중요한 것은 다윗의 정신상태가 아니라, 이야기 전체, 다윗의 삶이 그리는 궤적 전체다. 그리고 이 이야기, 이 궤적은 인간적이면서도 딱히 인간적이지 않은데, 인간적이지 않다고 하는 것은 인과관계가 인간적이면서 동시에 신적이기도 하기 때문이다. 다윗의 삶은 부분적으로는 그의 행동에 따라 결정되지만, 그의 나머지 삶은 이를테면 그에 대한 신의 벌에 의해 중층결정된다. 어떤 의미에서 이야기꾼은 신이며, 신이 운명의 대본을 쓴다. 다윗은 근대적으로 이해된 주체로서의 정신(mind)을 갖고 있지 않다. 그에게는 이렇다 할 과거도 없고 기억도 없다. 중요한 것은 절대 잊어버리는 법이 없는 신의 기억이다. 그리고 밧세바를 볼 때 그에게 일어나는 것은 관념이 아니다. 적어도 저 따분한 심리학자 예수가 남자가 여자를 욕정 어린 눈빛으로 바라보면 이미 간통을 저지른 것이라고 말했을 때 염두에 두었던 것과 같은 관념은 아니다. 예수는 여기서 정신적 상태가 행위만큼 중요하다고 선언한다. 그러나 다윗 이야기를 쓴 사람에게는 정신적 상태야말로 가려진 것이다. 행동이 전부다. '그리고 지붕에서 그는 목욕하고 있는 여인을 보았고, 그 여인은 매우 아름다웠다. 그리고 다윗은 사람을 보내 여인에 대해 물어보았고, 그가 보낸 자는 말했다. "그녀는 엘리암의 딸이자 헷 사람 우리아의 아내인 밧세바입니다." 그리고 다윗은 사자(使者)를 보내 그녀를 데려왔고 그녀는 그에게 왔고, 그녀가 방금 불순물을 닦아내었으므로 그는 그녀와 누웠고, 그녀는 제집으로 돌아갔다. 그리고 여인은 아이를 가졌다……' 다윗은 보고, 행동한다. 서사에서 나타나는 것에 국한해서 말하면, 그는 생각하지 않는다.

83

맥베스를 보는 것은 신이라기보다는 우리 곧 관객이다. 자신이 빠져 있는 딜레마를 두고 우리 앞에서 고민할 때, 그의 기도는 말하자면 독백이며 마음속 생각에 매우 근접한다. 이 희곡이 힘있는 이유 가운데 하나는 가정사의 은밀함을 다룬다는 것과 관계가 있는데, 이로 인해 우리는 죄로 얼룩져 분출하는 그들의 독백은 말할 것도 없고, 맥베스 부부의 끔찍한 사생활을 엿듣는다고 느낀다. 어떤 순간에는 이 극이 현재의 상태를 벗어나 새로운 형태, 소설의 형태로 전개해나가기를 원하는 것처럼 보인다. 예를 들어 3막 4장 연회 장면에서 맥베스가 뱅코우의 유령을 볼 때, 맥베스 부인은 맥베스에게 두번 몸을 기울이며 그의 다짐을 굳히려고 한다. 우리는 이 두 작중인물이 손님들 있는 데서 서로 거의 속삭이다시피 말하는 것을 상상해야 한다. '뭐지요? 어리석음 탓에 남자다움을 죄다 잃었나요?' 맥베스 부인이 말한다. '내가 여기 서 있는 게 맞다면, 나는 그를 보았소,' 맥베스가 답한다. '에잇, 부끄럽지도 않습니까!'라고 부인은 험악하게 응답한다. 이 대목에서 귀족들은 마치 맥베스 부부가 하는 말을 들을 수 없다는 듯한 배경에서—실감나지 않는 연극조로— 웅얼거리고 있어야 하기 때문에, 무대 위에서 이 장면이 연출되면 늘 어색하다. 공연에서 난제가 되는 것은 부부간의 은밀한 대화이다. 이런 대화가 무대 어디에서 실감있게 이루어질 수 있겠는가? 나는 이런 순간들에서 셰익스피어가 본질적으로 소설가처럼 굴고 있다고 생각한다. 페이지 위에서라면 물론 그런 순간들은 소설가가 원하는 만큼 얼마든지 존재할 공간을 확보할 수 있다. 시점의 조정이라는 간단한 문제일 뿐이다. ('맥베스 부인은 창백해진 남편에게 재빨리 몸을 돌려 날카로운 손톱으로 그의 손을 움켜잡으며 경멸투로 말했다. "뭐지요? 어리석음 탓에 남자다움을 죄다 잃었나요?"')

다윗의 이야기가 거의 전적으로 공적인 반면, 맥베스의 이야기는 공개된 사생활이다. 그리고 이 사적인 남자는 기억을 지녔다는 점에서 다윗과 다르다. 맥베스를 붙들고 놓아주지 않는 것은 기억 — '뇌의 감시자' — 이다. '내 둔한 머리는/잊혀진 것들에 사로잡혀 있다'라고 맥베스는 애처롭게 말하지만, 실상 이 희곡은 드 퀸시(De Quincey)가 『어느 영국인 아편쟁이의 고백』(*Confession of an English Opium-Eater*)에서 내놓는 '망각이란 것은 없다'라는 끔찍하고 전 프로이드적인 경고를 체현한다. 따라서 마녀와 유령이란 장치가 있긴 하지만, 맥베스 부부에게 가해진 진짜 저주는 신학적인 것이 아니다. 진짜 저주는 정신적인 것, '뇌에 적힌 고민들'이다. 이제 인물의 생각은 **과거로 소급**할 수 있으며, 현재와 과거를 넘나들면서 삶 전체를 포괄할 수도 있다.

나는 충분히 오래 살았다. 내 삶의 길은

시들어버려, 누런 잎사귀가 되었고,
노년에 따라와야 할 것들,
명예, 사랑, 순종, 한 무리의 친구들 같은 것을,
가지리라 나는 기대하지 말아야 한다.

84

맥베스의 이야기가 공개된 사생활에 관한 것이라면, 라스꼴리니꼬프의 이야기는 꼼꼼히 점검된 사생활에 관한 것이다. 신은 여전히 존재하지만 라스꼴리니꼬프를 지켜보고 있지는 않다. 라스꼴리니꼬프가 그리스도를 받아들이는 소설의 마지막까지는 적어도 그렇다. 그 순간까지 라스꼴리니꼬프를 지켜보는 것은 우리 곧 독자다. 이것과 극장 사이의 결정적인 차이는 우리가 보이지 않는다는 것이다. 다윗의 이야기에서 관객은 어떤 중요한 의미에서 무관하다. 맥베스의 이야기에서 관객은 보이지만 침묵하며, 실제로 독백은 관객에게 말을 건네는 것처럼 느껴질 뿐만 아니라, 상대방과 나누는 대화처럼 느껴진다. 하지만 상대방 곧 우리는 대답이 없으므로 그것은 막힌 문답이다. 라스꼴리니꼬프의 이야기에서 관객—독자—은 보이지 않지만 모든 것을 본다. 그렇게 독자는 다윗의 신과 맥베스의 관객을 대체했다.

85

이 거대한 변화는 무엇을 암시하는가? 그중 분명한 것은 독백을 소리 내어 할 필요가 없어졌으며, 독백이 진정한 정신적 발화에 더 가까이 갈 수 있다는 것이다. 주인공은 꼭 달변이어야 한다는 폭압적 상황에서 해방되었다. 그도 평범한 사람 아닌가? (이것이 바로 라스꼴리니꼬프가 견딜 수 없어하는 점이다.) 내면적 독백은 반복, 생략, 히스테리, 모호함, 곧 정신적인 더듬거림에 빠져도 된다. 셰익스피어의 인물들은 독백을 할 때 자기 자신들을 엿듣는 것처럼 보일 때가 많다고 한다면,[1] 라스꼴리니꼬프는 이제 **우리가** 엿듣고 있다. 그의 영혼은 모든 면이 우리를 향해 기울어져 있다. 주목할 만한 또 다른 점은 다윗에게 마음이라 할 만한 것이 없고 맥베스의 마음은 벌을 받지만, 라스꼴리니꼬프의 마음은 자기 스스로 고뇌를 만들어낸다는 것이다. 그 노파를 살해한다는 생각은 그가 자유로이 빚어낸 것이었다.

보이지 않는 관객이 지배하는 새로운 체제에서는 인물이 자신의 동기를 소리 내어 말해야 하는 책무에서 벗어나기 때문에, 소설은 무의식적 동기의 훌륭한 분석가가 된다. 독자는 해석자가 되어 행간에서 **실제** 동기를 찾으려 한다. 다른 한편으로는 보이는 관객이 없기 때문에, 평범한 인물은 맥베스 부부처럼 오만한 인물들에게는 그로테스크하게 보였을 법한 방식으로 관객을 찾아나서는 것으로 보인다. 『죄와 벌』에 나오는 여러 인물들은 자기 자신들의 어느 한 모습을 무대에 올리는 지독한 무언극과 멜로드라마를 연기해냄으로써 효과를 노리도록 강요된 것처럼 보인다. 다윗과 맥베스는 행동하는 자들이었다. 그들은 자연스럽게 극적이었다고 말할 수도 있을 것이다. (그들은 자신들의 관객이 누구인지 알았다). 라스꼴리니꼬프는 부자연스럽게 연극적이거나, 좀더 정확하게 말해서, 꾸민 듯하다. 그는 관심을 찾아나서며, 절망적으로 불안정하고 가짜 같은가 하면, 때로는 숨고 또 때로는 고백을 늘어놓으며, 이 장면에서는 오만하다가 다음에서는 자기비하적이다. 소설에서 우리는 지금까지 어떤 문학적 형태가 허용했던 것보다 더 잘 자아를 볼 수 있다. 그러나 보이지 않는 관객에 의해 그처럼 면밀히 검토됨으로써 자아가 미쳐버렸다고 해도 과한 말은 아니다.

86

소설은 줄거리를 풀어나가는 능력과 독자로 하여금 심리적 동기를 살피게 만드는 데서 놀라운 기법의 진전을 보여주었다. 오시쁘 만젤시땀(Osip Mandel'shtam)은 자신의 에세이 「소설의 끝」(Konets Romana)에서 '소설은 독자를 개인의 운명에 관심 갖게 만드는 예술 형태로서 극히 오랜 기간에 걸쳐 완성되고 단련되었다'고 주장하면서, 두가지 기법의 개선을 지적했다. 첫째는 전기(성자의 삶, 설교조의 테오프라스토스적 소묘 등)를 의미있는 서사나 줄거리로 변환한 것이고, 둘째는 '심리적 동기부여'를 마련한 것이다.

87

애덤 스미스(Adam Smith)는 『수사와 미문에 관한 강의』 (*Lectures on Rhetoric and Belles Lettres*)에서 소설의 상대적으로 덜 성숙한 형태에 관해 불평을 피력하면서, '새로움이 소설의 유일한 가치이고, 호기심이 우리로 하여금 그것들을 읽게 하는 유일한 동기이기에, 작가들은 부득이 이 방법(곧, 써스펜스)을 사용하게 된다'라고 말했다. 이것은 써스펜스의 천박함에 대한 18세기 초중반의 공격인데, 오늘날 스릴러와 펄프픽션(잡지 형태로 출간되는 단편모음으로 값싼 펄프지에 인쇄됨)에 대해 통상 가해지는 불평과 같다.

그러나 소설이 줄거리의 본질적 미숙성을 기꺼이 포기하고 빅또르 시끌롭스끼가 — 플로베르와 체호프를 각각 거론하면서 — '거짓된 결말들'을 가진 '완결되지 않은' 이야기들이라고 부른 것을 선택할 태세가 되었다는 것이 곧 드러났다.[2] 자유로운 인물들을 창조하기를 그리도 원했고 또 그 작업에서 그리도 자주 실패했던 아이리스 머독의 경우로 돌아가자면, 그녀의 실패는 심리적 집중의 실패나 형이상학적 얄팍함에서 비롯되는 것이 아니라—머독은 이런 측면에서는 큰 성공을 거뒀다—필딩처럼 줄거리 짜기에 지나치게 집착했다는 데서 연유한다. 여전히 18, 19세기 연출법에 크게 빚진 비현실적이고 감상적이며 맥없는 이야기들은 그녀의 복잡한 도덕적 분석의 중압을 견딜 수 있을 만큼 충분히 성숙하지 못하다.[3]

88

만젤시땀이 쓴 대로, 아마도 소설의 기원은 종교적 삶에 관한 기록이나 성자와 성인 들의 전기에 대한 세속의 반응에서, 그리고 여러가지 인물 유형—자린고비, 위선자, 넋 놓고 빠져 있는 어리석은 연인 등—을 소요했던 그리스 작가 테오프라스토스(Theophrastos)로부터 시작된 전통에서 찾아볼 수 있을 것이다. (『돈 끼호떼』는 근대소설에 속한다. 그 이유 중 하나는 아서 왕이나 아마디스 데 가울라(Amadis de Gaula)에서 다루는 '성스러운' 기사도 이야기를 세르반떼스가 작심하고 깎아내린다는 사실이다.) 이들은 불연속적인 초상화여서 서로 비교할 수 없다.

테오프라스토스적이고 종교적인 경향은 18, 19세기 내내 소설에 강하게 남아 있었고, 영화와 다양한 종류의 펄프픽션에서 아직도 나타난다. 악한은 오로지 악한이고 영웅은 오로지 영웅이며, 선과 악은 명확히 구분되어 묘사된다. 필딩, 골드스미스

(Oliver Goldsmith), 스콧(Sir Walter Scott), 디킨스, 워를 생각해보라. 그러한 작가들에서 인물은 본질적으로 안정적이며, 고정된 속성들을 지니고 있다.

그러나 이와 동시에 또 다른 종류의 소설이 전개되고 있었는데, 이런 소설에서는 선과 악이 한 인물 안에서 전쟁을 벌이고 자아는 멈추어 있기를 거부한다. 소설은 작중인물이 지닌 성격의 상대성을 강력하게 탐구하기 시작했다. 나아가 이 전통은, 특히 도스또옙스끼가 영어로 번역되기 시작하면서, 20세기 초반 몇십년간 영국과 미국의 소설에 영향을 주게 된다. (로런스, 콘래드, 포드와 울프가 주요 수혜자들이었다.) 그리고 이 모든 것의 상당 부분은 디드로(Denis Diderot)가 1760년대에 쓴, 그러나 1784년에 가서야 출판된, 비범한 소설 한편, 『라모의 조카』(*Le Neveu de Rameau*)로 거슬러올라갈 수 있다. 이 격렬한 대화에서(이 작품은 희곡처럼 조판되어 있다) 유명한 작곡가 J. P. 라모의 무명 조카는 '디드로'라는 이름의 대화상대와 허구적 조우전을 치른다. 처음에 라모의 조카는 충분히 알아볼 만한 프랑스인 유형처럼 보인다. 그는 세련된 냉소로 사회를 꿰뚫어보는 남자로, 뤽상부르 정원을 거니는 유베날리스(D. J. Juvenalis, 고대 로마의 풍자시인)처럼 보인다. 그러나 디드로는 그런 유형에 멋들어지게 살을 더해서, 유명한 작곡가 삼촌을 혐오하면서도 그에게 의존하는 복잡한 인물로 만들어낸다. 라모의 조카는, 내내 인상을 찌푸리고 땀을 흘리고 노래를 흥얼거리면서, 피아노를 흉내 낸 피아노 앞에 앉아 음악을 흉내 낸 음악을 연주함으로써, 스스로 지루하다고 말하는 삼촌의 음악을 흉내 내어 조롱하는 것과 같은 파티 장난을 벌인다. 그는 매우 불안정한 인물로, 디드로는 그를 다달이 변하는 사람으로 묘사했다. 그는 유명해지고 싶어하는 까닭에 허황되어 보이기도 한다. '나는 다른 누군가가 되고 싶소. 천재나 위대한 사람이 되는 위험을 무릅쓰고라도 말이오…… 그래, 그렇소, 나는 하찮고 화가 나 있다오.' 그는 삼촌의 음악을 들을 때마다 '저런 곡을 너는 결코 쓰지 못할 거야'라는 비통한 생각이 든다고 말한다. 그는 자신이 시기심을 품은 것에 대해 다음과 같이 늘어놓는다. '지금은 아무도 연주하지 않지만, 유일하게 미래 세대들에게 전해져 연주될 법한 건반 작품들을 작곡한 이 내가 말이오.' 장차 라스꼴리니꼬프가 그러듯, 그는 범죄자가 자신을 사회로부터 대담하게 소외시키는 것에 감탄한다.

그의 대화상대——작중 디드로——가 사회에서 이성과 질서를 보는 지점에서 라모는 위선만을 본다. 작중 디드로는 안정적이고 훈계조이자 풍자적인 인물 묘사를 교훈적으로 창조한 '라 브뤼예르(Jean de La Bruyère), 몰리에르(Molière), 테오프라스토스'를 끊임없이 읽는다고 말한다. 그는 그런 작가들이 의무, 미덕에 대한 존중, 악에 대한 혐오 등에 관한 지식을 우리에게 가르친다고 말하는데, 이런 말은 그가 거들먹거리며 말하리라고 독자가 기대하는 바로 그것이다. 라모의 조카는 그런 작가들로부터 배운 것이라곤 기만과 위선이 값지다는 것뿐이라고 대답한다. '『따르뛰프』(Le Tartuffe, 몰리에르의 희극에 나오는 위선자)를 읽었을 때 나 자신에게 말했소. "위선자가 되어라, 무슨 짓을 해서라도, 그러나 위선자처럼 말하지는 마라. 쓸모있는 악덕은 간직하되 그 어조도 억양도 취해서는 안된다. 그것은 너를 비웃음거리로 만들 것이다." (이 대화를 통해 디드로는 자신의 책이 극복하고 넘어서는 좀더 단순한 종류의 인물 묘사에 대해 논평하고 있다.) 라모의 조카는 재담꾼이자 어릿광대이지만, 이 책의 풍성함은 그가 일종의 좌절한 천재로서 어쩌면 삼촌보다 더 재능있는 인물일 수도 있다는 것을 미묘하게 암시한다는 데 있다.

스땅달, 도스또옙스끼, 함순, 콘래드, 이딸로 스베보, 랠프 엘리슨(Ralph Ellison)의 『보이지 않는 인간』(*Invisible Man*), 그리고 『비트겐슈타인의 조카』(*Wittgensteins Neffe*)가 지닌 심리적 현란함과 예리함의 일부분이 이 인물에서 흘러나온다. 『비트겐슈타인의 조카』에서 토마스 베른하르트(Thomas Bernhard)는 디드로를 좇아, 유명한 철학자(오스트리아 출신의 현대 철학자 루트비히 비트겐슈타인을 뜻함)의 조카 폴 비트겐슈타인이 자신의 철학을 글로 남기지 않았기 때문에 삼촌보다 더 위대한 철학자였을 가능성을 제기하는 것이다.

89

1830년에 출판된 『적과 흑』(*Le Rouge et le Noir*)에서 스땅달

이 이 유산을 어떻게 다루는지 보라. 쥘리앵 쏘렐은 놀라우리 만치 예측불가능하다. 디드로의 라모처럼 쥘리앵은 풍자적 냉담함과 자기 위주의 야비함, 이유 없는 증오심으로 들끓고 있다. 그는 레날 부인이 자기를 사랑하게 만들겠다고 작정하는데, 이것은 어떤 자연스러운 충동에서 비롯된 것이 아니라, 이것이 사회를 정복하는 방법이자 그가 느꼈던 그녀의 푸대접을 갚아주는 방법이라고 당당하게 믿었기 때문이다. '쥘리앵은 자기 자신에게 말했다. 내가 이 여자의 성격에 대해 아는 게 뭔가? 떠나가기 전에는 내가 그녀 손을 잡았더니 그녀가 손을 뺐고, 오늘은 내가 손을 빼자 그녀가 그걸 잡고 힘을 줬다는 것, 단지 이것뿐이다. 그녀가 나에게 느꼈던 온갖 경멸을 되갚아줄 좋은 기회다. 그녀에게 얼마나 많은 연인들이 있었는지는 신만이 알겠지. 단지 그녀는 우리가 만나는 게 무척 쉽기 때문에 나를 택하기로 결심했을지도 모르지.[4]'

이 복잡한 인간을 창조하면서 스땅달이 절묘하게 덧붙인 점은 쥘리앵 쏘렐이 뭐라고 자기 자신에게 말하건 간에 그가 실은 무의식적으로 레날 부인을 사랑하고 있음을 미묘하게 보여주는 것이다. (이것은 디드로의 대화 형식으로는 쉽게 얻을 수 없는 소설적인 심리적 미묘함이다.) 쥘리앵은 사실 그의 자기중심적 경향이 암시하는 것 이상으로 고결하다는 점에서 신비스러울 정도로 사려 깊은 초상이다. 그는 '인간들이 삶이라 부르는 이 이기주의의 사막에서 각자는 자기 자신을 위할 수밖에'라는 맞춤하게 프랑스적인 냉소주의적 표현을 주문처럼 왼다.

그러나 그는 실제로 이렇게 살아가지는 못한다. 그는 너무 정열적이고 너무 고결하다. 디드로의 라모처럼 그는 따르뛰프를 숭배한다. 하지만 그는 작중 라모처럼 결코 번뜩일 정도로 지적이거나 모든 것을 꿰뚫어보지는 못하는데, 이것은 스땅달이 소설을 비옥하게 만든, 대단한 대목이다. 쥘리앵은 진실을 말하는 대단한 사람을 자처하지만, 별로 똑똑하지도 유연하지도 못한데다 조야한 나뽈레옹적 열정으로 마음이 가득 찬, 지적이지만 제대로 교육받지 못한 낭만적 시골뜨기일 따름이다. 우리 독자들은 이것을 안다. 그의 이해력은 기복이 심해서, 그는 때로 명확히 보기도 하지만, 자기 스스로 생각하는 것만큼 상류사회의 규칙을 잘 읽지 못하는 경우가 더 많다. 그는 당당하게 위선적이지만, 자신의 명백한 위선을 감추어야 한다는 것을 알 만큼 늘 충분히 위선적이지는 못하다. 그는 감춰야 할 때 사람들에게 늘 자기 속내를 내뱉는다.

90

빠리에서 쥘리앵은 자신의 고용주의 딸인 높은 신분의 마띨드와 사랑에 빠진다. 연인들은 서로에게 사랑의 노예가 되기를 원하지만, 그러기에는 또 저마다 자존심이 너무 강해서 동시에 상대방의 주인이 되기를 원한다. 마띨드는 쥘리앵의 오만한 예외주의를 낭만적으로 사랑하지만, 하인과 결혼하는 것은 자신의 격에 맞지 않으리라 느낀다. 쥘리앵은 그녀를 사랑하지만 하대받을까 두려워한다. 1840년대와 1881년 사이에 글을 썼으며 불문학의 열정적 독자였던 도스또옙스끼는 장차 이런 종류의 자존심과 굴욕의 작용을 더욱더 잘 다루는 소설가가 될 터이다. 루소(Jean-Jacques Rousseau)에서 디드로, 도스또옙스끼로 직접 이어지는 연결로가 존재한다.

1864년에 출판된 『지하에서 쓴 수기』의 유명한 장면에서, 보잘것없으나 오만하게 반항적이며 국외자인 화자는 선술집에서 인상적으로 생긴 경기병 장교와 마주친다. 그 장교는 화자가 앞을 가로막자 아무렇지도 않게 그를 들어올려 옆으로 제친다. 화자는 수치심을 느끼고, 보복의 꿈을 꾸느라 잠을 이루지 못한다. 그는 이 장교가 날마다 네프스끼 거리를 걸어간다는 것을 알고 있다. 화자는 그를 '선망하며' 거리를 두고 그의 뒤를 따라간다. 그는 자신이 반대 방향으로 걷다가 두 사람이 만나면, 자기, 곧 화자는 꿈쩍도 하지 않으리라 다짐한다. 그러나 만남의 순간이 닥칠 때마다 그는 공황상태에 빠지고, 장교가 성큼성큼 지나가는 바로 그때 옆으로 비켜난다. 밤에 그는 잠에서 깨어 강박적으로 이 질문을 되풀이한다. '먼저 방향을 트는 게 왜 언제나 나인가? 왜 꼭 나이고 그가 아닌 거지?' 마침내 그가 피하지 않고 곧장 걸어가자 두 남자는 어깨를 스치게 되고, 화자는 희열을 느낀다. 그는 적절히 복수했다고 느끼면서 이딸리아 아리아들을 부르며 집으로 돌아온다. 그러나 만족은 단 며칠간만 지속될 뿐이다.

도스또옙스끼는 니체(Nietzsche)가 르상띠망(ressentiment)이라고 부른 심리적 범주의 위대한 분석가—어떤 의미에서는 거의 발명가—였다. 거듭거듭 도스또옙스끼는 자존심이 실은 굴욕감에 매우 가깝고 증오가 일종의 병적 사랑에 가깝다는 것을 보여준다. 라모의 조카가 유명한 자기 삼촌의 존재에 스스로 실제 인정할 법한 정도보다 훨씬 더 의존한다거나, 쥘리앵이 레날 부인과 마띨드를 사랑하면서도 증오하는 것이 바로 그 예이다. 네프스끼 거리의 일화에서 약자는 장교를 혐오하면서도 '선망한다'. 그리고 어떤 의미로는 그를 선망하기 때문에 혐오한다. 그의 무기력함은 그가 처한 실질적 상황보다는 장교에 대한 그의 상상적 관계와 더 관련이 있다. 그것은 무기력한 의존의 관계다. 도스또옙스끼는 이 심리적 고통을 '지하'라고 부를 법한데, 이는 독성을 띤 일종의 무기력한 소외감, 자아의 고질적 불안정성, 그리고 어느 순간이라도 예기치 못하게 무너져 내려 정반대의 것, 곧 비굴한 자기비하가 될 수도 있는 허풍스러운 자존심을 의미한다.[5]

소설에 지금껏 존재했던 그 무엇도, 심지어는 디드로나 스땅달에 나타났던 그 어떤 것도, 도스또옙스끼의 작중인물들을 예견케 하지 않는다. 예를 들어 『까라마조프 가의 형제들』(Brat'ya Karamazovy)에서 광대 같은 표도르 빠블로비치는 지역 수도원의 응접실에 들어가려는 참이다. 그는 이미 성자 같은 수도자인 조시마 장로의 수도실에서 끔찍하게 군 적이 있다. 표도르는 응접실에서도 물의를 빚게끔 행동하리라 결심한다. 어째서?

그가 스스로 생각하는 이유는 이렇다. '내가 보기엔 늘 그래. 어디를 가든지 나는 다른 모든 사람들보다 천한 것 같고 그들은 나를 광대로 여기는 것 같단 말이지. 그러니 진짜 광대놀음을 한번 해보자고. 너희 모두는, 하나같이, 나보다 천하니까 말이야.' 그리고 이 생각을 하면서 그는 왜 어떤 이웃을 싫어하느냐는 질문에 이렇게 답했던 일을 떠올린다. '그는 나에게 아무 짓도 하지 않았지, 그건 사실이야. 하지만 언젠가 내가 그에게 무척 파렴치하고 고약한 술수를 쓴 적이 있는데, 그 순간, 곧바로 나는 그를 그 일로 인해 증오하게 됐어.'

91

도스또옙스끼의 작중인물은 적어도 세 층위를 갖는다. 맨 위 층위에는 선언된 동기가 있다. 예를 들자면 라스꼴리니꼬프는 자신의 노파 살해를 정당화하는 여러 이유를 제시한다. 두번째 층위는 무의식적 동기, 곧 사랑이 증오로 변하고 죄책감은 유독하고 병적인 사랑으로 표현되는, 저 기묘한 전도와 관련되어 있다. 그리하여 자신의 죄를 경찰과 매춘부 쏘냐에게 고백하려는 라스꼴리니꼬프의 광기 어린 욕구는 초자아의 작용에 관한 프로이트(S. Freud)의 언급을 예감케 한다. '많은 범죄자들, 특히 젊은 범죄자들에게서, 범죄 이전에 존재했고 따라서 죄의 결과가 아니라 동기인 매우 강렬한 죄의식을 감지하는 것이 가능하다'라고 프로이트는 쓴다. 혹은 표도르 까라마조프가 자신이 한때 고약하게 굴었던 이웃을 벌하고자 하는 경우에서처럼, 죄의식이 그를 무의식적으로 이웃에게 끔찍하게 굴도록 한다고 말할 수 있을 것이다. 그의 행동은 독일인들이 홀로코스트로 인해유대인들을 결코 용서하지 않을 것이라고 지적한 이스라엘 정신분석학자의 웃기면서도 극도로 진지한 경구를 떠올리게 한다. 동기의 세번째이자 가장 아래 층위는 설명할 수 없고 오직종교적으로만 이해될 수 있다. 이 인물들은 **알려지기**를 원하기때문에 이렇게 행동한다. 의식하고 있지는 못할지라도, 그들은자신들의 비열함을 드러내고 싶어한다. 그들은 고해하기를 원하는 것이다. 그들은 자기 영혼의 어두운 수치스러움을 드러내기를 원하기 때문에, 딱히 까닭을 알지 못한 채, 다른 사람들 앞에서 '물의를 빚게끔', 그리고 형편없이 행동한다. 그리하여 그들보다 '나은' 자들에게 그들의 비참한 진면목을 심판할 수 있게 한다.

92

도스또옙스끼의 인간 행동에 대한 분석에는 무언가 심오하게 철학적인 것이 있어서, 니체와 프로이트는 그의 작품에매혹되었다. (도스또옙스끼의 중편 「영원한 남편」(Vechnyi muzh)의 한 장에는 '분석'이라는 제목이 붙어 있다.) 도스또옙스끼의 모든 소설이 '죄와 벌'이라는 동일한 제목을 가질 만도 하다고 말한 프루스뜨는, 스스로 인정할 법한 정도 이상의 관심으로 도스또옙스끼를 연구했다. 심리적 동기의 철학적 분석을 정교하게 만들고 발전시킨 사람은 프루스뜨다. 프루스뜨에서 우리는 인물묘사——그리고 실로 허구 창작 그 자체——의 모든 요소가 행복하게 동거하는 것을 볼 수 있다. 마치 바닥이 유리로 된 보트에서 그 밑의 물고기 무리를 보는 듯하다. 그래서 그의 인물들은 어떤 의미에서는 외면적이지만 동시에 고도로 내면적이다. 그들은 '평면적'이지만 마치 '입체적'인 것처럼 프루스뜨에 의해 다방면에서 분석된다. 그리고 물론 소설이 너무도 방대해서 인물들의 평면성은 시간의 흐름에 따라 길게 늘여지기 때문에 더는 평면성으로 보이지 않게 된다. 프루스뜨는 캐리커처를 두려워하지 않을뿐더러 디킨스식으로 주도동기(leitmotif)나 반복되는 '특징들'로 인물에 '꼬리표'를 다는 것을 매우 좋아한다. 예컨대 마르셀의 할아버지는 '경계 태세로! 경계 태세로!'라고 되풀이해서 말하기를 좋아하고, 베르뒤랭 부인은 음악이 연주되기만 하면 머리가 아프다고 늘 불평한다. 초창기 소설가들이 그랬고, 또는 프루스뜨의 시대에 좀더 가까운 작가로 디킨스나 똘스또이, 토마스 만이 모두 그랬듯, 그는 인물을 '고정하기' 위해 이 방법을 쓴다.

그러나 이와 동시에 그의 소설은 고정된 테오프라스토스적 '특징들'의 폭정에 맞서 반역을 일으키기도 한다. 꽁브레(Combray, 프루스뜨의 『잃어버린 시간을 찾아서』에 나오는 가상의 마을)는 모두가 서로 아는 닫힌 세계로 묘사되며, 마르셀의 가족은 주위 사람들이 어떠한지에 관해 극히 안정된 느낌을 갖고 있는 것으로 제시된다. (그 느낌은 주도동기를 활용해 친구들과 지인들에 '꼬리표'를 다는 그들의 체계에 의해 주로 유지된다.) 어떤 사람이 방금 마을에서 모르는 사람을 보았다고 마르셀의 숙모에게 알려주자, 그녀는 약사 까뮈[6]에게 하녀를 보내 누군지 물어보고 싶어한다. 자기 가족에게 알려지지 않은 누군가가 있다는 생각 자체를 참을 수 없었던 것이다. 그러나 프루스뜨가 말하듯 '우리의 사회적 인격은 다른 사람들의 생각이 창조한 것이다.' 그의 인물들은 사실 예기치 못한 방식으로 변하며, 우리는 이 사람들을 보는 데 사용하는 시각의 렌즈를 계속 조정해야 한다. 마르셀의 가족은 자신들이 므시외 스완을 완벽히 안다고 확신하지만, 프루스뜨는 그들이 그의 일면만을, 그것도 가장 진정하지 않은 면만을 보았을 뿐이라는 것을 보여준다. 스완이 오데뜨와 사랑에 빠지는 경우도 마찬가지다. 그가 그녀를 사랑하는 이유 중 하나는 그녀가 어느 그림 속 여인을 상기시켜준다는 점인데, 힘겨운 몇달을 거치면서 그는 사랑의 위험 중 한가지가 여인에 대한 하나의 상을 우리의 연모하는 마음에 고정시키도록 사랑이 우리를 부추긴다는 점이라는 사실을 깨닫게 된다. 때로 이 변화들은 매우 사소한 동작이나 뜻밖의 사실로 인해 일어나며, 본디 그 기원은 불가사의하다. 마르셀은 므시외 르그랑댕이 누군가에게 활기를 띠고 이야기하며 특이한 방식으로 절하는 것을 슬쩍 보았기 때문에 그에 대한 생각을 바꾼다.

> 이렇게 몸을 잽싸게 똑바로 펴자 르그랑댕의 엉덩이
> 위로 일종의 긴장된 근육의 물결이 일었는데, 나는 그
> 의 엉덩이에 그리도 살집이 많으리라고는 생각한 적
> 이 없었다. 왜라고 말할 수는 없지만, 이 순수한 물질
> 의 파동, 정신적 의미가 결여된 이 온통 육질로 된 흐
> 름은…… 우리가 아는 것과는 완전히 다른 르그랑댕의
> 존재 가능성을 갑자기 내 마음에 일깨웠다.[7]

진전이다! 필딩과 디포우, 그리고 훨씬 풍요로운 세르반떼스
에서조차도 이런 종류의 변화를 불러오는 의외의 사건이 일어
나는 것은, 뜻밖에 나타난 누이, 잃어버린 유언장 등 줄거리의
수준에서이다. 그것이 인물에 대한 우리의 인식을 바꾸는 법은
없다. 돈 끼호떼라는 인물은 비록 무한히 깊이있는 희극적 **구상**
이지만, 작품의 말미에서도 처음에서와 같은 부류의 인물이다.
(임종 순간 그의 심경에 변화가 일어나는 것이 매우 혼란스러
운 것도 바로 그 때문이다.)

93

1920년에서 1945년 사이 영국과 미국에서 모더니스트 소

설이 성행할 당시, 러시아 작가들과 프랑스 작가들이 본질적으로 그 조건을 설정했다. 버지니아 울프가 콘스턴스 가넷 (Constance Garnett)의 새 번역으로 나온 러시아 작가들의 영역본을 발견했을 때 느꼈던 그 만남의 흥분은 그녀의 에세이들, 특히 1910년대와 20년대에 씌어진 에세이들에서 찾아볼 수 있다. 그녀는 그 흥분을 「베넷 씨와 브라운 부인」(Mr Bennett and Mrs Brown, 1923)에서 이렇게 표현한다.

『죄와 벌』과 『백치』를 읽고 나서 그 어떤 젊은 소설가가 빅토리아 시대 사람들이 그린 것과 같은 '인물들'을 믿을 수 있겠는가? 그들 중 그처럼 다수가 부정할 수 없이 생생한 것은 그들이 지닌 조잡함의 결과다. 작중인물은 특징들이 너무도 적고 뚜렷한 나머지 지울 수 없게 우리 기억에 문질러 새겨진다. 독자에게 키워드(예컨대 '나는 결코 미코버 씨를 버리지 않을 거예요.')가 주어지는데, 이 키워드가 놀라우리만치 적절하기 때문에 나머지는 독자의 상상력이 신속히 채운다. 그러나 라스꼴리니꼬프, 미시낀, 스따브로긴 또는 알료샤에게 어떤 키워드를 적용할 수 있겠는가? 이들은 아무런 특징 없는 인물들이다. 우리는 거대한 동굴로 하강하듯 그들 안으로 들어간다.

포드 매독스 포드도 (비록 그의 스승은 플로베르였지만) 같

은 생각이었다. 그는 자신의 책 『영국 소설』에서 리처드슨을 제
외하고는 헨리 제임스가 나타날 때까지 영국 소설에 성인의 관
심을 끌 만한 것은 아무것도 없었다고 주장했다. 포드가 보기
에 진지한 유럽 소설은 디드로에게서 시작되었다.

> 소설이 다음 단계로 큰 도약을 할 수 있었던 것은 디드
> 로 — 그리고 그보다도 더 스땅달 — 덕분이었다……
> 그 시점에 이르러 소설 그 자체를 매우 진지하고 다각
> 적인 토론의 수단으로 여기는 것, 따라서 인간의 상황
> 에 대한 매우 진지한 탐구의 방편으로 여기는 것이 가
> 능하다는 사실이 문득 분명해졌다. 소설은 독자적 지
> 위를 갖게 되었다.

94

인물에 대한 이 새로운 접근은 형식에 대한 새로운 접근을
뜻했다. 인물이 안정적이면 형식도 안정적이고 직선적이다. 소
설가는 시작에서 주인공의 어린 시절과 교육에 대해 독자에게
이야기한 다음, 성큼 앞으로 나아가 주인공의 결혼을 다룬 뒤,
비로소 책의 극적 핵심 — 결혼이 뭔가 잘못되었다는 것 — 으
로 향한다. 그러나 만약 인물이 가변적이라면 왜 처음에서 시
작하겠는가? 분명 중간에서 시작해서 뒤로 움직였다 앞으로

움직이고 다시 뒤로 움직이는 게 더 효과적이지 않겠는가? 『로드 짐』(*Lord Jim*)과 『비밀요원』(*The Secret Agent*)에서 콘래드가, 그리고 나이폴과 스파크가 여러 소설에서 쓰는 형식이 바로 이런 종류다.

소설이 자아가 분열된 깊숙한 인물들에 관한 좀더 세련된 분석자가 되었다고 주장하면서 동시에 인물의 평면성을 변호했다는 것이 모순인가? 그렇지 않다. 만약 평면성에 관한 포스터의 생각과 입체성에 관한 포스터의 생각을 둘 다 받아들이지 않는다면 말이다. (평면성은 그가 주장하는 것보다 더 흥미롭고 입체성은 그가 주장하는 것보다 더 복잡하다.) 두 경우 모두 중요한 것은 분석의 **섬세함**이다.

공감과 복잡성

95

2006년, 멕시코시티의 동쪽 외곽에 있는 인구 이백만명의 우범지역 네사(Neza)의 시장은 이 지역 경찰관들이 '더 좋은 시민'이 될 필요가 있다고 결정했다. 그는 그들에게 독서목록을 제시하기로 결정했는데, 거기에는 『돈 끼호떼』, 후안 룰포(Juan Rulfo)의 아름다운 중편 「뻬드로 빠라모」(Pedro Páramo), 옥따비오 빠스(Octavio Paz)의 멕시코 문화에 관한 에세이 「고독의 미로」(El laberinto de la soledad), 가르시아 마르께스(Gabriel García Márquez)의 『백년 동안의 고독』(*Cien años de soledad*), 그리고 까를로스 푸엔떼스(Carlos Fuentes), 쌩떽쥐뻬리(Antoine de Saint-Exupéry), 애거서 크리스티(Agatha Christie)와 에드거 앨런 포우(Edgar Allan Poe) 등의 작품들이

포함되어 있었다.[1]

네사의 경찰총장 호르헤 아마도르는 소설을 읽는 것이 경관들에게 적어도 세가지 면에서 도움이 되리라 믿었다.

첫째, 그들에게 더 광범위한 어휘를 습득할 수 있게 한다. (…) 다음으로, 경관들에게 대리 경험을 얻을 기회를 준다. '경찰관은 세상을 잘 알아야 하고, 책은 사람들의 경험을 간접적으로 풍요롭게 해준다.' 마지막으로, 아마도르는 윤리적 이득이 있다고 단언한다. '다른 사람들의 목숨과 재산을 구하기 위해 자신의 목숨을 거는 데는 깊은 확신이 필요하다. 문학은 그와 유사한 헌신의 삶들을 독자가 발견케 하기 때문에 그러한 깊은 확신을 강화할 수 있다. 우리는 우리 경찰관들이 문학과 접촉함으로써 자신들이 지키기로 맹세한 가치들에 좀더 헌신하게 되리라 희망한다.'

이 얼마나 기묘하게 고풍스러운가. 오늘날 진정성 컬트(cult of authenticity)는 경찰업무만큼 '세상적인'─세상 속에 깊이 들어가 있는─ 것은 없다고 역설한다. 수천개의 영화와 텔레비전 쇼가 이 신조에 고개를 숙인다. 경찰이 안락의자에 앉아 소설에 코를 박고 있으면 현장에서만큼 또는 그 이상으로 현실에 대해서 알 수 있으리라는 생각은 많은 이들에게 분명 이단적 역설로 비친다.

그 멕시코 경찰총장만큼 도덕적으로 규범적이지[2] 않을지라도, 우리는 그가 소설읽기라는 경험의 세 측면 — 언어, 세상, 다른 자아들을 향한 공감의 확장 — 을 정리했다는 것을 알 수 있다. 조지 엘리엇은 독일 리얼리즘에 관한 에세이에서 그것을 이렇게 표현했다. '화가이건 시인이건 소설가이건 간에 예술가로부터 우리가 입은 가장 큰 혜택은 우리의 공감을 확장하게 된 것이다. (…) 예술은 삶에 가장 가까운 것이다. 그것은 경험을 확대하고 같은 인간들과의 접촉을 개인적 운명의 테두리 너머로 확장하는 방법이다.'[3]

플라톤(Platon)과 아리스토텔레스(Aristoteles) 이래 허구적·극적 서사는 중요하다. 그리고 되풀이 제기되는 두 논의를 촉발했다. 하나는 모방과 실재의 문제를 둘러싼 것 — 허구가 무엇을 재현해야 하는가,라는 문제 — 이고, 다른 하나는 공감의 문제 그리고 허구적 서사가 어떻게 그것을 함양하는가,라는 문제에 관한 것이다. 되풀이되는 이 두 논의는 서서히 하나로 융합하면서, 공감을 통한 작중인물과의 동일시가 어떤 면에서는 허구의 진실된 모방에 의존한다는 것이 말하자면 쌔뮤얼 존슨(Samuel Johnson) 이후부터는 상식으로 통하는 것을 볼 수 있다. 어떤 세상과 그곳의 허구적 인간들을 실감있게 바라보는 것은 실제세계에서 우리가 공감하는 능력을 넓힐 수 있다는 것이다. 18세기 중반 소설의 발흥이 공감에 관한 철학적 논의 — 특히 애덤 스미스, 섀프츠버리(Anthony Ashley-Cooper, 3rd Earl of Shaftesbury)와 같은 사상가들의 논의 — 가 일어난 것과 때를 같이한 것은 우연이 아니다. 스미스는 『도덕감정론』 (*The Theory of Moral Sentiments*, 1759)에서 '다른 사람들의 고통에 대한 우리의 동류의식의 원천'은 '고통받는 사람과 상상 속에서 자리를 바꿈'——타인의 입장이 되어봄——으로써 길어낼 수 있다고 주장하는데, 이런 발상은 오늘날에는 오로지 자명한 진리일 따름이다.

똘스또이는 『전쟁과 평화』에서 이에 관해 쓰고 있다. 프랑스군의 포로가 되기 전에 삐에르에게는 사람들을 분화된 개인이 아닌 안개 낀 듯 흐릿한 집단으로 보고 자신에게는 자유의지가 거의 없다고 느끼는 경향이 있었다. 프랑스군의 손에 거의 죽을 뻔한 뒤로 (그는 자신이 처형될 것이라고 생각한다) 사람들은 그에게 생생한 모습으로 다가오고, 그 자신도 생생한 모습으로 다가온다. "각 개인이 마땅히 지니는 이 특질은 예전에는 삐에르를 열받게 하고 짜증나게 만들곤 했지만 이제는 다른 사람들에게 그가 느끼는 공감과 관심의 기초가 되었다."[4]

96

이언 매큐언의 『속죄』는 다른 사람의 입장이 되어보는 데 실패하는 것의 위험을 분명하게 다룬다. 어린 여주인공 브라이어니는 소설의 첫 부분에서 로비 터너가 강간범이라고 잘못 알고 그 사실을 확신해버렸을 때 이런 실패를 겪는다. 그러나 타인의 입장이 되어보는 것이야말로 바로 이 부분에서 매큐언이 소설가로서 두드러지게 시도하는 것이다. 작가는 한 인물의 관점에서 다른 인물의 관점으로 주의깊게 깃들어간다. 브라이어니의 어머니인 에밀리 탤리스는 편두통을 앓으며 침대에 누워 아이들에 대해 근심스레 생각하는데, 그녀의 근심과 분노가 공감을 방해하기 때문에 그 상상적 공감력이 실은 매우 형편없다는 것을 독자는 눈치채지 않을 수 없다. 그녀는 쎄실리아가 케임브리지에서 보낸 시간에 대해 곰곰이 생각하다가, 자기는 교육이 상대적으로 모자란다는 것을 떠올리고는, 갑자기, 그러나 자신도 모르게, 분개한다.

쎄실리아가 7월에 최종 성적을 가지고 집에 돌아왔을 때──거기에 실망하다니 계집애 신경줄이란!──그녀는 직업도, 기술도 없었지만 찾아야 할 남편감과 감당해야 할 어머니 구실은 있었다. 그리고 그녀의 그 잘난 여선생들──바보 같은 별명과 '무시무시한 평판'을 가진 여자들──은 그 문제에 관해 그녀에게 뭐라 해줄 말이 있을까? 제 잘난 맛으로 사는 이 여자들은 극히 심심하고 소심한 엉뚱한 짓거리──고양이를 개줄에 묶어 산책시키기, 남자용 자전거 타고 돌아다니기, 길거리에서 쎈드위치 들고 다니다 들키기 등──덕분에 지역사회에서 불후의 명성을 얻었다. 한 세대 뒤, 죽은 지 오래되고 나서도 이 멍청하고 무식한 여성들은 여

전히 후배 교수들 사이에서 존경받을 것이고 사람들은
그들에 관해 나지막한 목소리로 이야기할 것이다.

애덤 스미스의 표현으로 말하면 에밀리는 딸과 '자리를 바꾸
는' 능력이 전혀 없다. 소설가나 배우의 언어로 말하면 그녀는
쎄실리아 '되기'에 능하지 못하다. 그러나 매큐언은 물론 에밀
리 텔리스 '되기'에 놀라우리만치 능하며, 완벽하게 균형 잡힌
자유간접화법을 사용해 부러워하는 그녀의 복잡한 심사에 깃
든다.

이 부분 좀더 뒤에서 에밀리는 불빛 근처에 앉아 있다가 불
에 끌리는 나방들을 보고는 '무슨 과학 교수'에게서 들은 것을
떠올린다.

그들을 끌어들이는 것은 불빛 너머에 더욱 깊은 어둠
이 있는 듯한 시각적 인상이었다. 잡아먹힌다 하더라
도 그들은 그 불빛 저 너머에 있는 가장 어두운 곳을
찾아내라는 본능의 명을 좇아야만 했는데, 이 경우 그
어두움은 환영이었다. 이 말은 그녀에게 궤변이나 설
명을 위한 설명으로 들렸다. 그 누가 감히 곤충의 눈을
통한 세상을 안다고 나설 수 있겠는가?

이것은 에밀리가 할 법한 생각이다.
매큐언이 의식철학(philosophy of consciousness)의 잘 알려

진 딜레마를 의식적으로 언급하는 셈인데, 이 딜레마는 토머스 네이절(Thomas Nagel)의 에세이 「박쥐가 된다는 것은 어떤 것일까?」(What is it like to be a bat?)를 통해 아주 유명해졌다. 인간은 박쥐와 자리를 바꿀 수 없고, 인간 쪽에서의 상상적 전이란 불가능하다고 네이절은 결론짓는다. '내 상상이 미치는 한도 ― 그다지 멀지 않은 한도 ― 내에서 말하면, 나는 자신이 박쥐처럼 행동하는 것이 어떨지를 알 수 있을 뿐이다. 그러나 문제는 그것이 아니다. 나는 박쥐가 박쥐인 게 어떤지 알고 싶은 것이다.'[5] 『엘리자베스 코스텔로』에서 J. M. 쿳시는, 말하자면 소설가들을 대표해서, 자신의 소설가 여주인공 코스텔로로 하여금 네이절에게 드러내놓고 대답하게 만든다. 코스텔로는 박쥐가 되는 것이 어떤지를 상상하는 것이야말로 좋은 소설가의 정의일 것이라고 말한 다음 이렇게 덧붙인다. 나는 시체가 되는 것을 상상할 수 있는데, 왜 박쥐가 되는 것은 상상할 수 없죠? (똘스또이도 중편 「하지 무라뜨」(Hadzhi Murat) 말미의 전율적인 대목에서, 머리가 잘려나가면 어떤 느낌일까, 머리가 몸에서 떨어져나가고 나서도 일, 이초 동안 두뇌에 의식이 남아 있는 것은 어떤 느낌일까 하고 상상한다. 상상력이 풍부한 그의 통찰력은 잘려진 머리에서 의식이 실제로 일, 이분 동안 지속될 수 있다고 시사하는 현대 신경과학의 전조가 된다.)

97

철학자 버나드 윌리엄스(Bernard Williams)는 도덕철학의 한계가 마음에 걸렸다.[6] 그는 칸트(I. Kant)로부터 내려오는 도덕철학 저술 중 상당부분이 자아의 번잡스러움을 철학적 논의의 대상에서 본질적으로 배제했다는 것을 알게 되었다. 윌리엄스의 생각에 철학은 갈등을 그리 쉽게 해결되지 않는 욕망들 간의 갈등으로 보기보다는 쉽게 해결될 수 있는 믿음들 간의 갈등으로 보는 경향이 있었다. 그는 자신의 저서 『도덕적 운』(*Moral Luck*)에서 어떤 남자의 상황을 예시로 거론한다. 그 남자는 아버지가 세상을 뜨면 유산으로 괜찮은 자선단체를 돕겠다고 약속하지만 아버지에게 한 약속도 지키고 자기 자식들을 돌보기에도 돈이 충분하지 않다는 것을 시간이 지날수록 깨닫게 된다. 윌리엄스에 따르면 어떤 종류의 도덕철학자는 이 갈등을 해결할 한가지 방법이 다음과 같이 주장하는 것이라고 썼다. 즉, 자식들 같은 더 절박한 관심사를 살펴본 후에 자선단체에 돈을 주어야 한다는 것이 상속의 암묵적 조건이라고 전제할 충분한 이유가 아들에게 있다고 주장하는 것이다. 그 구성요소 중 하나를 폐기해버림으로써 갈등은 해소된다.

윌리엄스는 칸트학파가 의무들 간에 빚어지는 충돌을 전부 이렇게 다루는 경향이 있다고 생각했다. 반면 윌리엄스는 스스로 '비극적 딜레마들'이라 부른 것 —어떤 인간이 똑같이 절박한, 상충하는 두가지의 도덕적 요구에 직면하는 딜레마——에 관심이 있었다. 아가멤논은 자신의 군대를 배신하거나 딸을 희생해야 하는데, 어느 쪽이든 그에게 길고 긴 후회와 수치를 안겨줄 것이다(아가멤논 왕에게 화가 난 아르테미스 신이 미케네 군대의 트로이 출정을 방해하자 신의 분노를 달래기 위해 왕이 딸 이피게네이아를 제물로 희생해야 하는 처지에 놓이게 됨). 윌리엄스가 보기에 도덕철학은 칸트의 용어로 자아가 일관적이고 원칙이 있으며 보편적이라고 말할 것이 아니라, 감정적 삶의 실제 짜임새에 관심을 기울일 필요가 있었다. 아니다, 사람들은 일관적이지 않다,라고 윌리엄스는 말한다. 그들은 살아가면서 자신들의 원칙을 지어내며 이는 유전, 교육, 사회 등 온갖 종류의 것들에 의해 결정된다.

윌리엄스는 자아가 '일인갈등'(one-person conflicts)이라고 그가 부른 것과 투쟁하는 모습을 보여주는 위대한 이야기의 예를 찾고자 그리스 비극과 서사시를 참조하곤 했다. 특이하게도 그는 소설에 대해서는 거의 이야기하지 않았는데, 어쩌면 이는 소설이 그러한 비극적 갈등을 덜 냉혹하고 덜 비극적으로, 완화된 형태로 보여주기 때문일 것이다. 그러나 갈등이 완화되었다고 해서 그것이 덜 흥미롭거나 덜 심오한 것은 아니다. 한종류의 투쟁만 꼽아보자면, 결혼과 그 온갖 갈등에 대해——양자갈등(배우자들 간의 갈등)과 일인갈등(사랑이 없거나 잘못된 결합으로 인해 고통받는 외로운 개인의 갈등) 양면에서——소설이 우리에게 얼마나 대단한 경험적 통찰을 선사했는지 생각해보라. 『등대로』(*To the Lighthouse*)를 보자. 이 작품이 그리도 감동적인 이유 중 하나는 그것이 빛나게 성공적인 결혼이나 완전히 실패한 결혼이 아니라, 투쟁과 사소한 타협이 날마다 일어나지만 그런대로 무난한 결혼에 관한 이야기이기 때문이다. 아래 대목에서 램지 씨 내외는 정원을 거닐며 아들에 대해 이야기한다.

> 그들은 멈춰섰다. 그는 좀더 열심히 학업에 임하도록 앤드루를 설득할 수 있었으면 했다. 그러지 않으면 장학금을 탈 기회를 모두 잃을 터였다. '아, 장학금!' 그녀가 말했다. 램지 씨는 장학금 같은 진지한 것을 놓고 그렇게 말하는 그녀가 어리석다고 생각했다. 장학금을 받는다면 앤드루가 무척 자랑스러울 것 같다,라고 그가 말했다. 그렇게 되지 않더라도 앤드루를 여전히 자랑스러워할 것이다,라고 그녀가 답했다. 그들은 언제나 이에 대해 의견이 갈렸지만, 그것은 중요하지 않았다. 그녀는 그가 장학금을 중시하는 모습이 보기 좋았고, 그는 그녀가 앤드루가 뭘 하든 간에 그를 자랑스럽게 여기는 모습이 보기 좋았다.

각자 의견이 다르면서도 상대방이 그대로 있기를 원하는 모습에 이 대목의 묘미가 있다.

물론 소설은 철학적 해답을 제공하지는 않는다. (체호프가 말했듯 소설은 옳은 질문을 던지기만 하면 된다.) 대신 그것은 윌리엄스가 도덕철학이 해주기 원했던 역할──우리의 도덕구조가 복잡한 것에 관한 최선의 설명을 내놓는 것──을 수행한다. 『전쟁과 평화』에서 삐에르가 자기 자신과 다른 사람들에 대한 생각을 바꾸기 시작할 때, 그는 사람들을 제대로 이해하는 유일한 방법은 그들 각자의 시점에서 사물을 바라보는 것임을 깨닫는다. '윌라르스끼, 공작부인, 의사, 그리고 그가 지금 만나는 모든 사람들과의 관계에 새로운 면이 생겨났으며, 그로 인해 그는 모든 사람들의 호의를 얻었다. 이것은 어떤 사람의 확고한 믿음을 바꾸는 것이 불가능하다는 것을 그가 인정한다는 것, 모든 사람들이 각자 자신의 관점에서 생각하고 느끼고 사물을 바라볼 가능성이 있다는 것을 그가 인식한다는 것이었다. (…) 사람들의 의견과 그들의 삶 사이에, 그리고 한 사람과 다른 사람들 사이에 차이가 존재한다는, 때로는 완전한 모순이 존재한다는 사실이 그를 즐겁게 했고 재미있어하는 부드러운 미소를 그에게서 자아냈다.'[7]

언어

98

시인 글린 맥스웰(Glyn Maxwell)은 글쓰기 수업에서 다음과 같은 문제를 즐겨 내는데, 이것은 분명 오든이 사용한 문제 같다. 그는 필립 라킨(Philip Larkin)의 시 「오순절 결혼식」(The Whitsun Weddings)에 특정 단어들을 까맣게 칠한 채로 학생들에게 제시한다. 그는 학생들에게 어떤 종류의 단어 ─ 명사, 동사, 형용사 ─ 가 누락되었으며, 그 단어들이 행의 운율을 어떻게 완성하는지 말해준다. 시인 지망생들은 빈칸을 채우려 시도해야 한다. 라킨은 영국 북부에서 런던으로 기차여행을 하는 중인데, 창문으로 밖을 내다보며 지나쳐가는 광경들을 기록한다. 그중 하나는 온실로, 그는 이것을 '온실이 독특히 빛났다' (A hothouse flashed uniquely)라고 표현했다. 맥스웰은 '독특히'(uniquely)를 지우고 세 음절의 부사가 빠졌다고 학생들에게 말해준다. '독특히'를 채운 학생이 나온 적은 단 한번도 없었다. '독특히'는 독특하다.

99

니체는 『선악의 피안』(*Jenseits von Gut und Böse*)에서 이렇게 한탄한다. '세번째 귀를 가진 자에게 독일어로 쓴 책이란 얼마나 고문과도 같은가.' 만약 산문을 — 모더니스트들의 오래된 희망처럼 — 시만큼이나 잘 쓰려면 소설가와 독자는 세번째 귀를 개발해야 할 것이다. 우리는 음악적으로 읽어야 한다. 문장의 정확성과 운율을 시험해보고, 현대적 단어들의 가장자리에 매달려 있는, 역사적 함축의 거의 들리지 않는 바스락거림에 귀 기울이며, 패턴과 반복과 반향에 유의하고, 왜 어떤 은유는 성공적이고 다른 것은 아닌지 결정지으며, 올바른 동사나 형용사의 완벽한 배치가 어떻게 수학적 궁극성으로 문장을 마무리 짓는지 판단하는 것이다. 우리는 아름답다고 대중적으로 칭송받는 ('그녀는 천사처럼 글을 쓴다') 거의 모든 산문이 아름다움과는 거리가 멀며, 마치 거의 모든 꽃들이 향기롭다고 어떤 시점에서는 칭송받는 것처럼 거의 모든 소설가가 '아름답게' 쓴다고 어떤 시점에서는 근거없이 칭송받는다는 가정에서 논의를 풀어나가야 한다.

100

복잡한 산문조차 어떤 면에서는 매우 단순하다. 이것은 저 수학적 궁극성 때문인데, 그 궁극성에 입각하면 완벽한 문장은 무한한 수의 변주를 용납할 수 없으며 미적인 병충해를 입지 않고는 길이를 늘일 수도 없다. 그것의 완벽함은 스스로 낸 수수께끼의 답이며, 그보다 더 잘 하는 것은 불가능하다.

예를 들어, 메릴린 로빈슨(Marilynne Robinson)이 소설 『길리아드』(*Gilead*)에서 '사물을 허물어 본질만 남기는 일종의 열광적인 불길'이라고 표현한, 청교도적이고 일상어체적인 기원에서 온 친숙한 미국적 단순성이 있다. 우리는 그것을 청교도적 설교, 조너선 에드워즈(Jonathan Edwards), 율리시스 그랜트(Ulysses S. Grant)의 회고록, 마크 트웨인(Mark Twain), 윌라 캐더(Willa Cather), 헤밍웨이(Ernest Hemingway) 등에서 발견한다. 이들은 명백한 예들이다. 하지만 이와 동일한 단순성은 멜빌(Herman Melville), 에머슨(Ralph Waldo Emerson), 코맥 매카시(Cormac McCarthy)처럼 문체가 훨씬 더 화려한 작가들에게도 늘 존재한다. '별들이 매서운 호를 그리며 밤새 떨어졌다.' '말들이 길 위로 드리워진 그림자들 사이로 짓궂게 발을 디뎠다.' 이 명료한 구절들은 각각 코맥 매카시의 『핏빛 자오선』(*Blood Meridian*)과 『모두 다 예쁜 말들』(*All the Pretty Horses*)에서 나온 것으로, 이 작품들의 산문은 대체로 환상적인 바로크풍이다. 메릴린 로빈슨의 소설 『길리아드』는 거의 성스러운 단순성을 획득한다. 그러나 이 작가의 이전 소설 『살림』(*Housekeeping*)은 복잡한 멜빌적 은유와 유비(analogy)로 넘쳐난다. 『길리아드』에 나오는 다음 구절은 단순한 산문의 예일까, 복잡한 산문의 예일까?

> 오늘 아침 멋진 새벽이 캔자스로 가는 길에 우리 집 위로 지나갔다. 오늘 아침 잠에서 깬 캔자스는 장려하게 예고되고 온 하늘에 선포된 햇살 속으로 펼쳐졌다. 이 오래된 대초원이 캔자스 혹은 아이오와라고 불린 매우 한정된 수의 날짜에 하루가 더해진 것이다. 그러나 모두가 하나의 날, 그 첫번째 날이었다. 빛은 변함이 없고, 우리는 다만 그 안에서 뒤척일 뿐이다. 그리하여 사실 매일 똑같은 저녁이고 아침인 것이다. 내 할아버지 무덤은 빛으로 변했고, 그의 잡초 우거진 작은 죽음의 땅뙈기(his weedy little mortality patch) 위 이슬은 장엄했다.

잡초 우거진 작은 죽음의 땅뙈기 — 이 얼마나 멋진가.

101

산문은 언제나 이런 의미에서 단순한데, 이는 언어가 음악이나 그림과는 달리 일상적 소통의 평범한 수단이기 때문이다. 난해한 작가들조차도 우리의 평범한 소유물을 빌린다. 문체의 백만장자들——토머스 브라운 경(Sir Thomas Browne), 멜빌, 러스킨, 로런스, 제임스, 울프 같은 난해하고 화려한 스타일리스트들——은 매우 부유하지만 다른 모든 사람들과 똑같은 지폐를 사용한다. '풍성한 색의 모호한 사각형들'은 컴컴한 방에서 멀리 떨어져 바라본 올드 마스터의 그림들(Old Master paintings, 대략 1800년 이전에 활동했던 유럽의 장인 화가들의 그림을 가리키는 말)을 묘사하려고 헨리 제임스가 『한 여인의 초상』에서 사용하는 단순하고 간결한 표현이다. '모호한'(vague)이란 단어는 역설적이게도 얼마나 정확한가! 이 표현이야말로 최선의 단어들이 최선의 순서로 정렬된 것 아닌가? '낮은 온갖 곡식들과 함께 노랑으로 파도친다.' 이것은 울프의 『파도』(The Waves)에 나오는 문장이다. 이 문장은 나를 사로잡는데, 왜 그것이 나를 그토록 감동시키는지 제대로 설명할 수 없다는 게 그 이유 가운데 하나다. 나는 그 아름다움을, 그 낯섦을 보고 들을 수 있다. 그 음악은 매우 단순하고 그 단어들도 단순하다. 그리고 그 의미 또한 단순하다. 울프는 태양이 떠올라 결국 그 노란 불길로 하루를 채우는 것을 묘사하고 있다. 그 문장의 뜻은, 만물이 햇빛으로 불타오르면 여름날 밀밭은 노란 수기신호, 움직이는 색깔의 바다 같을 것이다, 정도가 된다. 우리는 울프가 뜻하는 바를 정확하고 즉각적으로 안다. 그러고는 그 이상 훌륭하게 표현될 수는 없을 것이다,라고 생각한다. 곡식이 파도친다는 흔한 이미지를 피하고, 대신 **낮이 파도친다**라고 쓰기로 결정한 데 비밀이 있다. 그렇게 함으로써 낮 그 자체, 낮의 결(fabric)과 시간성 자체가 노랑에 흠뻑 젖은 듯한 효과가 문득 생겨난다. 그리고 그 독특한, 얼핏 보아 터무니없는 **노랑으로 파도친다**──어떻게, 그 무엇이, 노랑으로 파도칠 수 있겠는가?──라는 구절은 노랑이 낮 그 자체를 너무도 강렬하게 장악한 나머지 우리의 동사조차 장악했다는 느낌을 전달한다. 노랑이 행위자로서의 우리 지위를 차지해버린 것이다. 우리는 어떻게 파도치는가? 우리는 노랑으로 파도친다. 우리가 할 수 있는 것은 그것밖에 없다. 햇빛은 너무도 절대적이어서 우리를 아연케 하고 굼뜨게 만들며, 우리의 의지를 빼앗아간다. 여덟개의 단순한 단어가 색깔과 한여름, 안온한 무력감과 무르익음을 환기시킨다.

102

『바다와 싸르디니아』(*Sea and Sardinia*)에서 로런스는 빅토르 에마뉘엘 왕의 짧은 다리를 묘사하면서 '그의 작은 짧은 다리들'(his little short legs)이라고 언급한다. 어떤 기술적 측면에서 보자면 '짧은'과 '작은' 둘 다가 한 문장에 있을 필요는 없다. 로런스가 학생이라면 그의 선생님은 '중복되는 표현'이라고 여백에 쓰고 두 형용사 중 하나를 없앨 것이다. 그러나 그 문장을 몇번 소리 내어 말해보면, 그것은 문득 필연적인 것처럼 보인다. 두 단어가 함께 있어서 익살스럽게 들리기 때문에 우리는 그 둘이 모두 필요하다. 그리고 짧다는 것은 작다는 것과 같은 뜻이 아니다. 두 단어는 서로 상대의 존재를 즐긴다. 그리고 '작은 짧은 다리들'은 '짧은 작은 다리들'(short little legs)보다 더 독창적이다. 좀더 우쭐거리는 듯하고 좀더 우스꽝스러워서 독자가 예기치 못한 운율에 걸려 약간 비틀거리게 ― 짧은 다리로 비틀거리게 ― 만들기 때문이다.

103

운율에 대해 쓰면서 플로베르를 언급하지 않을 수 없으므로, 옛 연인의 오래된 편지를 다시 읽지 않고는 배길 수 없기라도 하듯 나는 그에게로 돌아간다. 물론 그 이전의 작가들도 문체를 놓고 고뇌했다. 하지만 어떤 소설가도 그만큼 깊이 또는 그만큼 공개적으로 고뇌한 적은 없었고, 어떤 소설가도 그와 꼭 같이 '문장'의 시적 측면을 물신화한 적은 없었으며, 어떤 소설가도 그토록 극단적으로 형식과 내용의 잠재적 분리를 밀어붙이지 않았다(플로베르는 스스로 '아무것도 다루지 않는 책'(a book about nothing)이라고 부른 것을 간절히 쓰고 싶어했다). 그리고 플로베르 이전의 어떤 소설가도 기법의 문제를 그만큼 자의식적으로 성찰하지 않았다. 어느 학자의 표현처럼, 플로베르에 와서 문학은 '본질적으로 문제적'인 것이 되었다.[1]

아니면 그저 현대적인 것이 되었나? 플로베르 자신은 자의식에 시달리지 않았던 몰리에르와 세르반떼스 같은 위대한 선대 작가들, 대수롭지 않은 듯 본능적으로 글을 써낸 존재들에 대해 향수를 품은 것처럼 가장했다. 그들에게는 '기법이 없었다'라고 플로베르는 편지에 썼다. 그들과 달리 그는 '잔학한 노고' 및 '열렬함'과 혼약한 사이였다. 이 열렬함이 문장의 음악성과 운율에 쏟아졌다. 현대 소설가들에게는 그 수도승적 노고의 그림자가 각기 다른 방식으로 드리워져 있다. 벨로우나 업다이크 같은 풍성한 문체를 가진 작가들은 그의 풍성한 문체에 대해 새로이 자의식을 갖게 되지만, 예를 들어 헤밍웨이 같은 좀더 소박한 문체를 가진 작가도 그의 소박함에 대해 자의식을 가지게 된다. 그리고 이 소박함 자체는 고도로 절제되고 미니멀리스트적인 풍성함의 한 형태, 또는 절제에서 오는 문체적 우아함 같은 것이다. 리얼리스트는, 이것이 제대로 잘 쓰였는가, 라고 묻는 듯한 플로베르의 숨결을 목덜미에서 느낀다. 그러나 형식주의자나 포스트모더니스트 또한 아무것도 다루지 않는 책, 오직 문체만으로 높이 날아오르는 책에 대한 꿈을 플로베르에게 빚지고 있다. (누보 로망의 창시자 알랭 로브그리예와 나딸리 싸로뜨(Nathalie Sarraute)는 플로베르가 자신들의 위대한 선구자라고 드러내놓고 인정했다.)

플로베르는 소리 내어 읽기를 좋아했다. 그가 자신의 과장된 서정적 환상극 『성 앙뚜안의 유혹』(*La Tentation de Saint Antoine*)을 두 친구에게 읽어주는 데 서른두시간이 걸렸다. 그리고 빠리의 공꾸르가(家)에서 식사할 때면 그는 잘못된 글쓰기의 사례들을 즐겨 읽어주었다. 뚜르게네프는 '정말 그런 식으로 깐깐한 그 어떤 작가'도 알지 못한다고 말했다. 문체의 대가 헨리 제임스마저도 플로베르가 반복, 불필요한 상투어, 어설픈 울림 따위를 처단하는 데 보인 종교적 열정에 질겁했다. 그가 글을 쓰는 장면은 악명 높다. 크루아세의 서재, 창밖으로는 강물이 느리게 흐르고 방 안에는 곰 같은 노르망디인이 가운으로 몸을 감싸고 파이프 담배 연기에 휩싸인 채 마치 뇌관을 설치하듯 느리고 고통스럽게 한 문장 한 문장을 써나가면서 진척이 느린 글 때문에 신음과 한탄을 토한다.[2]

자 그래서, 플로베르가 문체, 문장의 음악성이라는 말을 어떤 뜻으로 썼는가? 『보바리 부인』에 나오는 한 구절을 보자. 샤를은 에마를 임신시켰다고 바보처럼 자랑스러워한다. 'L'idée d'avoir engendré le délectait.' 정말 간결하고 정말 정확하며 정말 운율적이다. 글자 그대로 옮기면 이것은 '생식했다는 생각이 그를 기쁘게 했다'가 된다. 제프리 월(Geoffrey Wall)은 펭귄판 번역에서 '그녀를 임신시켰다는 생각으로 그는 즐거웠다'(The thought of having impregnated her was delectable to him)라고 옮겼다. 이것도 괜찮지만, 불쌍한 역자를 측은히 여기시라. 영어란 프랑스어와는 다른 종류의 언어인 것을! 플로베르가 그랬을 것처럼 그 프랑스어 문장을 소리 내어 읽어보라. 그러면 'l'id*ée*, engend*ré*, dél*ectait*' 세 단어에서 세번의 '에' 발음을 만날 것이다. 프랑스어의 번역할 수 없는 음악성을 모방하려고—리듬을 모방하려고— 시도한 영어 번역은 형편없는 힙합처럼 들릴 것이다. 'The no*tion* of procrea*tion* was a delecta*tion*.'(번식의 관념은 환희였다.)

104

그러나 플로베르주의가 소설 문체의 전개과정에 영속적인 영향력을 행사한다 하더라도, 문체에서 무엇이 음악적인지에 대한 우리의 감각은 계속해서 변한다. 플로베르는 반복을 두려워했으나, 헤밍웨이와 로런스가 반복을 자신들 작품의 가장 아름다운 효과의 기초로 삼으려 했음은 물론이다. 다시 한번 『바다와 싸르디니아』의 로런스를 보자.

캐럽 나무 밑은 우리가 계단을 내려갈 때 무척 어둡다. 정원도 아직 어둡다. 미모사 향, 그러고는 재스민 향. 보이지 않는 사랑스러운 미모사 나무. 돌 많은 길도 어둡다. 염소가 헛간에서 히힝거린다. 정원 길 바로 위에 늘어져 누운 부서진 로마 무덤은 그 육중한 차양 아래

로 미끄러져 들어가는 내 위로 무너지지 않는다. 아, 어
두운 정원이여, 너의 올리브와 너의 와인, 너의 모과와
오디와 많은 아몬드 나무들, 바다 위로 높이 내민 너의
가파른 테라스가 있는 어두운 정원이여, 나는 너를 떠
나고 있다, 슬며시 나가고 있다. 로즈메리 울타리 사이
로 나가, 높다란 대문을 나가, 잔인하고 가파른 돌 많은
길 쪽으로. 그리하여 어둡고 커다란 유칼립투스 나무
들 아래로, 개울을 넘어, 그리고 마을을 향해 위로. 거
기, 나는 그만큼 왔다.

로런스는 동틀 녘에 씨칠리아의 어느 집을 떠나 페리를 향해
가는 중이다. '나는 너를 떠나고 있다, 슬며시 나가고 있다.' 이
것이 거기서 사랑했던 모든 것을 향한 작별인사다. 이 단락은
음악성의 예시뿐 아니라 단순성의 예시도 될 만하다. 이 단락
나름의 복잡성은 작별의 고통스러운 라르고를 분 단위로 잡아
내는 데 자신의 산문을 사용하려는 로런스의 시도다. 각 문장
은 제가끔 작별인사를 하려고 속도를 늦춘다. '미모사 향, 그러
고는 재스민 향. 보이지 않는 사랑스러운 미모사 나무.' 처음에
는 향을 맡고, 그러고는 그 나무를 본다──또는 알아차린다. 그
다음은 길을. 한 문장, 한 문장씩.
그러는 사이 아침이 밝아오자 어둠도 바뀌고 있다. 로런스
가 '어두운/어둡다'(dark)라는 단어를 반복하는 것도 그 때문
이다. 사실 로런스가 그 단어를 반복할 때마다 그 단어는 조금

씩 바뀌었다. 왜냐하면 그는 '어두운/어둡다'라는 단어가 붙는 표현을 매번 바꾸기 때문이다. 무척 어둡다, 아직 어둡다, 길도 어둡다, 어두운 정원, 어둡고 커다란 유칼립투스 나무들. 결국, 반복은 사실 반복이 아니다. 그것은 변화다. 새벽빛이 이 어둠을 서서히 녹여 없애고 있다. 이 모든 것의 끝에서 작가는 길 위에 올라섰을 뿐이다. '거기, 나는 그만큼 왔다.' 이것은 산문의 움직임을 묘사한 것일 수도 있겠다. 그리 가까우면서 그리 멀고, 그리 작으면서 그리 많은.

105

미국 산문의 위대한 스타일리스트 중 한사람인 쏠 벨로우의 고도로 음악적인 귀가 작동하는 방식을 들어보라. 벨로우는 날렵한 문장을 자랑하는 작가들—업다이크, 드릴로, 로스 같은 부류—마저도 굼떠 보이게 만드는 작가다. 모든 진지한 소설가들이 그렇듯 벨로우는 시를 즐겨 읽었다. 처음에는 셰익스피어(그는 희곡에 나오는 대사들을 시카고에서의 학창시절의 기억을 되살려 줄줄이 암송할 수 있었다), 다음에는 밀턴(John Milton), 키츠(John Keats), 워즈워스, 하디, 라킨, 그리고 자기 친구 존 베리먼(John Berryman)까지. 그리고 이 모든 것의 배후에는 제임스 왕의 흠정영역본『성서』가 있거니와, 이 역본의 영어는 먼 고대로 거슬러올라간다. 그리하여 강은 '주름 잡히

고 녹색이며 거무스름하고 유리 같은' 것으로 보이고, 시카고
는 '겨울로 파랗고 저녁으로 갈색이며 서리로 수정 같다'고 묘
사되며, 뉴욕은 '깎아지른 벽, 회색 공간들, 타르와 자갈로 된
메마른 석호(潟湖)'로 표현된다. 다음에 인용하는 구절은 그의
단편 「오래된 체제」(The Old System)에 나오는 것으로, 극도로
동요된 상태인 아이작 브라운이 뉴어크 공항에서 비행기를 타
려고 서두르는 대목이다.

공항버스에서 그는 아버지의 시편(Psalm)을 폈다. 검
은 히브리 글자들은 혀를 늘어뜨린 채 벌어진 입들처
럼 멍하니 그를 바라볼 뿐이었다. 위를 가리키며 불타
오르지만 벙어리같이. 그는 애썼다 ― 억지로. 소용없
었다. 저 터널, 저 습지들, 저 차의 잔해들, 기계의 창자
들, 쓰레기들, 갈매기들, 작열하는 여름 속에 떨고 있는
소묘 같은 뉴어크가 세세하게 그의 주의를 끌었다……
그러고는 집중해서 맹렬히 이륙을 위해 ― 자성을 지
닌 지구로부터, 그리고 그 이상의 것으로부터 떨어져
나가려는 힘을 얻으려 ― 달리는 제트기 안에서, 땅
이 뒤로 기울고 기계가 활주로에서 떠오르는 것을 보
았을 때, 그는 또렷한 내면의 언어로 자신에게 말했다.
'Shema Yisrael,' 들으라, 오 이스라엘이여, 신만이 신이
다! 오른편으로는 뉴욕이 바다를 향해 거대한 몸을 숙
였고, 비행기는 바퀴를 접어넣느라 덜컹이며 강으로

향했다. 녹색 속의 녹색, 조류와 바람으로 거친 허드슨 강. 아이작은 참았던 숨을 내쉬었지만, 벨트는 단단히 맨 채로 앉아 있었다. 경이로운 다리들 위로, 구름 위로, 대기를 항해하며, 우리는 자신이 천사가 아님을 그 어느 때보다도 잘 알게 된다.

벨로우는 반복적으로 비행에 대해 쓰는 습관이 있었다. 추측건대 부분적으로 그것은 멜빌, 똘스또이, 프루스뜨 같은 자신의 죽은 경쟁자들, 구름 위에서 세상을 본 적 없는 그 작가들에 비해 그가 가진 대단하고 명백한 강점이었기 때문이다. 그리고 그가 얼마나 잘해내는가! 무엇보다 이 단락의 운율이 결코 가라앉지 않는다는 점을 주목하라. 벨로우는 정관사를 반복해서 붙이며 명사들을 나열해나가다가 중간쯤 가서 갑자기 정관사를 버린다. '저 터널, 저 습지들, 저 차의 잔해들, 기계의 창자들, 쓰레기들, 갈매기들… 소묘 같은 뉴어크……' 그 효과로 불안정하고 들뜨게 만드는 것이다. (그리하여 이 단락마저도 자유간접화법의 한 변형으로, 당황하고 불안해하는 아이작 브라운의 눈이 버스 창을 통해 보이는 사물들을 제대로 붙들어두지 못하는 모습을 모사하려 애쓴다.) 그리고 매 문장에서 세상은 참신함이 넘쳐나는 표현으로 포착된다. 뉴어크는 '소묘' 같으며 '작열하는 여름 속에 떨고' 있다고 묘사되며, 제트기는 '집중해서 맹렬히 이륙을 위해' 달린다고 표현된다. (구두점 없이 치닫는 이 구절 자체가 그와 같은 응축된 맹렬함을 실연해낸다). 그리고 비행기가 기울어짐에 따라 '바다를 향해 거대한 몸을 숙'이던 뉴욕, 같은 대목은 어떤가. (이 구절을 소리 내 말해보고, 단어들 자체—'바다를 향해 거-대-한-몸-을-숙-였-고'(leaned gi-gan-tic-ally sea-ward)—가 경험을 잡아 늘이고, 그리하여 언어적 표현의 대상인 메스꺼움을 언어 그 자체가 체현하는 것을 느껴보라.) 깔끔하면서 예기치 못한 리듬이 실린 '녹색 속의 녹색, 조류와 바람으로 거친 허드슨 강'(The Hudson green within green, and rough with tide and wind)의 경우, '녹색 속의 녹색'은 수천 피트 위에서 찬물의 거대한 수역을 내려다보았을 때 드러나는 녹색의 여러 농담(濃淡)을 매우 정확하게 포착한다. 마지막으로 '대기를 항해하며'를 보라. 비행의 자유가 바로 이런 느낌 아닌가? 그러나 이 순간까지는 우리에게 이 느낌을 잡아낼 이 말들이 없었다. 이 순간까지 우리는 표현이 비교적 분명치 못했고, 이 순간까지 우리는 빈곤한 수사에 적당히 익숙해져 있었던 것이다.

우리가 앞에서 플로베르, 업다이크, 데이비드 포스터 월리스의 경우에서 살펴보았던 딜레마, 곧 능란한 문체를 구사하는 소설가가 작가 자신만큼 운이 좋지 못한 허구적 인물로서는 엄두도 낼 수 없는 표현들을 사용한다는 딜레마를 이런 종류의 능란한 문체는 어떻게 피해가는가? 피해가지 못한다. 갈등은 여전히 존재하며, 벨로우는 마치 '알겠죠, 아이작은 나만큼 열심히 이것들을 바라보고 있다니까요'라고 말하는 것처럼, 뉴어크가 '세세하게 그의(아이작의) 주의를 끌었다'는 것을 독자에게 상기시킬 수밖에 없다. 하지만 벨로우의 세부사항과 운율은 매우 활달하고 역동적이어서 플로베르나 업다이크의 경우보다는 유미주의라는 공격에 덜 취약해 보인다. 플로베르가 독자들이 읽으며 입을 떡 벌린 채 '이게 다 어떻게 생겨난 거지?' 하고 경탄하기를 원했던 저 매끄럽고 완성된 산문의 벽 대신, 이 구절에는 성긴 격자로 된 벽이 있고 그 격자 벽을 통해 독자는 만들어지는 과정에 있는 것처럼 보이는 문체를 본다고 느낀다. 적어도 내가 보기에 부분적으로는 이 성기게 짠 결(texture)과 운율 덕분에 벨로우는 고도로 능란한 문체를 구사하면서도 끼어들기 좋아하는 서정적 작가로 생각되지는 않는다.[3]

106

통속적인 장르 산문과 진정으로 흥미로운 글을 구별하는 한 가지 방법은 전자에서 상이한 음역들의 부재를 확인해보는 것이다. 효과적인 스릴러는 한 음역에 고정된 문체로 씌어지기 일쑤다. 이것의 음악적 유사물은 중간에 아무런 화음 없이 동음으로 진행하는, 8도 음정 내의 음으로만 이루어진 멜로디일 것이다. 이와는 대조적으로 풍부하고 대담한 산문은 여러 음역을 넘나들며 화음과 불협화음을 이용한다. 글쓰기에서 '음역'이란 일종의 어법을 가리키는 이름에 지나지 않는데, 어법이란 또한 무언가를 말하는 어떤 두드러진 방식의 이름일 뿐이다. 그리하여 우리는 '높은' 음역과 '낮은' 음역(예컨대 좀 높은 음역인 '아버지'와 좀 낮은 음역인 '아빠')을 들먹이고, 장엄한 어법과 통속적 어법, 의사영웅 어법, 상투적 음역 등을 들먹인다.

산문은 단 하나의 고정된 음역으로만――장례식에서 검은 옷을 입는 데 모두가 동의하는 것과 같은 하나의 견고한 덩어리로만―― 씌어져야 한다는 관습적 기대를 우리는 가지고 있다. 그러나 이것은 사회적 관습일 뿐이며, 예컨대 18세기 산문은 이 기대를 뒤엎는 데 특히 능해서, 같은 가족공간을 공유할 것이라고 우리가 생각하지 못했던 상이한 음역들을 한데 부대끼게 함으로써 희극적 효과를 짜낸다. 우리는 윌리엄 루커스 경이 '그 시점부터 루커스 로지라 그 옥호를 명명한' 새집을 지었다고 씀으로써 제인 오스틴이 그를 얼마나 멋지게 우스갯거리로 만들었는지 보았다. '그 시점부터 그 옥호를 명명한'이라는 문구, 그리고 특히 멋들어진 '그 옥호를 명명한'이라는 표현을 씀으로써 오스틴은 장엄한 음역(또는 거드름 부리는 어법)을 사용해 윌리엄 경 자신의 거드름을 조롱한다. 좀더 절묘한 부분을 보면, 『에마』에서 딸기를 따러 돈웰 사원으로 가는 중인 엘턴 부인은 '그녀 행복의 장치 전부, 그녀의 커다란 보닛과 바구니'로 치장했다고 묘사된다. '행복의 장치'(apparatus of happiness)라는 어구는 완전 죽여주는데, 루커스 로지 구절에서와 마찬가지로 희극성은 음역을 약간 올려 '장치'라는 단어로 상향 이동하는 데서 뿜어나온다. 기술적 효율성을 암시하는 이 단어는 과학적 음역에 속하기 때문에 '행복의'라는 표현과 어울리지 않는다. 행복의 장치는 보닛과 바구니보다는 반전된 고문기계를 떠올리게 하고, 엘턴 부인의 성격에 부합하는 어떤 종류의 완고함이나 끈질김을 예상케 해서 마음을 무겁게 한다.

오스틴의 수법들은 뮤리엘 스파크나 필립 로스만큼이나 서로 다른 현대 작가들에서도 발견된다.『진 브로디 양의 전성기』에 나오는 어린 소녀 중 하나인 제니는 어느날 노출광과 마주친다. 혹은 스파크가 재치있게 표현하듯, '리스 강변에서 기쁨에 차서 자기 자신을 드러내는 남자가 그에게 말을 걸었다.' 저 부사 '기쁨에 차서'(joyfully)는 놀랍도록 뜻밖이어서 그 문장에 자리 잡을 단어가 아닌 것처럼 보인다. 그 단어는 그 사건에서 위협적 성격을 앗아가면서 그것을 거의 요정 이야기로 만든다. 대문자로 된 '리스 강'(the Water of Leith)은 포프가 격찬했을 만한 우스꽝스러운 의사영웅적 음역을 들여온다. 리스 강은 작은 강으로 굳이 그 강 이름을 밝히는 것은 사건을 더욱 우스갯거리로 만들거니와, 강 이름이 레테(Lethe, 그리스 신화에서 지하계를 흐르는 다섯개의 강 가운데 하나로 그 물을 마시는 사람은 모든 것을 망각한다고 알려져 있음)를 청각적으로 암시하는 것도 매우 익살맞다. 독자는 이 상이한 어법들에서 희극의 음역을 듣고 또 웃을 수 있다. 그 까닭을 반드시 아는 것도 아니면서.[4]

필립 로스는『쌔버스의 극장』(Sabbath's Theater)에 나오는 아래의 긴 문장에서 그 비슷한 무엇인가를 하고 있다. 악마적 유혹자이자 인간혐오자인 미키 쌔버스는 크로아티아계 미국인 드렌카와 길고 끈적한 관계를 이어오고 있다.

최근 쌔버스가 드렌카의 넘쳐흐르는(uberous) 젖가슴을 빨았을(suckled at) 때──uberous는 *exuberant*의 어근인데, exuberant 자체는 *ex*와 *uberare*가 결합한 것이며, uberare는 주노가 비스듬히 누워 있고 그녀 젖통에서 은하수가 나오는 띤또레또의 그림(「은하수의 탄생」, 1575년경의 작품)에서와 같이 풍성하다, 넘쳐흐르다,라는 뜻── 가차없는 광기로 빨아서 드렌카로 하여금 황홀경에 빠져 머리를 뒤로 젖혀 저으며 (주노 그녀가 한때 신음했을 것처럼) '내 씹 깊숙이 느껴져'라고 신음하게 만들었을 때, 그는 고인이 된 조그만 어머니에 대한 지극히 예리한 갈망에 꿰뚫렸다.

작지만 얼마나 놀랍도록 신성모독적인 혼합물인가. 이 문장은 정말 더러운데, 부분적으로 그 까닭은 이 문장이 더러움에 대한 잘 알려진 정의와 부합하기 때문이다. 이 정의에 따르면 더러움은 걸맞지 않음을 뜻하거니와, 걸맞지 않음 그 자체는 높은 것과 낮은 것의 혼합을 뜻한다. 그런데 왜 로스는 이토록 기괴한 유예와 전환에 골몰하는가? 왜 이토록 복잡하게 쓰는가? 만약 그의 문장을 평이하게 만들고 모든 것을 제자리에 놓아보면──즉 음역들의 부대낌을 제거하면── 그 이유를 알 수 있다. 간단한 버전은 다음과 비슷할 것이다. '최근, 쌔버스가 드렌카의 가슴을 빨았을 때 그는 고인이 된 조그만 어머니에 대한 지극히 예리한 갈망에 꿰뚫렸다.' 연인에서 어머니로 미끄러지기 때문에 이것은 여전히 익살스럽지만, 풍성하지는 않다. 따라서 복잡함이 첫번째로 성취하는 것은 섹스의 풍성함과 성급한 즐거움, 혼돈된 욕망 등의 실연이다. 두번째로, uberous(넘쳐흐르는)의 라틴어 어원과 띤또레또의 주노 그림에 관한 현학투를 흉내 낸 긴 삽입구는 본격적인 보드빌 극장식으로, '그는 고인이 된 조그만 어머니에 대한 지극히 예리한 갈망에 꿰뚫렸다'라는 결정타를 유예하는 효과를 낸다. (그것은 또한 '씹'의 등장을 유예하며, 그것을 더 충격적이고 더 예기치 못한 것으로 만든다.) 세번째로, 이 문장의 소재가 지닌 희극성에는 음역의 이동──연인 가슴에서 어머니 가슴으로의 이동──도 포함되기 때문에, 문장의 문체가 조증 걸린 심전도처럼 위아래로 움직이며 스스로 문체적 전환을 함으로써 이 망측한 전환을 흉내 내는 것은 적절하다. 그리하여 독자는 '빨았을'(높은 어법), '젖가슴'(중간), *uberare*(높은), 띤또레또의 그림(높은), '그녀 젖통에서 은하수가 나오는'(낮은), '가차없는 광기'(높은, 꽤나 격식있는 어법), '주노 그녀가 한때 신음했을 것처럼'(여전히 매우 높은), '씹'(매우 낮은), '지극히 예리한 갈망에 꿰뚫렸다'(다시 높고 격식있는 어법) 등과 같은 표현을 보게 된다. 이 모든 상이한 어법들을 최적상태로 조절할 것을 고집함으로써 이 문장의 문체는 문체가 마땅히 해야 하는 일, 즉 의미를 체현하는 일을 해낸다. 물론 의미 그 자체는 결국 상이한 음역들을 최적상태로 조절하는 작업의 망측함이다. 『쎄버스의 극장』은 남성 섹슈얼리티의 망측함에 관한 열정적이고 몹시 익살맞으며 혐오스러우면서도 매우 감동적인 초상인데, 남성 섹슈얼리티는 작품에서 되풀이해서 생명력 그 자체와 연결되고 있다. 아침에 발기할 수 있다는 것, 육십대 중반에 여자들을 유혹할 수 있다는 것, 부르주아 도덕률 까뒤집기를 줄기차게 지속할 수 있다는 것, 늙어가는 미키가 그러듯이 '잘난 이데올로기들 엿이나 먹어라!'라고 날이면 날마다 말할 수 있다는 것은 살아 있는 것이다. 그리고 이 문장은 철저히 살아 있는데, 그 살아 있음은 그 문장이 이른바 적절한 규범들을 까뒤집는 방식 덕분이다. 이 문장에서 성교의 상대는 드렌카인가, 주노인가, 아니면 미키의 작고한 어머니인가? 세명 모두다. 로스는 남성 섹슈얼리티의 애정에 굶주린, 아기 같은 면을 재치있게 잡아낸다. 남성 섹슈얼리티에서 연인의 젖가슴이란, 엄마가 첫번째이자 유일한 연인이었기 때문에, 사실 여전히 젖을 빨리는 엄마의 젖통이다. 드렌카는 그렇다면 필연적으로 마돈나(어머니, 주노)이자 (그녀가 엄마만큼 좋을 수는 없으므로) 창녀이다. 고전적 여성혐오 방식대로 여성은 남성에게 사모의 대상이자 혐오의 대상인데, 이것은 여성이 생명의 원천이기 때문이다. 은하수가 그녀의 가슴에서 흘러나오며 그녀 다리 사이에서는 아이들이 나온다. (앨런 긴즈버그(Allen Ginsberg)는 『카디시』(Kaddish)에서 그것을 '시원적 자궁의 괴물'(the Monster of the Beginning Womb)이라 불렀다.) 남자들은 설령 미키나 예이츠처럼 남성적 '생명력'에 관해 열나게 떠들어댄다 하더라도 그것에 대적할 수 없다. 그리고 로스가 '꿰뚫렸다'('지극히 예리한 갈망에 꿰뚫렸다')라는 동사를 활용해 추정적 남녀질서를 뒤집는 절묘한 방식에 주목하라. 미키는 이 어머니-창부에게 **진입함으로써** 그녀를 (성적인 의미에서) **꿰뚫는**다고 추정되지만, 그는 사실 자신을 낳아준 여성에게 **꿰뚫리거나 진입당한**다. 이번에는 그가 성교의 대상이 되는 것이다. 이 모든 것이 빼어난 문장 하나에서 일어난다.

107

은유는 현실과 겨룰 또 하나의 현실을 띄워올리기 때문에 허구와 유사하다. 그것은 상상의 과정 전체를 하나의 표현에 담아내는 것이다. 콘래드는 소설이 독자로 하여금 '보게' 만들어야 한다고 말했거니와, 만약 내가 지붕 위의 석판을 아르마딜로의 등에 비교하거나 아니면—앞에서 했던 것처럼— 내 정수리의 머리가 벗어진 부분을 미스터리 써클에 비교한다면 (또는 아주 궂은 날의 경우, 헬리콥터가 들판에 착륙하면서 날개가 만드는 납작해진 풀잎 원에 비교한다면), 나는 콘래드가 말한 것—**보는 것**—을 하라고 독자에게 요구하는 셈이다. 다른 차원을 상상하라고, 유사한 것을 마음속에 그려보라고 독자에게 요구하는 셈이다. 모든 은유나 직유는 장편이나 단편이라는 좀더 큰 허구의 틀 속에서 일어나는 작은 허구의 폭발이다. 『무지개』의 결말쯤에서 어설라는 호텔 발코니에서 런던을 내다본다. 동틀 무렵이고, '공원의 나무들 옆으로 줄지어 멀어지는 피커딜리 거리의 가로등들은 창백해지면서 나방 같아 보였다.' 창백하고 나방 같다! 우리는 로런스가 정확히 무슨 말을 하는 건지 단박에 알지만, 이 순간까지는 저 불빛이 나방 같다고 본 적은 없었다.

허구의 세부사항이 전적으로 시각적인 것만은 아니듯, 이 허구 속 허구의 폭발도 물론 전적으로 시각적이지는 않다. '말을 하면서 그는 마치 왕국의 양편을 동시에 애무하고 싶기라도 한 것처럼 양의 갈비 같은 자신의 구레나룻 양쪽을 쓰다듬었다.' 이 문장은 오스트리아-헝가리 제국 말년 한 가족의 몰락을 기록한 요제프 로트의 소설 『라데츠키 행진곡』에 나온다. 왕국의 양편은 그렇다면 오스트리아와 헝가리를 뜻한다. 이는 환상적인 이미지로 흥분될 만큼 비현실적이고 낯설지만, 이 직유가 구레나룻 양쪽을 우리 눈앞에 떠오르게 한다고 말할 수는 없다. 『페리클레스』(Pericles)에서 어부가 '가난한 자의 권리가 법에 매달리듯 여기 물고기가 그물에 매달려 있다'고 소리칠 때 셰익스피어(혹은 그의 공저자)가 독자로 하여금 무언가를 시각화하도록 할 의도가 있는 것은 아니듯. 그 대신 로트의 표현은 셰익스피어가 무척 즐기는 일종의 가설적이거나 유추적인— '마치 ……처럼'의— 은유다. 그것은 이 합스부르크 관료의 충성심에 관해 독자에게 무언가를 재치있게 말해주며, 그가 기이하게 상징적인 몸짓을 하는 순간을 잡아낸다.

108

언젠가 비트겐슈타인(L. Wittgenstein)은 셰익스피어의 직유들이 '통상적인 의미에서 형편없다'[5]고 불평한 적이 있다. 이것은 의심의 여지 없이 『헨리 4세』 1부에서 헨리가 '하인 이마의 언짢은 국경'(the moody frontier of a servant brow)에 대해 불평하는 경우처럼, 셰익스피어가 기발한 은유를 즐기고 여러 은유를 혼합하는 경향이 있다는 것을 염두에 둔 말이다. 이마는 국경이 될 수 없고, 국경은 언짢을 수 없다며 반대할 독자들도 있을 것이다. 하지만 로런스의 예와 마찬가지로 여기서도 은유는 제 몫의 역할을 한다. 우리가 상상을 통해 새로운 의미로 신속히 나아가게끔 하는 것이다. 좀더 좋은 ― 역시 이마와 관련된 ― 예는 『맥베스』에 나오는데, 맥베스는 몽유병 증세를 보이는 아내를 바라보며 그녀를 도와달라고 의사에게 간청한다. '뇌에 쓰인 괴로움들을 지워주오.' 비트겐슈타인은 마음에 들어하지 않겠지만, 따지고 보면 그는 그리 문학적인 독자는 아니었다. 저 낯선 이미지는 신들이 '쓴' 판결문이라는 우리 괴로움의 관념, 마음은 우리 생각이 적힌 책이라는 통념, 그리고 괴로움에 찬 이마의 주름들은 근심 걱정이 새겨넣은 것이라는 관념 등을 결합해낸다. 독자나 관객은 방금 필자가 한 것처럼 힘들여 풀어내지 않고도 단박에 이런 의미들로 내달을 것이다.

사실 혼합은유(mixed metaphor)가 완벽하게 논리적이며 전혀 일탈이 아니라고 볼 수 있는 측면이 있다. 어차피 은유는 본디 이질적 요소들의 혼합이므로——이마가 실제로 국경과 같을 수는 없으므로—— 혼합은유란 은유의 본질이나 근본원리라고 말할 수 있다. 만약 이마가 국경과 같을 수 있다면, 국경이 언짢을 수도 있겠다. 요즘 말투에서 사람들이 혼합은유에 대해 싫어하는 점은 '절망의 바다에서 그는 자두(plum, 자두라는 뜻이지만 수지맞는 일이라는 은유적 의미로도 쓰임)를 끌어냈다'에서처럼 두개의 상이한 **상투어구**를 결합하는 경향이 있다는 것이다. 두개 혹은 그 이상의 혼합된 상투어구——정의상 그 자체가 흐릿하거나 죽은 은유인 것——의 존재로 은유적 면모는 실상 흐려져 거의 존재하지 않을 지경에 이른다. 그러나 셰익스피어의 은유들은 기계적 영역보다는 사색적 영역에 깃드는 경우가 더 많으며, 이 영역에서 독자와 관객은 (예컨대 맥베스가 연민을 갓난아기에 비유할 때처럼) 낯익은 일치로 이루어진 습관적 세계를 버리도록 이미 요청받는다. 언젠가 헨리 제임스는 소설에서 혼합은유를 쓴다는 비난을 받자 자신은 혼합은유가 아니라 '느슨한 은유'를 썼노라며 편지에 이렇게 답했다. '마지막으로, 아무 질문도 하지 않는 영광 속에 수치를 감싼다는 은유는 사실 좀 혼합된 것이기는 하지요. 그렇지만 그것은 본질적으로는 느슨한 은유이지 직유가 아닙니다. 그것은 바람에 맞붙어 항해한다고(sail close to the wind, 바람의 방향과 반대로 맞바람을 맞으며 항해한다는 뜻으로, 어려운 일을 위태위태하게 가까스로 하는 것에 대한 비유적 표현)가 장하지 않거든요.'[6] (상습적으로 은유를 사용하는 제임스가 자신의 은유들을 설명하기 위해 바람에 맞붙어 항해한다는 또 하나의 은유를 내놓고 말았다는 것을 주목하라.)[7]

그러나 물론 대부분의 직유와 은유, 특히 시각적 직유와 은유는 바람에 맞붙어 항해한다고 가장하면서 무언가 새로운 것이 우리 눈앞에 그려졌다는 그런 느낌을 준다. 불에 관한 은유적 묘사 네가지를 예로 들어보겠는데, 이들은 모두 대단히 성공적이다. 로런스는 벽난로 속의 불을 보면서 '벽난로 속 새 불길들의 달려드는 꽃다발'이라고 쓴다(『바다와 싸르디니아』). 하디는 『광란의 무리에서 멀리 떨어져』(*Far from the Madding Crowd*)에서 게이브리얼 오크의 오두막집 안 '주홍색 불 한움큼'을 묘사한다. 벨로우는 단편 「은색 접시」(A Silver Dish)에서 불에 관해 이렇게 쓴다. '푸른 불길들은 석탄불 속 물고기들의 무리처럼 퍼덕였다.' 그리고 노먼 러시(Norman Rush)의 보츠와나를 배경으로 한 소설 『인간들』(*Mortals*)에는 주인공이 버려진 마을을 우연히 발견하는 장면이 나오는데, 거기서 그는 '몇몇 랄와파에서 요리에 쓸 불이 나풀거리는' 것을 본다. (랄와파는 일종의 간소한 아프리카식 안마당이다.) 정리하면, 달려드는 꽃다발(로런스), 주홍색 불 한움큼(하디), 물고기들의 무리(벨로우), 나풀거리는 불(러시)이 된다. 그중 어느 하나가 다른 것들보다 더 나은가? 각자 약간씩 다르게 작동한다. 벨로우와 로런스가 아마도 가장 시각적일 것이다. 우리는 마음의 눈으로 꽃처럼 환하거나 물고기처럼 잔물결을 일으키는 불길들을 본다. (벨로우가 '물고기의 무리'가 아니라 '물고기들의 무리'라고 썼음에 주목하라. 이는 복수형을 써야 더 많은 것처럼, 잔물결을 더 많이 일으키는 것처럼 들린다는 바로 그 이유에서다.) 하디가 아마도 가장 수수할 터이나, 자기 나름대로 매우 대담하다. 우리는 먼지 한움큼을 생각할 수는 있겠지만 불에는 손을 가까이하지 않기 때문에 불 한움큼을 생각하는 법은 결코 없다. 러시의 비유는 경탄할 만하다. 불길은 실제로 나풀거리지만(즉 굽어지고, 펄럭이고, 밑으로 떨어지고, 줄어들고, 늘어나지만), 우리들 대부분은 '나풀거리다'라는 동사를 쓰겠다고 언제 생각이나 해보겠는가? 하디의 한움큼과 마찬가지로 나풀거리다라는 표현은 불과는 현저히 무관한 동사라는 바로 그 이유에서 대담하다. 꼬리도 나풀거리고, 익살꾼의 고깔모자도 나풀거리지만 불길은 그런 안온함과는 다른 영역에 속한다. 로런스의 표현이 가장 언어적으로 대담한데, 그 까닭은 불길을 꽃다발에 비유하는 한편(물론 꽃이 꽃다발로 모아져 화병에 담기듯 불길은 실제로 벽난로 속에 모아져 있다), '달려드는'을 '꽃다발' ― 달려드는 꽃다발 ― 과 짝지었기 때문이다. 불길은 우리에게 달려들 수 있지만 꽃다발은 그럴 수 없으므로, 이것은 좀더 큰 은유의 틀에 포함된 또 다른 은유다. 어떤 면에서 그것은 혼합은유다. 그러므로 로런스는 이 작가군 중 한개 값에 두개의 은유를 독자에게 주는 유일한 작가다. (새 불길들은 새 꽃들이라는 관념에 조응하면서 어쩌면 세번째 은유를 들여오는지도 모른다.)

　이 네 사례는 반(反)직관적인 것을 향한, 비교하려는 대상과 정반대 쪽을 향한 도약이 대개 강력한 은유의 비밀이라는 것을 말해준다. 불길은 꽃, 물고기, 한움큼, 나풀거리기와 아주 멀다. 명백히 이것은 러시아 형식주의자들에 의해 유명해진 오스뜨라네니에(ostranenie), 또는 낯설게 하기 기법의 원칙――결과까지는 아니더라도――이다. 쎌린(Louis-Ferdinand Céline)은 소설 『밤의 끝으로 가는 여로』(*Voyage au bout de la nuit*)에서 빠리의 출근 시간을 재앙에 비김으로써 우리에게 충격을 주어 익숙한 것에서 빠져나오게 한다. '그들 모두가 저 방향으로 도망하는 것을 보면 아르장뙤유에 뭔가 재앙이 일어난 게 틀림없다고, 시(市)가 불타고 있다고 생각할 것이다.' 나보꼬프는 『선물』(*Dar*)에서 자신의 상징주의적이고 형식주의적인 뿌리를 드러내며 무지갯빛 기름막을 '아스팔트의 잉꼬'에 비유한다. 우리가 기발하게 x를 y에 비유하고 x와 y 사이에 큰 간극이 존재한다면, 그럴 때마다 사람들은 그러한 기발한 비유를 만들어내는 데 들어간 노력에 주의를 기울일 것이며 동시에 x가 사실은 전혀 y 같지 않다는 사실도 분명 주목할 것이다.

　한편 내가 가장 즐기는 종류의 은유는 앞서 불에 관한 은유들처럼 낯설게 만들고는 즉각적으로 연결해주며 후자를 매우 잘해냄으로써 전자를 숨긴다. 그 결과 의외성이 작은 충격을 주고 필연적이었다는 느낌이 뒤따른다. 『등대로』에서 램지 부인은 아이들에게 잘 자라는 인사를 하고는 침실 문을 조심스레 닫고, '문의 혀가 잠금장치 안에 느릿하게 늘어지게' 했다. 저 문장에서 은유의 핵심은 '혀'에 있는 것이 아니라─잠금장치에 혀가 있다는 것은 흔히 하는 말이므로 '혀'라는 표현은 상당히 관습적이다─ 동사 '늘어지게'에 은밀히 묻혀 있다. 저 동사는 과정 전체를 늘어지게 했다. 아이들을 깨우지 않으려고 문고리를 매우 느-릿-하게 돌리는 사람에 관한 이보다 나은 묘사를 읽은 적이 있는가? (혀 역시 좋다. 이 특정한 혀는 조용히 있어야 하는 반면 혀는 소음을 내기 때문이다. 게다가 지금은 행복하게 조용히 잠들어 있지만 아이들은 하루 종일 물론 시끄럽게 혀를 놀린다.) 정반대 분위기의 예로, 캐서린 맨스필드 (Katherine Mansfield)의 「죽은 대령의 딸들」(Daughters of the Late Colonel)에서 요리사 케이트는 '마치 무슨 비밀의 널빤지 벽이라도 발견한 것처럼, 늘 하는 방식대로 문을 박차고 들어오는' 버릇이 있다. 맨스필드가 단 하나의 직유로 포착하는 것을 『싸인펠드』(*Seinfeld*, 미국 NBC에서 1989~98년 사이에 방송한 인기 씨트콤)에 나오는 크레이머의 그 비슷한 괴짜짓들로 재현해내려면, 주간 에피소드들을 재방송하고 배우와 쎄트를 총동원해야 할 것이다. 맨스필드는 직유에 매우 능하다. 그녀의 또 다른 단편 「항해」(The Voyage)에서 배에 탄 한 소녀는 할머니가 자기 윗칸 침대에 누워 기도하는 것을 듣는다. '긴, 조용한 속삭임, 마치 누가 무언가를 찾으려고 휴지 사이를 조심, 조심 바스락거리며 뒤지고 있는 것 같은.'

109

 뉴욕에서 쓰레기 수거인들은 구더기를 '디스코 쌀'(disco rice)이라고 부른다.[8] 그것은 내가 지금까지 얘기한 그 어떤 표현 못지않게 훌륭하거니와, 그런 종류의 은유 만들기와 하디의 불 한움큼, 또는 휴지 사이를 뒤적이는 사람처럼 기도문을 읊는 맨스필드의 할머니, 또는 메릴린 로빈슨의 '잡초 우거진 작은 죽음의 땅뙈기' 사이에는 연결고리가 있다. 이것은 우리의 계속되는 질문 중 하나, 곧 스타일리스트가 자신의 작중인물들 위에 덧쓰지 않으면서도 스타일리스트가 될 수 있는가,라는 문제로 우리를 되돌아가게 한다. 시적인 의미에서 '성공적'이면서 동시에 인물에게 어울리는 은유──바로 이 특정한 인물이나 공동체가 만들어낼 법한 그런 종류의 은유──는 『쁘닌』에서 '다리가 긴' 호두까기를 논하면서 보았듯, 작가와 인물 사이의 갈등을 해소하는 한 방법이다. 셰익스피어의 어부는 그물에 걸린 고기를 '법에 매달린 가난한 자의 권리'에 비유한다. 확장해서 생각하면 그가 때때로 법을 어부의 그물에 비유한다고 가정할 수 있을 것이다. 그는 가까이에 있는 이미지를 찾아낸 것이다. 체호프는 농부들에 대한 어느 이야기에서 새의 둥지를 보고 있으면 마치 누가 나무에 장갑을 남기고 간 것처럼 보인다고 묘사한다. 체사레 빠베세는 가난하고 예스러운 이딸리아 마을과 그 농촌 지역을 배경으로 한 훌륭한 소설 『달과 모닥불』

(*La Luna e i Falò*)에서 달을 '뽈렌따'(옥수수를 갈아 만든 이딸리아 음식)처럼 노랗다고 묘사한다. 『테스』(*Tess of the D'Urbervilles*)에서 에인절과 테스는 우유수레에 타고 있고, 우유가 그들 뒤의 들통에서 찰랑거린다. 하지만 하디는 우유가 들통 안에서 '혀를 찬'다고 말하는데, 그것은 우선 실감나는 표현이어서 독자는 즉각 우유가 들통 안에서 **혀를 차는** 소리를 들을 수 있으며, 아울러 매우 소박하고 농장에 걸맞다. (이와 비슷하게, 같은 작품에서 그는 집시의 냄비 밑바닥에 달린 짧고 작은 다리들처럼 튀어나온 젖꼭지가 암소 젖통에 달렸다고 묘사한다.) 『사랑』(*Loving*)에서 헨리 그린은 어느 예쁜 하녀의 눈이 '찬물에 담근 자두처럼' 빛난다고 묘사한다. 이 작품은 거의 전적으로 거대한 성의 하인들을 다룬다. 셰익스피어를 제외한 이 모든 경우들에서 은유는 드러내놓고 인물에 묶여 있지는 않다. 은유는 삼인칭 서술에서 나온다. 그래서 그것은 개성적 문체를 지닌 은유를 만드는 작가가 빚어낸 것으로 보이지만, 작중인물 주변을 맴돌기도 하고 그 인물의 세계에서 비롯된 것처럼 보이기도 한다.

대화

110

 1950년 헨리 그린은 BBC 라디오에서 소설 속 대화에 관해 짧게 이야기했다.[1] 그린은 작가들이 자신의 뜻을 독자에게 전하는 수단인 저 속된 존재의 자취들을 없애는 데 강박적 관심을 가지고 있었다. 그는 절대 작중인물들의 생각 속으로 들어가지 않으며, 인물의 동기를 설명하는 법이 거의 없고, '그녀는 말했다, 거창하게' 같은 구절처럼 인물의 감정을 독자에게 표시해주는 데 흔히 도움을 주는 작가적 부사(authorial adverb)를 피한다. 그린은 대화가 독자들과 소통하는 가장 좋은 방법이며, '설명'만큼 '삶'을 죽이는 것은 없다고 주장했다. 그는 결혼한 지 오래된 부부가 어느날 저녁, 집에 앉아 있는 모습을 상상했다. 아홉시 삼십분에 남편은 길 건너 술집으로 가겠다고 말한다. 아내의 '오래 있을 거야?'라는 첫 반응은 의미의 울림이 각각 구별될 수 있는 수십가지 상이한 방식으로 표현될 수 있다고 그린은 지적했다.('곧 돌아와?' '언제 돌아올 건데?' '오래 가 있을 거야?' '돌아올 때까지 얼마나 걸려?') 아래 구절에서처럼 설명을 통해 대화를 한정 지으면 안된다는 것이 관건이라고 그린은 주장한다.

> '얼마나 빨리 그들이 당신을 쫓아낼 거 같아?'
> 남편에게 이 질문을 던지면서 올가는 상처받은 동물
> 의 모습을 했다. 찡그려 말려올라간 그녀의 입술은 이
> 빨을 드러냈고 그녀가 사용한 목소리의 음조는 퍼블릭
> 바의 톱밥과 거울들, 맥주의 퀴퀴한 냄새에 남편을 빼
> 앗긴 그 모든 세월을 드러내 보였다.

그린은, 삶에서 우리는 사람들이 어떤지 사실 잘 모르기 때문에, 이런 식으로 작가가 '도움'을 주는 것은 횡포라는 느낌을 강하게 갖고 있었다. '우리는 분명 다른 사람들이 무슨 생각을 하고 무엇을 느끼는지 알지 못한다. 그렇다면 소설가가 어찌 그렇게 자신만만할 수 있겠는가?'

그린은 그런 횡포를 부리지 말라고 조언하면서 스스로 상당한 양의 처방을 내리는데, 우리가 그의 신조를 성서처럼 따를 필요는 없다. 설명투 서술에 대해 패러디할 때 그린이 또한 일부러 헉헉대는 2등급 문체('상처받은 동물의 모습을 했다')로

떨어진다는 것도 주목하라. 반면 우리로서는 약간 더 절제되고 약간 덜 불쾌한 무언가를 상상해볼 수도 있겠다. '올가는 그가 몇시에, 그리고 어떤 상태로, 맥주와 담배 냄새를 풍기며 집에 돌아올 것인지 알고 있었다. 이게 십년이다, 십년.' 조지 엘리엇, 헨리 제임스, 프루스뜨, 버지니아 울프, 필립 로스 및 기타 여러 작가들처럼 설명이 많은 소설가들은 그린의 세계에서는 모두 은퇴해야 할 것이다.

그러나 대화는 복수의 의미를 지녀야 하고 상이한 독자들에게 동시에 상이한 의미를 지녀야 한다는 그의 좀더 큰 주장이 맞는 것은 분명하다. (대화가 독자에게 다양한 불확정적인 의미들은 지니면서도 **동시에** 작가에 의해 여전히 '설명될 수'도 있다고 나는 생각하지만, 여기엔 대단한 요령이 필요하다.) 그린은 자신이 어떻게 쓸 것인지 예를 들었다.

남자: 나 지금 한잔하러 건너갈까 해.
여자: 오래 있을 거야?
남자: 같이 가지 않을래?
여자: 안 갈 것 같아. 오늘밤은 아니야. 잘 모르겠어, 갈
수도 있고.
남자: 그것참, 어느 쪽이야?
여자: 지금 말해야 되는 거 아니잖아, 해야 돼? 마음 내
키면 나중에 건너갈게.

이 단락에서 그린이 한 질문을 다른 질문으로 답하려고 하며, 그린의 글쓰기에서 특징적으로 그러하듯 여자가 주저하는 쪽으로 흐른다는 것을 주목하라. '오늘밤은 아니야. 잘 모르겠어, 갈 수도 있고.' 그녀는 여러 기분을 동시에 느끼고 있을 수 있다. 그 결과, 남자의 반응 '어느 쪽이야?'도 새기기 어려워진다. 그는 짜증이 났는가 아니면 단지 약간 체념한 것인가? 그녀가 술집에 오기를 실제로 바라는 것인가 아니면 그녀가 거절하리라고 기대하면서 그냥 그렇게 말해보는 것인가? 독자는 여러 방식의 읽기가 가능하다는 것을 알면서도 한가지 해석을 선택하는 경향이 있다. 독자는 텍스트에 자기 자신을 꿰매어넣고 사건들을 자기식으로 해석하는 것에 고도로 집착하게 된다.

V. S. 나이폴의 위대한 소설 『비즈워스 씨를 위한 집』에 그린의 원칙이 매우 훌륭하게 작동하는 사례가 있다. 비즈워스 씨는 집을 짓기로 결심했지만 가진 돈이 백 달러밖에 없다. 그는 흑인 건축가인 매클린(이 소설에서 그려진 몇 안되는 흑인 트리니다드인 중 한명)을 찾아가 조심스레 문제를 꺼낸다. 멋들어지게 처리된 것은 두 남자가 자존심과 수치심의 작은 빠드되(pas de deux, 발레에서 두명이 함께 추는 춤)를 춘다는 사실이다. 그들은 저마다 하나씩의 허구를 간직하고 있는 것이다. 비즈워스 씨는 자신이 멋진 집을 짓기에 충분한 돈을 가지고 있다고 매클린이 생각해주길 바라고, 매클린은 자신이 주문이 많아 매우 바쁘다고 비즈워스가 생각해주길 바란다. 그리고 각자는 물론 상대방의 허구를 꿰뚫어본다.

비즈워스 씨는 먼저 일을 아주 천천히 진행시키자고 제안한
다. (그렇게 하면 그는 당장 목돈을 내는 대신 달마다 얼마씩
지불할 수 있다.) 비즈워스는 매클린이 그 집을 짓는 데 일년
정도 걸리게 하면 이상적이겠다고 생각한다.

　　'전부 당장 지어버려야 한다거나 뭐 그래야 하는 건 아
　　니오,' 비즈워스 씨가 말했다. '알다시피 로마가 하루
　　아침에 지어진 건 아니잖소.'
　　'그렇게들 말하죠. 하지만 로마사 암튼 짓긴 지었죠
　　(But Rome get build). 아무튼 시간이 나는 대로 갈 테
　　니 부지를 보십시다. 부지는 있습죠?'
　　'있지 있어, 이 양반아. 부지 있어요.'
　　'좋습니다. 이삼일 안에 보죠, 그럼.'
　　매클린은 그날 오후 일찍 모자에 구두, 다려진 셔츠 차
　　림으로 왔고, 그들은 부지를 보러 갔다.

　　부지에서 비즈워스 씨는 회반죽을 칠한 매끈한 콘크리트 기
둥을 원한다고 통보한다. 매클린은 현금을 원한다.

　　'그저 착수금으로 백오십 달러 정도 주실 수 있으신지
　　요?'
　　비즈워스 씨가 머뭇거렸다.
　　'개인적인 일에 참견하려는 거라고 생각지 마십쇼. 당

장 얼마 정도 쓰고 싶으신지 알고 싶을 뿐이걸랑요.'

비즈워스 씨는 매클린에게서 멀어지며 습한 부지에 자라난 잡초와 쐐기풀 덤불 사이로 걸어갔다. '백 정도요.' 비즈워스 씨가 말했다. '하지만 월말에는 좀더 드릴 수 있을 거요.'

'백이라.'

'됐소?'

'예, 좋습니다. 착수금으로는요.'

그들은 잡초 사이를 가로지르고 낙엽으로 숨통이 막힌 배수구를 넘어 좁고 자갈돌이 많은 도로에 닿았다.

'달마다 조금씩 지웁시다.' 비즈워스 씨가 말했다. '조금씩, 조금씩 말이오.'

'예, 조금씩, 조금씩요.'

자존심의 춤사위가 매우 섬세하게 처리되었다. 비즈워스가 먼저 자신의 수치스러운 처지에 일말의 위엄을 부여하려는 생각으로 고전적인 인유를 들이댄다. '알다시피 로마가 하루아침에 지어진 건 아니잖소.' 그에 대해 매클린은 거의 투덜거리며 대답한다. '그렇게들 말하죠. 하지만 로마사 암튼 짓긴 지었죠.' 여기서 나이폴은 두 남자를 분리하고 그들의 사회적 지위를 구별하기 위해 트리니다드 방언을 교묘하게 이용한다('로마사 암튼 짓긴 지었죠'에서 문법적으로 맞는 'got built' 대신 'get build'라고 한 것이 트리니다드 방언식 표현이라는 지적). 비즈워스 씨도 이 사회적 차이를 인식하고 있다. 그래서 매클린이 부지를 가지고 있느냐고 물었을 때 그 역시 '흑인' 방언을 사용함으로써 ─ '있지 있어, 이 양반아. 부지 있어요.'(Yes, yes, man. Have a site) ─ 간극을 메우려고 시도한다. (비즈워스는 허세를 좀 부리고 싶을 때마다 카리브지역에서 친근한 사이에 쓰는 단어 '이 양반'(man)을 사용한다.) 매클린은 너무 바빠 여러날 동안 갈 수 없을 것처럼 하다가는 '그날 오후 일찍' 찾아온다.

그러고는 돈 문제를 놓고 이 모든 것이 다시 시작된다. 매클린은 비즈워스 씨가 체면치레하려 든다는 것을 완벽하게 알기에 '개인적인 일에 참견하려는 거라고 생각지 마십쇼'라는 우스꽝스러운 말로 그의 비위를 맞춘다. 그리고 나이폴은 그 부지 자체가 낙엽으로 숨통이 막혔고 잡초로 병든 장소라는 것을, 일 전체에 처음부터 망조가 들었다는 것을 가차없이 독자에게 상기시킨다. (이런 면에서 나이폴은 무척 말을 삼가는 헨리 그린보다 훨씬 더 설명적이고 직설적이다.)

111

그리고 나이폴의 이 소설은 '대화는 소설가가 독자들과 소통하는 가장 좋은 방법이다'라는 그린의 가정이 반드시 옳지만은 않다는 것을 우리에게 상기시켜준다. 아무런 대화 없이도 대화가 있을 때만큼의 소통이 이루어질 수 있다. 때는 크리스마스,

비즈워스 씨는 끔찍하게 비싼 인형집을 딸에게 사주기로 충동적으로 결심한다. 그는 그것을 살 형편이 전혀 아니다. 그는 그 선물에 한달 치의 급여를 날린다. 그것은 광기와 허세, 열망과 갈망과 굴욕의 에피소드다.

　그는 자전거에서 내려서 보도의 연석에 자전거를 기대 놓았다. 자전거 페달에서 발을 떼기 전에 그는 이빨을 자꾸 빼는, 눈꺼풀이 두꺼운 점원에 의해 말이 걸어졌다. 점원은 비즈워스 씨에게 담배를 권하고 불을 붙여주었다. 말이 오고 갔다. 그러고는 어깨에 점원의 팔을 두른 채로 비즈워스 씨는 가게 안으로 사라졌다. 몇분 지나지 않아 비즈워스 씨와 점원이 다시 나타났다. 그들은 둘 다 담배를 피우고 있었고 들떠 있었다. 들고 있는 커다란 인형집에 몸의 일부가 가려진 한 소년이 가게에서 나왔다. 인형집은 비즈워스 씨의 자전거 핸들에 놓여졌고, 한쪽은 비즈워스 씨가, 다른 쪽은 그 소년이 붙잡은 채 하이스트리트를 따라 밀려내려갔다.

　단 한 단어의 대화도 없다. 실은 정반대로, '말이 오고 갔다'라는 식으로, 독자가 목격하지 못하는 대화가 보고될 뿐이다. 다시 또 이 대목은 나이폴의 독특한 서술방식 때문에 우스꽝스러우면서도 끔찍하게 고통스럽다. 그는 구매 그 자체를 묘사하는 것은 단호하게 거부한다. 대신 그는 마치 작가가 가게 밖에 카메라를 설치하기라도 한 것처럼 묘사한다. 독자는 남자들이 담배를 피우는 것을 보고, 그들이 들어가는 것을 보고, 그리고 몇분 뒤 '담배를 피우고 있었고 들떠 있는' 그들이 나오는 것을 본다. 그리하여 이 장면은 무성영화의 한 장면 같고, 익살극처럼 2배속으로 상영해달라고 거의 애원하는 것 같다. 수동형이 많이 사용되는데, 이는 비즈워스가 스스로는 자기주장을 한다고 생각하지만 실상은 대개 수동적인 처지에 있는 유약하고 희극적일 만큼 온순한 사람이기 때문이다. '말이 걸어졌다…… 인형집은 자전거 핸들에 놓여졌고…… 하이스트리트를 따라 밀려내려갔다.' 의도적으로 나이폴은 비즈워스 씨가 이 사건에 별 상관이 없는 것처럼 묘사하거니와, 아마 비즈워스도 이 순간을 그런 식으로 생각함으로써 자신을 변호할 법하다. 구매 장면 그 자체, 곧 돈이 오고 가는 순간을 재현하지 않기로 결정한 것은 작가의 높은 솜씨를 잘 보여준다. 이 순간이 비즈워스 씨에게는 수치의 진원이며, 마치 이것을 아는 서사가 너무도 당황한 나머지 이 수치를 재현하지 않는 것처럼 보인다. 나이폴은 이것을 지극히 잘 인식하고 있고 통제력도 지극히 잘 유지하고 있다. 그는 '말이 오고 갔다'라는 문장이 이 단락의 중심축이라는 것을 안다. 당연한 이야기지만, 말이 오고 간 것은 중요한 게 아니고 돈이 오고 간 것이 결정적이므로. 그리고 이것은 묘사될 수도 없고 묘사되어서도 안되는 것이다.

며칠 뒤 그 인형집은 비즈워스 아내의 손에 산산조각이 나게 되어 있다. 비즈워스 씨의 끔찍할 정도로 확장된 가족을 구성

하는 다른 아이들은 아무것도 받지 않았는데 딸이 그런 선물을
받는 것은 불공평하다고 비즈워스 부인은 생각하기 때문이다.

진실, 관습, 리얼리즘

거짓은 너무도 쉽고, 진실은 너무도 어렵다.[1]

112

문학적 리얼리즘에 관한 최근의 두가지 진술을 소개한다. 이 진술들은 제 시대를 참으로 전형적으로 나타내며 참으로 섬세하게 특징적이고 참으로 규범적이어서, 리얼리스트 소설가라면 상상의 힘을 빌려 그것들에 생명을 불어넣는 데 자부심을 느꼈을 법하다. 첫번째는 소설가 릭 무디(Rick Moody)가 『북포럼』(*Bookforum*)에 쓴 것이다.

이렇게 말하자니 야릇한 기분이지만, 리얼리즘 소설은 아직도 엉덩이를 한대 걷어차줄 필요가 있다. 직관적 깨달음(epiphanies), 고조되는 긴장과 예측가능한 움직임, 관습적 인본주의 등을 갖춘 이 장르는 때때로 여전

히 우리를 즐겁게 해주고 감동시킬 수 있지만, 나에게
는 그것이 정치적, 철학적으로 수상쩍으며 대체로 따
분하다. 그러므로 그것은 엉덩이를 한대 걷어차줄 필
요가 있다.

두번째는 '우아한 변주'(The Elegant Variation)라는 문학블
로그에서 진행된 허구와 리얼리즘 및 허구적 신빙성에 관한 길
고 요란한 논쟁에 패트릭 자일스(Patrick Giles)가 보탠 말이다.
'그리고 이것이(리얼리즘 소설이) 문학 전통 지상 장르라는 생
각은 너무 웃겨서 신경을 꺼버리고 싶다.'
  동일한 문체, 곧 어법의 구어체적 이완('엉덩이를 한대 걷어
차다' '신경을 꺼버리고')이 두 견해를 한데 묶어주거니와, 이
것 자체가 리얼리즘 문체에 대한 필자들의 태도에 관해 일러준
다. 곧, 리얼리즘은 딱딱하고 반듯하고 비진보적이어서, 그것에
관해 이야기라도 해보려면 그것과 문체상으로 정반대인 속어
로써 그것을 조롱하는 수밖에 없다는 것이다. 무디의 세 문장
은 지배적인 가설들을 효율적으로 압축한다. 리얼리즘은 (이를
테면 허구 만들기에서 어떤 중심적인 충동이라기보다는) 하나
의 '장르'이다. 이것은 죽은 관습에 지나지 않으며 예측가능한
시작과 끝을 지닌 특정한 종류의 전통적 플롯과 연관된 것으로
간주된다. 또 이것은 '입체적인' 인물들을 다루되 부드럽고 경
건하게 다룬다. ('관습적 인본주의'다.) 이것은 단어와 지시대
상 사이의 순진하게 안정적인 연결을 통해 세계가 묘사될 수

있다고 가정한다. ('철학적으로 수상쩍다'.) 그리고 이 모든 것은 보수적이거나 혹은 억압적이기까지 한 정치적 경향을 띨 것이다. ('정치적으로 그리고 철학적으로 수상쩍다'.)

113

이것은 대체로 터무니없는 소리다.

다른 한편 우리 모두는 릭 무디가 무엇을 의미하는지 안다. 관습의 기계가 너무도 녹슬어서 아무것도 움직이지 않는 소설들을 우리 모두는 많이 읽었다. 우리는 스스로에게 묻는다. 왜 사람들은 따옴표 안에서 말해야 하는가? 왜 그들은 대화 장면에서 말하는가? 왜 '갈등'이 그리도 많은가? 왜 사람들은 방에 드나들고 음료를 내려놓으며, 무언가를 생각하면서 음식으로 장난을 치는가? 왜 그들은 언제나 연애를 하는가? 왜 언제나 이 책들 어딘가에 나이 든 홀로코스트 생존자가 있는가? 그리고 제발, 뭘 하든 간에, 근친상간 좀 들여오지 마라……

1935년에 쓴 매우 재치있는 에세이에서 씨릴 코널리(Cyril Connolly)는 관습이란 관습은 죄다 도살하자고 요구했다. '하나 이상의 세대나 1918년 이전의 어느 시기 혹은 교구 목사관에 있는 총명하고 빈곤한 아이들을 다루는 모든 소설들', 햄프셔, 써식스, 옥스퍼드, 케임브리지, 에식스 해변, 윌트셔, 콘월, 켄징턴, 첼시, 햄스테드, 하이드파크, 그리고 해머스미스를 배경으로 한 모든 소설들을.

많은 상황들을 금지해야 한다. 직업을 얻고 잃는 것, 청
혼하기, 남자건 여자건 연애편지를 받는 것…… 질병
이나 자살에 대한 각종 암시(정신질환은 제외), 모든
인용들, 천재성 장래성 글쓰기 그림 조각 예술 시 등
에 관한 모든 언급, 그리고 '네 것이 좋아' '그 사람 것
은 어떻소?' '죽여주죠' '커피를 타드릴게요' 같은 구
절들, 야망에 찬 모든 젊은 남성과 감정이 섬세한 모든
젊은 여성, '자기, 정말 근사한 오두막집(아파트, 성채)
을 찾았소' '다음에 언제든 좋아요. 하지만 제발 이번
만은, 지금은 안돼요' '사랑하느냐고? 당연히 사랑하
지(사랑하지 않아)' '그게 아니라, 그냥 엄청 피곤해서
그래'와 같은 모든 발언들 따위를 죄다 금지해야 한다.
금지해야 할 이름들. 휴고, 피터, 써배스천, 에이드리
언, 아이버, 줄리언, 패멀라, 끌로에, 에니드, 이네스, 미
랜다, 조애나, 질, 펄리시티, 필리스.
금지해야 할 얼굴들. 곱슬거리는 머리카락이나 멋진
눈을 지닌 모든 젊은이들, 모든 수척하고 초췌한 사색
가들의 얼굴, 모든 음탕한 인물들, 누구든 육 피트를 넘
거나 뭐든지 남다른 점이 있는 자들, 그리고 뒷덜미가
있는 모든 여자들(그는 그녀의 머리카락이 목덜미의
작고 움푹한 부분에서 곱실거리는 모습을 사랑했다).[2]

리얼리즘에 관한 무디와 자일스의 생각은 미랜다나 줄리언이라는 이름의 인물에 관한 코널리의 의견과 같다. 그것은 단지 쁘띠부르주아 독자들의 열망을 반영하는 또 하나의 관습일 뿐이다. 바르뜨는 세계를 서술할 '리얼리스틱한' 방법이란 없다고 주장했다. 단어가 그 지시대상과 필연적이고 투명한 연결고리로 이어져 있다는 19세기 작가의 순진한 착각은 폐기되었다. 우리는 허구 만들기의 상이하고 경쟁하는 장르들 사이에서 움직일 따름이며, 그중에서 리얼리즘은 자신의 작동방식에 관한 자의식이 가장 적기 때문에 가장 혼란스럽고, 또 어쩌면 가장 둔감한 장르일 뿐이다. 리얼리즘은 현실(reality)을 지시하지 않는다. 따라서 리얼리즘은 현실적(realistic)이지 않다. 바르뜨의 말에 따르면 리얼리즘은 관습적 약호들의 체계인데, 그 체계의 문법이 너무도 도처에 존재하기 때문에 그것이 부르주아적 이야기하기를 구조화하는 방식을 우리는 알아차리지 못한다.[3]

종래의 소설가들이 독자의 눈을 속이려 했다는 것이 사실상 바르뜨의 말에 담긴 뜻이다. 산문의 매끈한 벽이 독자를 향해 다가오고, 독자는 좀 게으르게 '이 모든 일이 어떻게 벌어진 거지?'라고 큰 소리로 헐떡인다. 플로베르가 독자에게 원했던 딱 그대로다. 사람들이 따옴표 안에서 말한다거나('"말도 안돼," 그가 단호하게 말했다'), 작중인물이 장편이나 단편에 처음 등장하면서 외양묘사로 후딱 요약된다거나('그녀는 좀 형편없이 염색된 머리에 작은 키, 넓은 얼굴을 가진 쉰살 정도의 여자였다'), 세부사항이 세심하게 선택되고 유용하게 '시사적(示唆的)'이라거나('그녀는 위스키를 따르는 그의 손이 미세하기 떨리는 것을 알아차렸다'), 역동적 세부사항과 습관적 세부사항이 섞인다거나, 극적 행위가 작중인물의 사색으로 인해 점잖게 중단된다거나('탁자에 조용히 앉아 한 팔로 머리를 받친 채 그는 다시 아버지를 생각했다'), 작중인물이 변화한다거나, 이야기가 결말을 가지고 있다거나 하는 등등의 소설적 요소들을 독자는 이제 굳이 관습이라고 주목하지 않는다.

114

그레이엄 그린(Graham Greene)은 리얼리즘 반대자들이 염두에 둔, 작위적이지만 자연스러운 '리얼리즘'을 힘들이지 않고 만들어낸다.

교수는 창문에서 돌아섰다. 그는 유리창이 누군가의 더러운 손가락의 희미한 문신으로 얼룩져 있다는 것을 알아차렸다. 그것은 그로 하여금, 아마도 베이루트나 우중충한 바그다드 교외 어디쯤에서, 밴의 유리창에 무력하게 올려붙인 죄수의 손을 떠올리게 했다. 그는 생각했다. 나 또한 감금되어 있다. 기계적인 수업과

학생들, 주간서평과 피오나의 허약함에. 피오나는 그를 요구했고, 그녀의 요구는 떨쳐버릴 수 없는 열병처럼 그를 장악했다.

문에서 노크소리가 났고, 교수가 채 답하기 전에 웬트위스가 들어왔다. 금요일 오후 땅거미에만 깃드는 독특한 음울함이 있다. 엘리엇이 그것을 '보라색 시간'이라 불렀던가? 그는 웬트위스에게 겨울 같은 미소를 보냈다.

'교수님, 어젯밤 일은 죄송합니다.' 웬트위스의 높은 목소리가 창문을 긁는 나뭇가지처럼 그를 할퀴었다. 그는 그래머스쿨 장학생 특유의 고저가 없는 북부지방식 모음 발음으로 말했다. 그는 면도를 서툴게 했다. 매끄러운 광물성의 푸른색 턱 아래로 쇳가루 같은 짧은 털들이 창백한 목에 무리 지어 있었다.

'됐네,' 교수가 말했다. '스카치?' 자기 몫으로 넉넉하게 술을 한잔 따르고 이슬이 맺힌 플라스틱 얼음통에서 얼음 두덩이를 집어 잔에 떨어뜨리며 그가 권했다. 호박색 액체는 당혹스럽게도 자신의 오줌처럼 보였다. 맛은 약간 더 나았다. 그는 다시 피오나에 대해, 그녀를 향한 웬트위스의 남루한 연정에 대해 생각했다. 그는 그에게서 좀더 나은 것을 기대했다. 그리고 피오나의 반응은? 그는 확신할 수 없었다.

그러나 재혼이란 언제나 그런 식이다. 언제나 경계해

야 한다. 교수는 언제나 경계하고 있었다. 그가 두살 때
가장 아끼는 묵주를 누나가 훔쳐간 이래로 그래왔다.
그러나 누가 경계자를 지켜줄 것인가? 신? 한때 그는
그렇게 믿었다. 이제 '신'이라는 단어는 오래된 성찬식
웨이퍼같이 그의 입속에서 메마르게 느껴졌다.
교수가 스카치를 유리잔 속에서 뱅뱅 돌리자 얼음덩이
들이 달그락거렸다. 웬트워스가 희미한 냄새를 풍기고
있다는 것을 그는 알아차렸다. 그것은 죄의 냄새였다.

이것은 패러디이지만, 독자들은 여러 장치들을 알아차릴 수
있을 것이다. 독자가 거의 눈치채지 못할 만큼 '조용히' 하긴
했지만 나는 교수에게 시점을 묶어놓았고, 시사적인 몇몇 세부
사항, '좋은' 은유와 직유(쳣가루 등등), 자유간접화법('그리고
피오나의 반응은? 그는 확신할 수 없었다. 그러나 재혼이란 언
제나 그런 식이다'), 19세기 작가들이 많이 쓰고 그린도 써먹는,
작가가 자신있게 일반화를 할 수 있게 해주는 '참조약호'('그
는 그래머스쿨 장학생 특유의 고저가 없는 북부지방식 모음 발
음으로 말했다'), 생각에 잠기기('그것은 그로 하여금…… 죄
수의 손을 떠올리게 했다') 따위를 활용했다. 그리고 이 문체는
말해지지 않은 것에 언제나 크게 의존하는 한편, 현실을 장악
하고 현실보다 문체를 앞세우는 것을 중시하기 때문에, 상당량
의 빡빡한 편집과 신중한 생략도 활용했다.
  이 문체를 상업적 리얼리즘이라 부를 수 있을 것이다. 이것

은 플로베르의 좀더 독창적인 문법에서 파생된 것으로, 지적이고 안정적이며 투명한 이야기하기 문법을 제시한다. 그리고 물론 이것은 그런에서 끝나지 않았다. 우아하게 마무리된 효율적인 당대 리얼리즘 서사는 여전히 이와 비슷하게 들린다. 다음 인용하는 것은 존 르 까레(John le Carré)의 『스마일리의 사람들』(*Smiley's People*)에 나오는 대목이다.

> 스마일리는 아침나절에 함부르크에 도착해서 도심으로 향하는 공항버스를 탔다. 아직 안개가 끼어 있었고 날씨는 매우 추웠다. 거듭 퇴짜를 맞은 끝에, 한번에 세명씩만 타도록 허가된 승강기가 있는, 낡고 얇은 터미널 호텔을 역 광장에서 찾았다. 그는 스탠드패스트라는 이름으로 서명하고 렌터카 대리점까지 걸어가 작은 오펠을 빌린 다음, 스피커에서 베토벤이 은은하게 흘러나오는 지하차고에 주차했다.

확실히 이것은 좋은 글쓰기이며, 당대 스릴러의 기준으로는 굉장한 수준이다('얇은' 호텔은 매우 훌륭하다). 그러나 선별된 세부사항은 안심될 만큼 단조롭거나(안개, 추위, 오펠 차종) 안심될 만큼 '시사적'이다. 평범하지 않은 것은 아무것도 없다. 호텔은 세명만 탈 수 있는 승강기라는 표현을 통해, 차고는 베토벤을 통해 화폭에 담긴다. 선별된 세부사항은 이것이 '현실'이라고, '실제로 일어났다'고 독자를 설득하는 데 필요한 정족수

일 따름이다. 그것은 '현실'일지는 몰라도 세부사항들 중 그 어느 것도 그다지 살아 있지 않아서 **실감**은 없다. 리얼리즘의 문법인 서사는 독자에게 이렇게 통보하려는 목적 때문에 존재한다. '별스럽다고 할 것은 없지만 섬세하게 선택되고 처리되어 이야기를 풀어가기에는 충분한 몇가지 세부사항, 바로 이것이 **이와 같은 소설 속 현실의 모습이다**.' 이 대목은 관습의 시선을 담은 잘 만든 관이다.

115

실상 이런 종류의 글쓰기가 일종의 보이지 않는 규범집이 되었으며, 그 덕분에 독자는 이런 글쓰기의 인위적 요소들을 알아차리지 못하게 되었다는 사실을 누구도 부정하지 않을 것이다. 이렇게 된 이유 중 하나는 경제적인 것이다. 상업적 리얼리즘이 시장을 장악했으며 소설의 가장 강력한 브랜드가 되었다. 이 브랜드가 거듭거듭 경제적으로 재생산되리라는 것을 우리는 예상해야 한다. 리얼리즘이 삶의 실상을 흐리는 문법이나 한 쎄트의 규칙에 지나지 않는다는 불만이 플로베르나 조지 엘리엇 또는 이셔우드보다는 르 까레나 P. D. 제임스(Phyllis Dorothy James)에게 대체로 더 잘 들어맞는 묘사인 것도 바로 그 때문이다. 어떤 문체가 분해되고 밋밋해져서 하나의 장르가 되어버리면, 실제로 그것은 한 쎄트의 매너리즘이 되거나 영

생명력 없는 기법들로 전락하기 일쑤다. 효율성을 추구하는 스릴러 장르는 훨씬 덜 효율적인 플로베르나 이셔우드에게서 필요한 것만 취한 다음, 그 작가들을 진정으로 살아 있게 만든 것은 버린다. 그리고 이런 종류의 대체로 생명력 없는 '리얼리즘' 중 가장 큰 경제적 특권을 누리는 장르는 물론 상업영화이며, 오늘날 대다수 사람들은 '리얼한' 서사를 구성하는 것이 무엇인가에 대한 자신들의 생각을 그 상업영화에서 받아들인다.

116

이와 같은 분해작용은 물론 그 어떤 오래되고 성공적인 문체에서도 일어난다. 따라서 환원 불가능하며 남아도는 것, 무용도성의 여백(the margin of gratuity), 쉽게 재생산하거나 다른 것으로 환원할 수 없는 문체적 요소를 찾아내는 것이 작가——또는 비평가, 독자——의 책무다.

117

그러나 그렇게 하는 대신 바르뜨와 무디와 자일스와 윌리엄 개스와 기타 여러 허구적 관습의 반대자들은 두가지 꽤 상이한 불만을 혼동한다. 바르뜨가 1966년에 한 말을 보자. '서사의 기능은 "재현하는" 것이 아니다. 그것의 기능은 우리에게 여전히 매우 이해할 수 없는 것으로 보이는, 그러나 어떤 경우에도 모방적 성격을 띠지는 않는 광경을 구성해내는 것이다…… 서사에서 "일어나는 것"은 지시적 (실재의) 관점에서 보면 말뜻 그대로 무(無)다. "생겨나는 것"은 오로지 언어, 언어의 모험, 언어의 도래에 대한 끊임없는 찬미뿐이다.'[4] 그런데 허구의 관습적 성격을 공격할 수는 있겠지만, 이런 공격에서 더 나아가 허구의 관습은 그 어떤 실재적인 것도 전달할 수 없으며 서사가 재현할 수 있는 것은 '말뜻 그대로 무'라는 매우 회의적인 결론을 내리는 것은 이치에 맞지 않다. 첫째, 모든 허구는 이런저런 측면에서 관습적이기 마련이므로, 특정 종류의 리얼리즘을 관습적이라는 이유로 거부한다면 꼭 같은 이유에서 초현실주의, 싸이언스 픽션, 자기반성적 포스트모더니즘, 네가지 상이한 결말을 지닌 소설 등도 거부해야 할 것이다. 관습은 어디에나 존재하고 늙음처럼 승리를 거둔다. 일단 어느정도 노년에 접어들면 노년으로 인해 죽거나 노년과 더불어 죽거나 하는 수밖에 없다. 씨릴 코널리의 에세이가 근사하게 희극적인 이유 가운데 하나는 생각할 수 있는 모든 관습 — '누구든 육 피트를 넘거나 뭐든지 남다른 점이 있는 자들'(강조는 저자) — 을 블랙리스트에 올림으로써 결과적으로는 어떠한 종류의 픽션을 쓰는 것도 금지한 꼴이 되었다는 것이다. 둘째, 오로지 예술적 인위성(artifice)과 관습이 문학적 문체에 개입되어 있다는 사실 때문에 리얼리즘이 (또는 다른 여하한 서사적 문체도) 너무나 인위적(artificial)이고 관습적이어서 현실을 지시할 수 없다고 결론지을 수는 없다. 어떤 소네트 형식 또는 스누피가 이야기 첫머리에서 항상 사용하는 문장('어둡고 폭풍우 치는 밤이었어요……')과 같은 순전히 자의적이고 비지시적인(non-referential) 기법이 되지 않고도 서사는 관습적일 수 있다.

118

뽈 발레리(Paul Valéry)는 허구적 서사에 담긴 주장에 대해 바르뜨식으로 적대하였다. 그는 허구적 서사의 전적으로 자의적인 전제를 보여주는 예로 '후작부인은 다섯시에 나갔다'와 같은 문장을 들었다. 발레리는, 제임스의 캐시모어 씨를 논하는 윌리엄 개스와 마찬가지로, 이 문장이 무수히 많은 다른 가능한 문장으로 대체될 수 있으며 이런 종류의 임시성은 서사적 허구에서 필연성을 앗아가고 개연성에 대한 주장을 훼손한다고 생각했다. 하지만 내가 두번째 문장—'그 편지, 아침에 받은 그 편지가 후작부인을 초조하게 했으며, 그녀는 그에 대해 무언가 조처할 생각이었다'—을 덧붙이자마자 첫번째 문장은 그다지 작위적이지도 확정적이지도 또 순전히 형식적이지도 않은 것이 된다. 관계와 제휴의 체계가 작동하기 시작한다. 그리고 쥘리앵 그라끄(Julien Gracq)가 지적하듯,[5] '후작부인'과 '다섯시'는 전혀 자의적이지 않고 제한과 암시로 가득하다. 후작부인은 평범하고 대체가능한 시민이 아니며, 여섯시가 음료를 마시며 쉴 시간이라면 다섯시는 아직 늦은 오후일 뿐이다. 그렇다면 후작부인은 무슨 일로 나가는가?

119

관습과 관련해서 밝혀두어야 할 요점은 그것이 **본질적으로 진실되지** 않다는 것이 아니라, 반복됨에 따라 꾸준히 점점 더 관습적으로 되어가는 경향이 있다는 것이다. 사랑도 판에 박은 일상으로 변하지만(실제로 바르뜨는 '사랑해'가 인간이 할 수 있는 말 가운데 가장 진부하다고 언젠가 주장한 적이 있다), 그 사실 때문에 사랑에 빠지는 것이 무효가 되지는 않는다. 은유는 과도하게 쓰면 죽은 은유가 되지만, 그렇다고 은유 자체가 죽은 것이라고 공격한다면 어리석은 짓이다. 혈거인(穴居人) 중 한명이 떨면서 몸이 얼음처럼 차다는 말을 최초로 했을 때, 그 말을 듣는 사람은 '정말 천재로군!' 하고 아마도 감탄했을 것이다.(그리고 어찌 되었든 얼음은 차다.) 마찬가지로 요즘 누가 렘브란트풍으로 그림을 그린다면 그는 독창적인 천재는커녕 삼류 복제꾼이 될 것이다. 이런 주장은 매우 자명하기 때문에, 핍진성에 대해 적대적인 사람들 사이에 존재하는 집요한 경향, 즉 그 어떤 것을 실감있게 지시하는 것의 원천적 불가능함과 관습을 혼동하는 경향만 아니라면, 굳이 그런 주장을 할 필요조차 없을 것이다. 브리지드 로우(Brigid Lowe)[6]의 주장에 따르면, 허구는 독자에게 (철학적 의미에서) 사물의 진실성을 믿어달라고 요구하지 않고 (예술적 의미에서) 그것들을 **상상해달라**고 요구하므로, 허구의 지시성(referentiality)이란 문제 ─ 허구가 세계에 관해 진실된 진술을 하는가? ─ 는 잘못 제기된 것이다. '등에 내리쬐는 태양의 열기를 상상하는 것은 내일 해가 쬘 것이라고 믿는 것과는 판이하게 다른 정신활동이다. 전자가 대체로 감각에 속하는 경험인 반면 후자는 전적으로 추상적이다. 우리가 어떤 이야기를 하는 경우, 교훈을 주겠다는 바람이 설령 있다 하더라도 일차적 목표는 상상적 경험을 만들어내는 것이다.' 브리지드 로우는 어떤 대상을 우리 눈앞에 놓는다는, 그것을 우리에게 살아 있게 만든다는 뜻을 지닌 그리스 수사학의 용어 **히포티포시스**(hypotyposis)를 되살리자고 제안한다. (나는 **히포티포시스**가 조만간 '리얼리즘'보다 더 선호되는 용어가 되리라는 생각은 어쩐지 들지 않는다.)

120

아리스토텔레스가 『시학』(*Poetics*)에서 모방(mimesis)에 관해 처음 정식화한 것을 다시 살펴보면, 우리는 그의 정의가 지시관계(reference)에 대한 것은 아니라는 사실을 깨닫게 된다. 아리스토텔레스는 말하길, 역사는 우리에게 '알키비아데스가 행한 것'을 보여주는 반면, 시——곧 허구적 서사——는 알키비아데스에게 '일어날 법한 것'을 보여준다. 여기에서 가설적 신빙성——개연성——은 중요하면서도 무시되는 관념이다. 개연성 개념에는 신뢰할 만한 **상상**을 신뢰할 수 없는 상상에 맞서 지키려는 뜻이 담겨 있기 때문이다. 아리스토텔레스가 모방과 관련해 설득력 있는 불가능성은 설득력 없는 가능성보다 언제나 더 낫다고 쓰는 것도 분명 이런 이유에서다. 단순한 핍진성이나 지시관계가 아니라 모방적 **설득**에 즉각 무게가 실린다. (예술가가 물리적으로 불가능한 것을 재현할 수도 있다는 점을 아리스토텔레스가 인정하기 때문이다.) 이것이 일어났을 법하다고 우리를 설득하는 것이 예술가의 책무인 것이다. 그렇다면 내적 일관성과 신빙성이 지시적 정확성보다 더 중요해진다. 그리고 이 작업에는 단순한 르뽀르따주가 아닌 허구적인 예술적 인위성이 많이 포함될 것이다.

그러므로 항상 문제적인 '리얼리즘'이라는 말 대신 훨씬 더 문제적인 '진실'이라는 말을 쓰도록 하자. (…) 일단 '리얼리즘'이라는 용어를 버리고 나면, 어째서 카프카(Franz Kafka)의 『변신』(*Die Verwandlung*)과 함순의 『굶주림』, 베께뜨의 『끝내기』(*Fin de partie*)가 있을 법하거나 전형적인 인간행동의 재현이 아니면서도 고통스럽게 진실된 텍스트인지를 해명할 수 있다. 우리는 이렇게 혼잣말하게 된다. 자기 가족한테서 내쫓기면 벌레가 된 느낌이겠구나(카프카), 젊은 광인이라면 이런 느낌이겠구나(함순) 또는 쓰레기통에 갇혀 빵죽을 먹고 사는 늙

은 어버이는 이런 느낌이겠구나(베께뜨),라고. 크누트 함순의
『굶주림』에 나오는 굶주린, 젊은 지식인 화자가 손가락을 입
에 넣고 자신을 먹기 시작하는 순간만큼 끔찍한 장면은 현대
소설 어디에도, 코맥 매카시의 유혈 낭자한 장면이나 데니스
쿠퍼(Dennis Cooper)의 싸디스트적인 성애 장면에조차도 아
직 없다. 바라건대, 우리 중 어느 누구도 그런 경험을 해보지 않
았을 것이고 또 해보기를 원치 않을 것이다. 하지만 함순은 우
리가 그것을 공유하게 만들었고, 그것을 느끼게 만들었다. 쌔
뮤얼 존슨은 『셰익스피어 서설』(*Preface to the Plays of William
Shakespeare*)에서 '모방된 것들이 고통이나 즐거움을 빚어내는
까닭은 그것들이 실재하는 것들로 오인되기 때문이 아니라 실
재하는 것들을 마음에 떠올리기 때문이다'라는 점을 우리에게
일깨웠다.

121

관습 자체는 은유 자체와 마찬가지로 죽어 없어지지는 않았
다. 하지만 그것은 늘 죽어간다. 그래서 예술가는 늘 관습을 능
가하려 애쓴다. 그러나 그것을 능가하려고 애쓰는 와중에 예술
가는 또 다른 죽어가는 관습을 늘 만들어낸다. 이 역설이야말
로 시인과 작가 들이 어떤 종류의 리얼리즘을 거듭 공격하면서
도 결국은 자기들 고유의 리얼리즘을 내세우게 된다는, 잘 알

려진 또 하나의 문학사적 역설을 설명해준다. (서사가 전혀 모방적 성격을 띠지 않는다는 바르뜨나 윌리엄 개스의 회의론적 우주에서라면 이것은 납득할 수 없는 현상일 것이다.) 그 역설은 포르노에 관한 플로베르의 다음과 같은 언급에 요약되어 있다. '외설적인 책은 진실되지 않기 때문에 부도덕하다. 그런 책을 읽으면서 사람들은 "저건 저렇지 않아"라고 말한다. 오해 마시라, 나를 리얼리즘의 교황으로 내세우기도 하지만, 나는 그것을 혐오한다.' 플로베르는 한편으로 '리얼리즘' 운동에 엮이기를 꺼리는가 하면, 다른 한편으로는 사물을 있는 그대로 그리지 않는다는 이유로 특정한 책들을 '진실되지 못하다'고 여긴다. (체호프도 입센(H. Ibsen)의 극을 보면서 유사한 표현을 썼다. '하지만 입센은 극작가가 못된다…… 입센은 삶을 모른다. 한마디로, 실제 삶에서는 저렇지 않다.') 토머스 하디는 예술이 리얼리스틱하지 않다고 주장했다. 왜냐하면 예술은 '단순히 모사하거나 나열하기만 해서는 눈에 띄기보다 무시될 가능성이 더 큰, 실재대상들의 중요한 특색들을 좀더 뚜렷이 보여주기 위해 그 대상들의 균형을 흐트러뜨리기—즉 그것들을 비틀어 균형을 무너뜨리기— 때문이다. 따라서 "'리얼리즘'은 예술이 아니다.' 하지만 플로베르 못지않게 하디는 '사물들의 존재방식'을 보여주는 소설과 시를 쓰려고 애썼다. 농촌사회나 슬픔에 관해 하디보다 더 아름답거나 더 진실된 글을 쓴 사람이 누가 있는가?

예술은 선별해서 형상화하므로 이 작가들은 단순한 모사적

충실성을 거부했다. 하지만 그들은 진실과 진실됨을 숭배했다. 그들은, 조지 엘리엇이 자신의 에세이 「독일적 삶의 자연사」(The Natural History of German Life)에서 말했듯, '예술은 삶에 가장 가까운 것이고, 그것은 경험을 확대하고 동료 인간들과의 접촉을 개인적 운명의 테두리 너머로 확장하는 방법이다'라고 믿었다. 위대한 빅토리아조 리얼리스트의 이 말은 정확히 밝히고 있다. 예술은 삶 그 자체가 아니라 늘 지어낸 것 (artifice)이자 모방이다. 그러나 예술은 삶에 가장 가까운 것이다. 그런데 엘리엇은 『애덤 비드』를 다음과 같이 시작한다.

> 단 한방울 잉크를 거울 삼아 이집트 마술사는 누구에게든 과거의 모습을 먼 데까지 보여주겠다고 나선다. 이것이 내가 독자 여러분들께 해드리려고 나서는 것이다. 내 펜 끝에 묻은 이 잉크 한방울로써 나는 1799년 6월 18일 헤이슬롭 마을 목수, 조너선 버지의 널찍한 작업장을 그 당시 모습대로 독자들께 보여드리려 한다.

소설가는 삶을 있는 그대로 보여준다. 하지만 그는 또한 이집트 마술사이기도 해서, 그 삶이 무(無)에서 독자 앞으로 불러내온 것(곧 히포티포시스)을 기쁜 마음으로 인정한다. '리얼리스틱'한 것이 무엇인가에 대한 정의가 변화하는 와중에도, 지난 2세기의 주요 문학운동은 '삶'의 '진실'(또는 '사물의 존재방식')을 포착하려는 욕구를 불러일으켰다. (그리고 '삶'으로 간주되는 것에 대한 정의도 물론 다소간 변화의 와중에 있다. 그러나 이 정의가 변한다고 해서 삶이라는 것이 존재하지 않는 것은 아니다.) 울프는 『소설의 양상들』에서 E. M. 포스터가 항상 '삶'을 들먹이지만 그 삶이란 포스터의 입장에서 본 잔존하는 원기왕성한 빅토리아조 삶의 방식을 반영한다고 불평했는데, 이런 불평은 정당하다. 울프는 소설의 성공을 판단하는 데는 '삶'을 환기하는 능력뿐만 아니라 패턴이나 언어와 같은 좀 더 형식적인 속성으로써 독자를 즐겁게 해주는 능력도 기준이 된다고 합당한 주장을 했다.

집요한 학생이라면 이쯤에서 이런 질문을 던질 것이다. 그런데 소설에 관한 여러 책에 그처럼 불가사의하게 계속 불거져나오는 이 '삶'이란 도대체 무엇인가? 왜 그것이 패턴에는 없고 티 파티에는 있는가? 만약 우리가 『황금주발』(*Golden Bowl*, 헨리 제임스의 소설)에 나오는 패턴에서 강렬하고 진정한 쾌감을 얻는다면, 왜 그것이 목사관에서 차를 마시는 여인을 묘사할 때 트롤럽이 우리에게 주는 감흥보다 가치가 덜한가? 삶에 대한 정의가 너무 자의적이어서 그것을 확장해야 한다는 것이 분명하지 않은가? 또한 플롯, 작중인물, 이야기 및 소설의 기타 요소들에 대한 궁극적 판단의 기준이 삶을 모방하는 능력이어야 하는 까닭은 무엇인가? 현실의 의자가 상상 속의 코끼리보다 더 나아야 하는 까닭은 무엇인가?[7]

　그러나 다른 한편으로 울프는 아널드 베넷과 그의 에드워드
조 동세대 작가들의 소설로부터 '삶이 도망간다'라고, '아마
도 삶이 없으면 다른 그 무엇도 가치가 없을지 모른다'라고 불
평했다.[8] 그녀는 '삶'에 가까이 다가갔으며 한 무리의 죽은 관
습들을 치워 없앴다고 조이스를 칭송했다. 알랭 로브그리예는
『누보 로망을 위하여』(Pour un nouveau roman)에서 다음과 같
은 올바른 지적을 했다. '작가들은 모두 자신이 리얼리스트라
고 믿는다. 자기 스스로를 추상적이고, 환영이나 망상에 사로잡
혀 있으며 공상적이라고 일컫는 작가는 아무도 없다.' 하지만
그가 이어서 하는 말에 따르면, 이 모든 작가들이 하나의 깃발
아래 모일 수 있다면 그것은 리얼리즘이 무엇인가에 관해 그들
이 합의하기 때문이 아니라, 리얼리즘에 관한 제가끔 다른 생
각을 활용해서 서로서로를 찢어발기고 싶어하기 때문이다.
　이런 예들에 더해서 신고전주의 비평가들이 애호하던 '자
연' 불러내기, 개연성을 지닌 것과 개연성 없이 놀라운 것
(improbably marvelous)을 구분하는 압도적으로 강력한 (세르
반떼스, 필딩, 리처드슨, 쌔뮤얼 존슨 등이 수용하는) 아리스토
텔레스적 전통, 『서정담시집』(Lyrical Ballads)의 시들이 '인간
의 정염, 인간의 성격, 인간이 겪는 사건에 대한 자연적 묘사'라
는 워즈워스와 콜리지(S. T. Coleridge)의 주장 등등을 고려해
보자. 그러면 삶에 대해 진실되려는 욕구 — '사물들의 존재방

식'을 정확하게 보는 예술을 생산하려는 욕구—가 보편적인 문학적 동기나 기획이자 소설과 드라마의 광범하고 중심적인 언어—제임스가 『메이지가 안 것』에서 '거기 실제로 진리의 푸른 강물이 구불거리며 통과해 흐르는 허구의 확고한 기반'이라고 부르는 것—라고 우리는 생각하게 될 법하다. '리얼리즘'과 그것이 불러일으킨 기법적, 철학적 논란은 한 떼의 빛나는 붉은 청어(red herring, 주의나 논점을 엉뚱한 데로 돌리려는 시도라는 뜻으로도 쓰이는 표현) 같아 보인다.

122

매일 책 읽는 삶에서 우리는 어딘가에서 구불거리며 흐르는 진리의 저 푸른 강물을 건넌다. 속에 담긴 진실이 우리에게 충격을 가하면서 우리를 감동시키고 지탱해주며 습관의 집을 기초에서부터 뒤흔드는 장면들, 순간들, 완벽하게 배치된 단어들을 우리는 소설과 시와 영화와 연극에서 맞닥뜨린다. 코딜리어에게 용서를 비는 리어 왕, 축연이 벌어지는 동안 갈라진 목소리로 남편을 몰아붙이는 맥베스 부인, 『전쟁과 평화』에서 프랑스 군인들 손에 거의 처형당할 뻔하는 삐에르, 싸라마구의 『눈 먼 자들의 도시』(*Ensaio sobre a Cegueira*)에서 이름없는 도시의 거리를 헤매는 누더기 차림의 생존자 무리, 영혼이 죽은 남자와 결혼했다는 것을 깨닫는 로마의 도러시어 브룩, 기겁한 아버지의 손에 방으로 되몰리는 그레고르 잠자, 무시무시한 뾰뜨르 베르호벤스끼를 곁에 두고 자살노트를 쓰다가 '잠깐! 혀를 내민 얼굴을 첫머리에 그리고 싶소…… 그들에게 욕을 하고 싶소!'라고 갑자기 우스꽝스럽게 내뱉는 『악령』의 끼릴로프 등등. 또는 『설득』(Persuasion)에서 마루에 무릎을 꿇은 채 무거운 두살배기 사내아이를 등에서 떼어놓으려고 애쓰던 앤 엘리엇이 자신이 남몰래 사랑하는 남자 웬트워스 대령에 의해 문득 그 짐덩이로부터 벗어나게 되는 아래의 아름답고 작은 장면.

> 아이가 그녀의 목을 심하게 내리눌렀지만 누군가가 그 아이를 그녀에게서 떼어내고 있었으며, 작지만 완강한 아이의 두 손이 그녀의 목 주위에서 풀어져 아이가 꼼짝없이 들려나가자, 그녀는 그렇게 한 사람이 웬트워스 대령이라는 것을 알았다.
> 그것을 안 순간 그녀는 완전히 말을 잃을 정도의 기분이었다. 그녀는 그에게 고맙다는 말조차 할 수 없었다. 그녀는 무척이나 혼란스러운 기분이 되어 어린 찰스 위로 몸을 숙이고 있을 따름이었다.

또는 미국소설 중 손에 꼽힐 정도로 절묘한 몇면에 해당하는 윌라 캐더의 『대주교에게 죽음이 오다』(Death Comes for the Archbishop)의 마지막 장을 보자.[9] 라투르 신부는 자기 성당에서 가까운 싼타페에 죽으러 돌아왔다. '뉴멕시코에서 그는 언제나 젊은 사람으로 깨어나곤 했기에, 일어나 면도를 시작할 때까지 그는 자신이 늙어가고 있다는 사실을 몰랐다. 그가 제일 먼저 의식한 것은 뜨거운 태양과 쑥과 달콤한 클로버의 향기를 싣고 창문으로 불어오는 가볍고 건조한 바람의 느낌이었다. 몸이 가뿐해지면서 "아, 오늘, 오늘" 하고 심장이 아이처럼 소리치게 만드는 바람.' 그는 침대에 누워 프랑스에서 보낸 자신의 묵은 삶에 관해, 신세계에서의 새 삶에 관해, 싼타페에 있는 자신의 로마네스끄식 성당을 지은 건축가 몰니에 관해, 그리고 죽음에 관해 생각한다. 그의 의식은 또렷하고 고요하다.

그는 자신의 기억에 이제 원근법이 없다는 것을 깨달았다. 그는 소년시절 지중해에서 사촌들과 함께 지냈던 겨울들, 성스러운 도시 로마에서 보냈던 학창시절의 나날들을 몰니 씨의 도착과 성당 건축의 과정만큼이나 뚜렷하게 기억했다. 그는 곧 일정표상의 시간과 결별하게 될 터였고, 이미 그런 시간은 그에게 중요하지 않았다. 그는 자신의 의식 한가운데 앉아 있었으며, 이전의 마음 상태 중 그 어느 것도 상실되거나 무의미해진 것은 없었다. 그것들은 모두 손 닿는 곳에 있었고 모두 이해할 수 있었다.

때로 매그덜리나 아니면 버나드가 들어와 그에게 질문을 하면, 그 자신을 현재로 되돌리는 데 수 초가 걸렸다. 자신의 정신이 쇠하고 있다고 그들이 생각한다는

것을 그는 알 수 있었지만, 그의 정신은 다만 그의 삶의
거대한 화폭 어딘가 다른 부분――그들이 전혀 알지 못
하는 어떤 부분――에서 엄청나게 활발히 움직이고 있
을 따름이었다.

123

리얼리즘을 사물의 존재방식에 대한 진실성이라고 광범하
게 보면, 리얼리즘은 단순한 핍진성도 아니요, 단순한 삶 같음
(lifelikeness)이나 삶 동일성(lifesameness)도 아닌, 나로서는 **삶
다움(lifeness)**이라고 부를 수밖에 없는 어떤 것――페이지 위
의 삶, 고도의 예술적 수완에 힘입어 삶이 다른 삶을 얻게 된
것――이다. 그리고 그것은 하나의 장르일 수 없으며, 오히려 다
른 허구형태들을 장르처럼 보이게 만든다. 왜냐하면 이런 종
류의 리얼리즘――삶다움――은 기원(origin)이기 때문이다. 그
것은 다른 모든 것을 가르치며, 자신에게서 이탈하려는 것마저
훈육한다. 그것은 마술적 리얼리즘, 히스테리적 리얼리즘, 판타
지, 싸이언스 픽션, 심지어는 스릴러까지도 존재하게끔 한다.
그것은 반대자가 비난하는 것처럼 순진하지도 않아서, 20세기
의 거의 모든 위대한 리얼리즘 소설들 역시 자신의 창작과정에
대한 성찰을 담고 있으며 예술적 인위성으로 가득하다. 오스틴
에서 앨리스 먼로(Alice Munro)에 이르는 모든 위대한 리얼리

스트는 동시에 위대한 형식주의자다. 그러나 이는 지속적인 난제가 될 것이다. 작가는 활용 가능한 소설적 방법들이 마치 연이어 금방 순전한 관습으로 쇠락할 것처럼 행동해야 하며, 따라서 저 불가피한 노화를 이겨내려고 애써야 한다. 진정한 작가, 곧 삶을 자유롭게 섬기는 자는 삶이 마치 소설이 지금껏 포착해낸 그 어떤 것으로도 포괄되지 않는 범주인 것처럼, 마치 삶 그 자체가 항상 관습적인 것으로 화하기 직전의 순간에 있는 것처럼 항상 행동해야 하는 사람이다.

서술하기

1 이 인터뷰는 『브릭』(*Brick*)지 10호에서 찾을 수 있다. '매우' (very)와 '용납되지 않는'(unacceptable) 같은 단어들을 강조하는 데서 제발트가 느끼는 가뜩이나 희극적이면서도 버나드(Sandra Bernhard, 미국의 여성 코미디언으로 유명인사들에 대한 신랄한 비판에 능함——옮긴이)식으로 쓰라린 쾌감은 그의 독일식 억양 때문에 과장되곤 했다.

2 바르뜨는 이 용어를 자신의 책 『S/Z』(1970, 영어판은 리처드 밀러〔Richard Miller〕 번역으로, 1974년에 출간됨)에서 사용한다. 그가 뜻하는 것은 19세기 소설가들이 예컨대 '여성들'에 관한 이데올로기적 통념들처럼 일반적으로 수용되는 문화적이거나 과학적 지식을 언급하는 방식이다. 나는 이 용어를 작가의 일반화하는 방식 모두를 포괄하는 개념으로 확장해서 쓴다. 예를 들면 똘스또이의 『이반 일리치의 죽음』(*Smert' Ivana Il'icha*) 서두에서 이반 일리치의 세 친구들이 그의 부고(訃告)를 읽고 있는데, 똘스또이는 그들 각자가 '그런 경우에 대개 그렇듯이, 죽은 게 자기가 아니라 이반이라는 사실에 몰래 기뻐한다'고 쓴다. 그런 경

우에 대개 **그렇듯**이라고 말함으로써 작가는 수월하고도 지혜롭게 인간사의 핵심적 진리를 언급하며 세 사람의 마음을 차분히 들여다본다.

3 나는 『제인 오스틴, 혹은 문체의 비밀』(*Jane Austen, or the Secret of Style*, 2003)에서 밀러(D. A. Miller)가 자유간접화법을 두고 사용한 '밀착된 글쓰기'(close writing)라는 용어를 좋아한다.

4 나보꼬프는 러시아 형식주의자들이 '낯설게 하기' 또는 '익숙지 않게 하기'라고 불렀던 별스러운 은유를 잘 만들어내는 작가다(호두까기는 다리를 가지고 있고, 반쯤 말린 검은 우산은 깊은 애도에 잠긴 오리 같고 등등). 형식주의자들은 예컨대 똘스또이가 어른의 것 — 전쟁이나 오페라 같은 것 — 들을 아이의 시점에서 기이하게 만들려고 애썼던 방식을 좋아했다. 그러나 러시아 형식주의자들이 이 은유적 습관을 허구가 현실을 지시하지 않는다는 것, 허구가 자기완결적 체계라는 것을 표상한다고 본 반면(그럴 경우 그런 은유들은 작가의 별스럽고 유아론적인 기교의 결정체가 되거니와), 나는 그러한 은유들이, 쁘닌의 '다리가 긴 놈'에서처럼, 현실을 깊이있게 지시한다는 것이 마음에 든다. 그 비유들은 인물들 자체에서 뿜어나오며 자유간접화법의 열매이기 때문이다. 시끌롭스끼는 『산문의 이론』(*O teorii Prozy*)에서 똘스또이가 낯설게 하기 기법을 샤또브리앙(Chateaubriand) 같은 프랑스 작가들에게서 차용했을지도 모른다고 썼지만, 세르반떼스(Miguel de Cervantes) 쪽이 훨씬 더 가능성 있어 보인다. 가령 싼초는 바르셀로나에 처음 도착해서 노가 많이 달린 갤리선들이 물에 떠 있는 것을 보고는 그 노들을 은유적으로 다리라고 착각한다. '싼초는 바다 위를 돌아다니는 저 덩치들이 어떻게 저리도

많은 다리를 가지고 있는지 상상할 수 없었다.' 이것은 자유간접화법의 한갈래로서 낯설게 하는 은유이다. 이것은 세상을 특이하게 보이게 만들지만 쌴초는 매우 친숙해 보이게 만든다. 이것은 109절에서 다시 다루겠다.

5 이 서술의 기독교 버전을 상상해보면 업다이크가 자신의 인물로부터 얼마나 거북하게 괴리되었는지 금세 가늠할 수 있다. 독실한 기독교인 남학생이 걸어가고 있고, 텍스트가 대충 다음과 같은 식으로 진행된다고 상상해 보자. '그리고 그분의 뜻은 항상 이루어지지 않겠는가, 주기도문 4행에 묘사된 것처럼?' 자유간접화법은 바로 이러한 어색함을 피해가려고 존재하는 것이다.

6 다시 말하자면, 그들은 포스트모던 자격증을 소지하긴 했지만 어느정도까지는 구식의 미국 리얼리스트들이라는 것이다. 그들의 언어는 미국 언어의 모방으로 가득하다.

7 "Letter to Sarah Orne Jewett," 5 October 1901.

8 제라르 주네뜨(Gérard Genette)가 『서사적 담론』(*Narrative Discourse*, 1980)에서 사용한 용어다.

플로베르와 현대적 서사

1 얼굴 위를 기어가는 개미들은 거의 영화적 문법의 클리셰에 해당한다. 『안달루시아의 개』(*Un Chien Andalou*)에서 부뉴엘의 손 위를 기는 개미나, 데이비드 린치(David Lynch)의 『블루 벨벳』(*Blue Velvet*) 초입에서 귀 위를 기는 개미들에 대해 생각해보라.

플로베르와 플라뇌르의 부상

1 발자끄적 리얼리즘과 플로베르적 리얼리즘 사이의 차이는 세겹

이다. 첫째, 발자끄는 자신의 소설에서 물론 많은 것에 주목하지만, 강조점은 언제나 세부사항이 지닌 고도의 선별성보다는 그 풍성함에 놓인다. 둘째, 발자끄는 자유간접화법이나 작가적 몰개성에 특별히 골몰하지 않으며, 작가/화자로서 에세이, 곁가지 치기, 약간의 사회적 정보 제공하기 등을 통해 끼어드는 데 놀라우리만치 거리낌이 없다. (그는 이런 면에서 결정적으로 18세기적인 것처럼 보인다.) 그리고 차이점으로 수반되는 사항으로 셋째, 그에게는 누가 이 모든 것들을 주시하는가,라는 문제를 흐리는 플로베르적인 관심이 뚜렷이 없다. 이런 이유들로 나는 발자끄가 아닌 플로베르를 현대 허구적 서사의 진정한 창시자로 본다.

2 나는 이 책의 '진실, 관습, 리얼리즘' 장(절 번호 112~23)에서 인위성과 삶 같음의 문제를 다시 거론한다.

세부사항

1 Sándor Márai, *Embers*, trans. Carol Brown Janeway(translation from the German version, 2001).

2 Proust, *The Guermantes Way*, Part 2, Chapter 1.

3 이 표현은 『안나 까레니나』(*Anna Karenina*)에 나오는데 자기표절의 좋은 예다. 그 소설에는 하나가 아니라 두 아기—레빈의 아기와 안나의 아기—가 통통한 작은 팔에 끈이 묶여 있는 듯이 보인다고 묘사된다. 마찬가지로 디킨스는 『데이비드 코퍼필드』에서 유라이어 히프의 벌어진 입을 우체국에 비교하고 『막대한 유산』(*Great Expectations*)에서는 웨믹의 벌어진 입을 그렇게 비교한다. 스땅달(Stendhal)은 『적과 흑』에서 총성이 음악회를 망치는 것처럼 정치가 소설을 망친다고 쓰고는, 그 이미지를 『빠

르마의 수도원』(*La Chartreuse de Parme*)에서 다시 쓴다. 헨리 제임스는 발자끄가 자신의 예술에 수도승처럼 헌신했다는 점에서 '현실을 섬기는 베네딕뜨 수도사'라고 썼는데, 그는 이 표현을 너무도 좋아해서 플로베르에 대해서도 나중에 사용했다. 코맥 매카시는 『핏빛 자오선』에서 '푸른 산맥이 모래 위 그들의 좀더 창백한 형상 위에 발 딛고 서 있었다'라고 쓰고는, 칠년 후 『모두 다 예쁜 말들』에서 그 사랑스러운 동사로 되돌아가 '해오라기 한쌍이 자신들의 긴 그림자에 발 딛고 서 있는 곳'이라고 썼다. 그러면 안될 게 무엇인가? 그러한 구절들은 시간에 쫓긴 예인 경우는 드물고, 대개는 문체가 일관성을 성취했다는 증거다. 그것들은 나아가 일종의 플라톤적 이상에 도달했다는 증거, 이 표현들이 이 대상들을 묘사할 최선의, 따라서 능가할 수 없는 단어들이라는 증거다.

4 이 이미지는 『노인을 위한 나라는 없다』(*No Country for Old Men*)에서 코맥 매카시에 의해 대거 차용되었는데, 이 작품에서 사람들의 장화는 늘 피로 차오른다. 하지만 대개 자기 자신들의 피다.

5 『이반 일리치의 죽음』에 나오는 표현. 똘스또이는 죽음에 대해 말하는 것을 응접실에서 누군가 고약한 냄새를 피우는 것에 비유한다.

6 로런스(D. H. Lawrence)의 단편 「국화 냄새」(Odour of Chrysanthemums)는 이렇게 시작한다. '작은 4번 기관차가 철커덕거리고 비척거리며 쎌스턴에서 내려왔다.——꽉 찬 화차 일곱개를 단 채.' 1911년 이 작품을 『영국 리뷰』(*English Review*)에 실은 포드 매독스 포드(Ford Madox Ford)는 '4번'과 '일곱' 화차

라는 표현의 엄밀함이 진정한 작가가 눈앞에 있다는 것을 선포했다고 말했다. "평범하고 부주의한 작가라면 '작은 화차 몇개'라고 말했을 것이다. 이 남자는 자신이 원하는 바를 안다. 그는 자기 이야기의 장면을 정확히 본다." 존 워슨(John Worthen)이 지은 전기 『초기 로런스: 1885~1912』(*D. H. Lawrence: The Early Years, 1885~1912*〔1991년 출간〕)를 보라.

7 이에 대한 훌륭한 지표가 애덤 스미스(Adam Smith)의 『수사와 미문에 관한 강의』(*Lectures on Rhetoric and Belles Lettres*, 1762-63)에 나온다. 거기에서 스미스는 시적·수사적인 묘사는 짧고 적확해야 하며 장황하지 않아야 한다고 말한다. 그러나 그는 이어서 '멋지고 신기한' 세부사항을 '몇몇 선택하는 것은 무방하다'라고 했다. '과일을 그리는 화가가 사과의 형상에 형태와 색깔만 부여하는 게 아니라, 그것을 덮고 있는 미세한 솜털마저 재현한다면 그 그림은 매우 깊은 인상을 줄 수 있다.' 스미스가 이것을 너무도 신선하고 교묘한 방식으로—마치 '한 알 과일 위의 미세한 솜털을 알아차린다는 건 근사한 생각 아닐까요'라고 말하듯— 제안하기 때문에, 세부사항이라는 관념 자체가 어쩐지 새롭고 최신의 것처럼 들린다.

8 모빠상의 작품 『삐에르와 장』(*Pierre et Jean*)의 서문 「소설」.

9 Rilke, *The Notebooks of Malte Laurids Brigge*, trans. Stephen Mitchell.

10 Maurice Merleau-Ponty, "Cézanne's Doubt," in *Sense and Non-Sense* (1948)에서 재인용.

11 나보꼬프의 「첫사랑」(First Love, 1925)과 업다이크의 『농장에 관하여』(*Of the Farm*, 1961)에서 인용. 그리고 데이비드 포스터

월리스는 업다이크가 좀더 진지하게 다루는 강박적 세부사항의 일정 수준을 희극적이거나 반어적으로 다루지만, 그 또한 이 전통의 후예라는 것을 읽을 수 있다.

12 *The Nabokov-Wilson Letters*, ed. Simon Karlinsky(1979).

13 *The Rustle of Language*, trans. Richard Howard(1986)에 수록.

14 Roland Barthes, *Système de la mode*(1967).

15 Tolstoi, *Voina i Mir*, Book Four, Chapter 11.

작중인물

1 *Beckett Remembering: Remembering Beckett*, ed. James and Elizabeth Knowlson(2006).

2 Caryn James, "December and May: Desire vs. Ick Factor," *New York Times*, 15 January 2007.

3 William Gass, *Fiction and the Figures of Life*(1970).

4 쌘디 스트레인저(Stranger). 인물들에게 알레고리적 이름을 부여하는 관습은 경이로울 만큼 생명력이 강하다. 하지만 그렇게 된 것은 그런 이름이 단순한 관습만은 아니기 때문이다. 어떤 관점에서 보면 실제로 우리의 이름이 우리 자신이라고 할 수 있다. 신이 야곱을 '신과 투쟁한 자'라는 뜻의 이스라엘이란 이름으로 개명한 구약시대 이래로는 적어도 그러하다. 똘스또이가 늘 그렇듯 실용성을 기해서 작성한 『전쟁과 평화』의 초기 원고에는 로스또프 백작의 이름이 간단히 **쁘로스또이** 백작이라고 되어 있는데, **쁘로스또이**는 러시아어로 '단순한' '정직한'이란 뜻이다. 마찬가지로 우리에게는 베키 샤프(『허영의 시장』)와 템플 양(『제인 에어』)과 펠리시떼(Félicité, 플로베르의 「순박한 마음」(Un

Coeur Simple)) 등이 있는가 하면, 디킨스 작품에 나오는 크룩 (Crook)이나 펙스니프(Pecksniff) 같은 수십명의 인물이 있으며,『다시 가본 브라이즈헤드』(*Brideshead Revisited*)에 나오는 찰스 라이더(Charles Ryder)와 써배스천 플라이트(Sebastian Flyte) 같은 인물 등등이 있다. (관음증적 화자는 그저 탈〔rides〕 뿐이지만, 파멸한 운명의 주인공은 날아서〔flees〕 사라지고 결국 추락한다.) 허구가 그와 같은 수법을 쓰게 되면, 실은 허구가 허구답지 못한 것이 된다. 어쨌든 실생활에서도 사람들은 신비하게도 실제로 자기들이 가진 이름과 같은 존재가 되거나 혹은 그 반대가 되어버리는 듯하다. (후자의 경우도 이름의 뜻과 그 어떤 기이한 상관관계가 성립한다.) 워즈워스는 단연코 제 말값을 하고 키르케고르는 덴마크어로 교회묘지를 뜻하며, 고인이 된 신(Sin) 추기경은 마닐라의 대주교였고, 존 위즈덤(Wisdom)이라 불리는 저명한 철학자는 비트겐슈타인의 제자였으며, 이턴 대학의 현재 연구원 중 하나는 P. J. 렘넌트(Remnant, 자투리나 찌꺼기라는 뜻—옮긴이)라는 매우 해학적인 이름을 가지고 있다. 셰익스피어는『헨리 4세』1부에서 헨리 왕자가 폴스타프를 겁쟁이라고 놀리는 장면에서 이런 관념을 우스갯거리로 만든다. '뭐야, 겁쟁이냐, 존 폰치(Paunch) 경?' 이에 뚱보 기사가 답한다. '사실, 나는 당신 할아버지 곤트의 존(John of Gaunt)이 아니지만 겁쟁이는 아니오, 할 왕자.'(paunch는 올챙이배라는 뜻으로 왕자가 뚱보 폴스타프를 놀리는 표현이고, gaunt는 깽하니 수척하다는 뜻—옮긴이) 이에 대해 뮤리엘 스파크는『진 브로디 양의 전성기』에서 재치있는 화답으로 '성이 곤트이고 실제로 깽한' 못된 여자 교장을 들여오기도 한다.

5 뿌시낀이 오네긴과 따찌야나에 대해 다음과 같이 말했다고 전해지듯. '나의 따찌야나가 나의 예브게니를 거절했다는 걸 알고 있소? 나는 그녀가 그러리라고 전혀 예상하지 못했다오.'

6 필립 로스의 『대안적 삶』(*The Counterlife*)은 삶을 살고 또 그것을 서술하는 다른 방식들에 관한 진지하고 근본적으로 형이상학적인 주장을 펴기 위해, 필요한 만큼을 메타픽션적 게임하기에서 취한 또 다른 소설의 예다. 게이브리얼 조시포비치(Gabriel Josipovici)도 자신의 책 『신뢰에 관하여』(*On Trust*, 2000)에서 베께뜨를 이런 정신에서 논한다. 그는 푸꼬(M. P. Foucault)가 작가의 죽음에 대한 증거로 『이름 붙일 수 없는 자』(*L'innommable*)를 즐겨 인용했다고 지적한다. 그 작품에서 베께뜨는 '누가 말하고 있건 간에, 누군가는 말하고 있다, 누가 말하고 있건'이라고 썼다. 조시포비치는 '이것을 말하는 자는 베께뜨가 아니라 그의 인물들 중 한명이며, 그 인물과 관련해서 중요한 점은 그가 누가 말하는지를 알아내려고, 또 단어들의 연쇄 그 이상의 존재로 자신을 회복하려고, "누군가 말한다"에서 "나"를 쥐어짜내려고 필사적으로 노력하고 있다는 사실'이라는 것을 푸꼬가 망각하고 있다고 논평한다.

7 예외가 없는 것은 아니다. 프레더릭 엑슬리(Frederick Exley)의 단 한편의 훌륭한 소설 『어느 팬의 노트』(*A Fan's Note*)의 주인공 겸 화자는 드러내놓고 오기의 예를 들먹인다.

8 Murdoch, "The Sublime and the Beautiful Revisited," in *Existentialists and Mystics: Writings on Philosophy and Literature*(1997).

9 깊음, 얕음, 입체성, 평면성 등의 공간적 은유는 부적절하다. 좀

더 나은 구분법은—이 또한 완벽하지는 않겠지만— 투명한 인물들(상대적으로 단순한 인물들)과 불투명한 인물들(불가사의함의 정도가 서로 다른 인물들)로 나누는 것이다. 햄릿에서 스따브로긴, 제발트의 『이민자들』(*Die Ausgewanderten*)에 나오는 인물들에 이르기까지 동기(motive)에 관한 매우 흡인력 있는 설명 중 다수는 불가사의함에 대한 연구다. 『세상 안의 의지: 셰익스피어는 어떻게 셰익스피어가 되었는가』(*Will in the World: How Shakespeare Became Shakespeare*, 2004)에서 스티븐 그린블랫(Stephen Greenblatt)은 다음과 같이 주장한다. 셰익스피어는 자신의 비극에서 '줄거리가 효과적으로 작동하는 데 필요한 인과적 설명'의 양과 '인물이 설득력을 확보하는 데 필요한 명시적인 심리적 근거의 양'을 체계적으로 줄였다. '셰익스피어는 핵심적인 설명적 요소를 빼내버림으로써 장차 일어날 행위를 해명해줄 논리, 동기 또는 윤리적 원칙을 보이지 않게 만들면, 극의 효과를 극도로 심화할 수 있고 관객과 작가 자신 안에 각별히 열정적이고 강렬한 반응을 촉발할 수 있다는 것을 깨달았다. 원칙은 풀어야 할 수수께끼를 내는 것이 아니라 전략적 불투명성을 창출하는 것이었다.' 왜 리어는 딸들을 시험하는가? 왜 햄릿은 아버지의 죽음에 대한 복수를 효과적으로 수행하지 못하는가? 왜 이아고는 오셀로의 삶을 망가뜨리는가? 셰익스피어가 읽었던 출전 텍스트들에는 이 문제들에 대해 전부 투명한 답이 나온다. (이아고는 데스데모나를 사랑했고, 햄릿은 클로디어스를 죽여야 했고, 리어는 코딜리어의 다가오는 결혼이 내키지 않았다.) 그러나 셰익스피어는 그런 투명함에 관심이 없었다. 그린블랫의 주장은 이 책의 87절과도 관련되는데, 거기서 나는 소설이 어떻게 줄거리의 본질적인 소년기적 성격을 버리고 '완결되지 않은 이야기들'을 택하게 되는지 보여준다. 나아가 이 주장은 97절과도 관련되는데, 거기서 나는 도덕 철학에 복합적 사유를 기하려는 버나드 윌리엄스의 욕구를 충족하는 데 소설이 기여함에 대해 논한다.

의식의 간략한 역사

1 이것은 『서구의 정전』(*The Western Canon*, 1994) 및 다른 곳에서도 보이는 해럴드 블룸(Harold Bloom)의 표현이다.

2 V. Shklovsky, *Theory of Prose*(trans. Benjamin Shea, 1990).

3 내 생각에 이것은, 재빠르며 익살극 같고 과도하게 조명받는 필딩의 단순성에 여태껏 목을 매는 특정 종류의 포스트모던 소설 — 예컨대, 토머스 핀천의 『그날을 대비하여』(*Against the Day*) — 의 약점이기도 하다. 핀천은 삐까레스끄 소설식으로 줄거리 쌓아가기를 즐기고, 현학을 비꼬면서 동시에 그것을 애호하며, 평면적 인물들을 무대 위에서 한순간 춤추게 만든 뒤 몰아내는 버릇이 있는가 하면, 바보 같은 이름이나 농담, 재난, 변장, 익살극적 실수들 같은 것들에 보드빌풍으로 탐닉하는데, 이보다 더 18세기적인 것은 없다. 이처럼 쾌활하고 사람이 바글거리는 화폭을 바라보는 것은 즐겁고, 거기에는 대단히 아름다운 구절들도 나온다. 하지만 익살극의 경우가 그러하듯, 최종적 진지함은 상당히 손상된다. 아무도 실제로 존재하지 않기에 모두가 실제 위협으로부터 궁극적으로 보호되는 것이다. 끊임없이 이야기를 만들어내는 거대한 터빈의 소음이 너무도 커서 누구의 말도 들리지 않는다. 『중력의 무지개』(*Gravity's Rainbow*)의 나치 캡틴 블리세로나, 『그날을 대비하여』의 무자비한 금융가 스카스데일

바이브는 인물로서 진정성이 없기 때문에 진정으로 놀라운 인물이 되지 못한다. 그러나 길버트 오즈먼드, 헤르 나프타, 뾰뜨르 베르호벤스끼(각각 헨리 제임스의『한 여인의 초상』, 토마스 만의『마의 산』, 도스또옙스끼의『악령』에 나오는 인물——옮긴이)와 콘래드의 무정부주의자 교수는 실로 매우 놀랍다.

4 그리고 이와 같은 인물묘사의 도약과 함께 기법의 큰 발전이 이루어진 것은 우연이 아니다. 느슨하고 느긋하며 수다스러운 글쓰기 덕분에 스땅달은 의식의 흐름 기법과 매우 가까운 일종의 내적 독백을 쓸 수 있었다. 소설의 후반부에서 어떤 단락은 이런 서술로 중단 없이 네면에 걸쳐 이어진다.

5 르상띠망에 대한 도스또옙스끼의 분석이 최근 우리가 겪는 문제들을 이해하는 데 큰 예언적 적합성을 지닌다는 것이 드러났다. 테러리즘이 (때로는 정당한) 적개심의 승리라는 것은 충분히 명백하다. 그리고 도스또옙스끼의 러시아 혁명가들과 지하생활자들(underground men)은 본질적으로 테러적이다. 그냥 두기에는 너무 유약해 보이는 사회에 대한 독한 복수를 그들은 꿈꾼다. 그리고『지하에서 쓴 수기』의 화자가 자신이 증오하는 경기병 장교를 '선망'하듯, 어쩌면 어떤 종류의 이슬람 근본주의자는 서구 세속주의를 증오하면서 동시에 그것을 '선망'하며, 그것을 선망하기 때문에 그것을 증오할는지도 모른다. (도스또옙스끼의 심리체계에서는, 그것이 한때 자기에게 좋은 일을 해주었기 때문에——예컨대 약이라든가, 비행기를 건물에 꽂아박는 데 쓰일 수 있는 과학을 주었기 때문에——그것을 증오하는 것이다.)

6 작품의 군소인물들이 우연히도 작가의 이름을 갖는 경우들을 챙기는, 지극히 어리석은 취미에 중독된 독자가 나뿐일까?

프루스뜨 작품의 약사 까뮈, 베르나노스(Georges Bernanos)의 『시골 사제의 일기』(*Les grands cimetières sous la lune*)에서 이번에는 식료품점 주인으로 나오는 또 하나의 까뮈, 『일곱 박공의 집』(*The House of the Seven Gables*)에 나오는 핀천 가족, 『배빗』의 호레이스 업다이크, 『부덴브로크가의 사람들』(*Die Buddenbrooks*)의 치과의사 브레히트, 요제프 로트의 『황제의 무덤』(*Die kapuzinergruft*)에 나오는 트로타의 증인들 중 한명인 하이데거, 아널드 베넷(Arnold Bennett)의 『늙은 아낙들의 이야기』(*The Old Wives' Tale*)에 나오는 마담 푸꼬, 데이비드 존스(David Jones)의 『괄호에 넣어서』(*In Parenthesis*)의 라킨 신부, 『전쟁과 평화』에 나오는 똘스또이 백작이라는 군인, 루소의 『고백록』(*Les Confessions*)에 나오는 바르뜨라는 이름의 남자, 그리고 생각해보니 프루스뜨에 나오는 마담 루소 아무개 등등.

7 Proust, *Swann's Way*(Combray).

공감과 복잡성

1 2006년 3월 3일 자 『파이낸셜 타임스』에 실린 앙헬 구리아낀따나(Angel Gurria-Quintana)의 「거리의 말들」(Words on the Street)을 보라. 이 기사를 주목하게 해준 노먼 러시(Norman Rush)에게 고마움을 표한다.

2 우리는 이런 식의 이득을 볼 **목적으로** 소설을 읽지는 않는다. 우리를 즐겁게 하고 감동시키며 아름답다는 등의 이유에서 우리는 소설을 읽는다. 또 소설이 살아 있고 우리가 살아 있기 때문에 읽는 것이다. '왜 인간들은 아무런 뚜렷한 진화적 이득이 없는데 소설을 읽는 데 그리 많은 시간을 보낼까?'라는 질문에 답하

느라 진화생물학이 순환논법에 스스로 묶이는 것을 보면 재미있다. 답은 공리주의로 기울거나――동료 시민들을 알기 위해 읽으며 이는 진화론적 유용성을 지닌다――또는 소설이 어떤 '즐거움의 단추'를 누르기 때문에 읽는다는 식의 순환론으로 기운다.

3 "The Natural History of German Life"(1856).

4 Tolstoi, *Voina i Mir*, Book Four, Part Four, Chapter 13.

5 "What Is it Like to Be a Bat?" in *Mortal Questions*(1974).

6 특히 다음 저서를 보라. *Problems of the Self*(1973), *Moral Luck*(1981), *Making Sense of Humanity*(1995).

7 Tolstoi, *Voina i Mir*, Book Four, Part Four, Chapter 13.

언어

1 Stephen Heath, in *Madame Bovary*(1998).

2 대부분의 시간이 단지 자고 자위하는 데 쓰인 건 아니었는지 의심스럽기는 하다. (플로베르는 문장들을 사정액에 비유했다.) 흔히 문장가의 번민은 글길 막힘의 위장처럼 보인다. 예를 들어 경이로운 미국 작가 파워스(J. F. Powers)의 경우가 그랬는데, 그에 대해 숀 오페일론(Sean O'Faolain)은 '쉼표를 찍는 데 오전을, 그것을 쎄미콜론으로 바꿔야 할지 고민하는 데 오후를 보냈다'라고 오스카 와일드식 농담을 했다. 내 생각에 좀더 흔한 것은 영국 군소작가 벤슨(A. C. Benson)의 습관이라고 알려진 것과 같은 작가적 일상이다. 그는 아침 내내 아무것도 하지 않고 오후에는 아침에 뭘 했는지 기록하는 데 썼다고 한다.

3 루카치(Georg Lukács)는 『유럽 리얼리즘 연구』(*Studies in European Realism*)에서 플로베르와 졸라의 냉각된(frozen) 세

부사항과 똘스또이, 셰익스피어, 발자끄의 좀더 역동적인 (dynamic) 세부사항을 구분한다. 루카치는 레싱(D. M. Lessing)의 『라오콘』(*Laocoön*)에서 이 생각을 빌려왔는데, 여기서 레싱은 호메로스가 아킬레우스의 방패를 완성되고 완전한 것이 아니라 '만들어지고 있는 방패로' 묘사한 것을 칭송한다.

4 우리에게 말을 건네는 인간——오스틴, 스파크, 로스——의 목소리를 우리가 감지하는 것은 부분적으로는 음역의 전환에 의해서다. 마찬가지로, 햄릿이 되었건 레오폴드 블룸이 되었건 인물은 음역들 사이에서 춤을 춤으로써 우리에게 진짜처럼 들린다. 어법의 이동을 통해 실제 사유의 변덕스럽고 널널한 양상이 일부 포착된다. 데이비드 포스터 윌리스와 노먼 러시는 이것을 활용하여 상당한 효과를 낸다. 러시의 두 소설 『짝짓기』(*Mating*)와 『인간들』(*Mortals*)은 매우 환상적인 어법 전환들로 가득하며, 그 효과는 과잉교육된 것이면서도 동시에 구어적인, 현실적이지만 기이한 미국적 목소리의 창조다. '이 유희는 그 익살맞은 특성을 유지했는데, 그가 나의 유쾌함을 선호했다는 당연한 사실에 비추어보면 그것은 내 우울증의 에피소드를 쇼트시키는 위장된 방편이었기에, 내가 그것에 대해 분개하기 시작하는 시기가 도래했다.' 또는, '나는 조증(躁症)이고 지구적(地球的)이었다. 모든 것이 최후의 지푸라기였다. 수동성에 관한 내 입장은 고점과 저점을 오르내렸다.'

5 *Culture and Value*, ed. G. H. Von Wright and Heikki Nyman, trans. Peter Winch(1980).

6 "Letter to Grace Norton, March 1876," in *Henry James : A Life in Letters*, edited by Philip Horne(1999).

7 제임스는 내킬 때면 직유로 바람에 맞붙어 항해할 수 있다는 것을 보여줌으로써 나보꼬프가 에드먼드 윌슨에게 한 비방성 불평이 잘못되었다는 것을 멋지게 입증한다. 제임스는 1907년에 쓴 『미국적 풍경』(*The American Scene*)에서 그 당시 이미 빽빽했던 맨해튼의 스카이라인을 밤에 핀을 마구잡이로 꽂아놓은 바늘겨레(pincushion)에 비유한다. 그는 이 책의 후반부에서는 그것을 이빨 빠진 채 뒤집어진 빗에 비교한다.

8 Elizabeth Royte, *Garbage Land: On the Secret Trail of Trash*(2005)를 보라.

대화

1 *Surviving: The Uncollected Writings of Henry Green*, ed. Matthew Yorke(1992).

진실, 관습, 리얼리즘

1 George Eliot, *Adam Bede*.

2 "More About the Modern Novel" in *The Condemned Playground: Essays 1927~1944*(1945).

3 Roland Barthes, *S/Z*(1970)를 보라.

4 Barthes, *Image Music Text*(1966). Antoine Compagnon, *Literature, Theory and Common Sense*, trans. Carol Cosman(2004)에서 재인용. 모방은 모방의 모방일 따름이라고 생각했던 플라톤과 결국 거의 다를 바 없는 주장을 바르뜨가 한다는 점을 주목하라. 리얼리즘의 협잡성에 대한—그리고 허구적 서사 일반에 대한—프랑스인들의 강박은 프랑스어에 단순과거, 곧 오로지 과거에 관

한 글쓰기에서만 사용되고 대화에서는 사용되지 않는 과거시제가 존재한다는 사실과 관련이 있다. 다시 말하면 프랑스 소설은 지어낸 것(artifice)에만 사용되는 독자적 언어를 갖고 있으며, 그리하여 사람에 따라 견딜 수 없이 '문학적'이고 '인위적인' 것으로 보이게 마련이다.

5 Julien Gracq, *En lisant en écrivant*(1980).

6 Brigid Lowe, *Victorian Fiction and the Insights of Sympathy*(2007).

7 Virginia Woolf, "Is Fiction An Art?"(1927).

8 Virginia Woolf, "Modern Fiction"(1922).

9 이 대목은 체호프가 죽어가는 주교에 대해 쓴 「주교」(Arkhierei)의 영향을 받은 것이 분명하며, 캐더의 작품은 또 메릴린 로빈슨의 『길리아드』에 영향을 미치기도 했다.

이 책은 제임스 우드(James Wood)의 *How Fiction Works* (London: Jonathan Cape, 2008)를 옮긴 것이다. 1965년 영국 더 럼에서 태어난 제임스 우드는 케임브리지대학에서 영문학으 로 석사학위를 받은 뒤 『가디언』 『뉴 리퍼블릭』 『뉴요커』 등의 유력한 지면을 통해 비평가로 활발히 활동하는 한편, 2003년에 는 소설 『신에 맞서는 책』(*The Book Against God*)을 발표하기 도 했다. 비평가로서 그는 "자기 세대의 가장 영향력 있는 비평 가"(『뉴 스테이츠먼트』), "콜리지와 해즐릿의 대를 잇는, 오늘날 가 장 탁월한 현역 비평가 중 한 사람"(『아이리시 타임즈』), "오십년 뒤에도 읽힐 몇 안되는 현역 비평가 중 한 사람"(『더 네이션』) 등 으로 높이 평가된다. 그의 두 평론집 『깨어진 유산: 문학과 믿 음에 관한 에세이』(*The Broken Estate: Essays on Literature and Belief*, 2000), 『무책임한 자아: 웃음과 소설에 관한 에세이』(*The Irresponsible Self: On Laughter and the Novel*, 2004) 가운데 두번 째 것은 미국도서비평가협회상 최종심에 오르기도 했다. 우드 는 현재 하버드대학 영문학과에서 문학비평 실습교수로 학생들을 가르치고 있다.

『소설은 어떻게 작동하는가』는 저자가 작가이자 비평가라는 점에서 포스터(E. M. Forster)의 고전 『소설의 양상들』의 맥을 잇는 소설론이다. 1927년에 출간된 포스터의 이 저작이 여러 면에서 시의성을 상실했다는 것이 중론이고 보면, 이 책은 비평가의 분석적 안목과 작가의 창조적 혜안이 당대의 소설적 관심과 접목된 모처럼만의 본격적 소설론인 셈이다. 더구나 저자의 문학교육 현장의 체험까지 감안하면 이 책은 대중적 소설론의 좋은 조건을 두루 갖추었다 하겠다.

이 책은 관점, 작중인물, 세부사항 등 소설의 주된 구성요소들을 하나씩 설명해나가는 전통적 소설론의 형식을 취하지만, 평면적·단편적 개념 설명에 그치지 않고 그 요소들이 구체적으로 어떻게 상호작용해서 어떤 소설적 효과를 빚어내는지를 작품에 밀착해서 심도있게 논의해나간다. 이 과정에서 저자가 다루고 있는 서사문학의 예는 구약성서에서 최근 영국과 미국은 물론 유럽, 남아프리카공화국 등의 소설에 이르기까지 무척 다양하다. 문학작품을 특정한 이론적 틀에 맞추어 해석하는 경향이 은연중 득세하고 있는 영미학계의 추세에 비추면 이런 특성은 이 책의 큰 미덕이거니와 독자에게는 품격 높은 비평문을 읽는 즐거움을 선사하기도 한다. 나아가 저자는 소설형식의 여러 기법적 실험에 작가다운 관심을 기울이는 동시에 그 실험이 현실과 관계 맺는 각양각색의 방식에 집요한 관심을 기울이는데, 이 점 또한 저자의 리얼리스트적 면모를 보여주는 대목으로 주목할 만하다. 물론 이 책에도 아쉬운 점이 없는 것은 아니다. 자유간접화법을 지나치게 중시한다든지, 차지하는 비중에 비해 너무 세세하게 서술한 대목이 더러 눈에 띈다든지 하는 비판이 있을 법한데, 옥에 티인 셈이다.

저자 자신은 이 책을 "창작이라는 작업을 평론가의 시선으로 봄으로써" 작가 지망생과 호기심 많은 독자와 평범한 소설애호가를 도우려는 목적에서 작성된 "세심한 입문서"로 규정하고 있다. 역자들도 많은 독자들이 이 책을 길잡이 삼아 소설을 단순한 심심풀이 수단이 아닌 진지한 예술적 체험의 원천으로 가까이하면서 섬세한 소설읽기의 즐거움을 마음껏 누릴 수 있게 되기를 기대해본다.

번역 작업은 두 역자의 철저한 협업으로 진행되었다. 설연지가 초역한 것을 설준규가 일일이 원문과 대조하면서 수정·보완하였고, 그 결과를 다시 설연지가 검토한 다음 설준규가 최종적으로 검토·수정하였다. 세대가 다른 두 역자의 공동작업에 힘입어 좀더 나은 번역이 되었으면 하고 바라면서도 모자람이 적지 않을 것으로 짐작한다. 독자 여러분들의 질정을 기다린다.

번역 작업이 진행되는 동안 제임스 우드는 역자들의 거듭된 질문에 친절하게 답해주었을 뿐만 아니라, 두어군데 원문 내용을 한국 독자의 실정에 맞게 수정하자는 요구까지 선선히 들어주었다. 감사드린다. 끝으로 창비 편집팀의 두분 실무자, 초고의 부족한 부분을 짚으면서 개선방향을 제언해준 한진금 씨와

교정을 비롯한 출간과정을 맡아준 김민경 씨께 깊은 경의와 고
마움을 전한다.

2011년 11월
설준규, 설연지

이 책에서 참조하거나 인용한 장·단편소설 및 기타 서사 작품들을 아래에 열거한다. 역사의 흐름과 맥락에 대한 감을 불러일으킨다는 취지에서, 원래 언어로 최초 출간된 순서대로 문헌들을 정렬했다(비영어권 작품 중에서 저자가 영어번역본을 밝혀둔 경우는 영어 제목을 병기했으며, 한 작가의 작품이 여러 편 소개된 경우, 출간 시기가 순서에 맞지 않더라도 한곳에 정렬함—옮긴이). 어느 특정한 번역에서 다소간 길게 인용한 경우에는 옮긴이를 밝혀두었다.

미겔 데 세르반떼스(Miguel de Cervantes)『돈 끼호떼』(*Don Quixote*, 1605, 1615).

제임스 1세 흠정영역본『성서』(*The Bible*, 1611).

대니얼 디포우(Daniel Defoe)『로빈슨 크루소우』(*Robinson Crusoe*, 1719).

헨리 필딩(Henry Fielding)『조지프 앤드루스』(*Joseph Andrews*, 1742), 『톰 존스』(Tom Jones, 1749).

드니 디드로(Denis Diderot)『라모의 조카』(*Le Neveu de Rameau*, 1760년대에 쓰고 1784년에 출판).

제인 오스틴(Jane Austen)『오만과 편견』(*Pride and Prejudice*, 1813),『에마』(*Emma*, 1816),『설득』(*Persuasion*, 1818).

스땅달(Stendhal)『적과 흑』(*Le Rouge et le Noir*, 1830),『빠르마의 수도원』(*La Chartreuse de Parme*, 1839).

뿌시낀(A. S. Pushkin)『예브게니 오네긴』(*Yevgenii Onegin*, 1823-31).

오노레 드 발자끄(Honore de Balzac)『나귀 가죽』(*La peau de Chagrin*, 1831),『고급 창부의 영광과 불행』(*Splendeurs et misères des courtisanes*, 1839-47).

샬럿 브런티(Charlotte Brontë)『제인 에어』(*Jane Eyre*, 1847).

새커리(W. M. Thackeray)『허영의 시장』(*Vanity Fair*, 1848).

찰스 디킨스(Charles Dickens)『데이비드 코퍼필드』(*David Copperfield*, 1850),『막대한 유산』(*Great Expectations*, 1861).

귀스따브 플로베르(Gustave Flaubert)『보바리 부인』(*Madame Bovary*, 1857, G. Wall 옮김, *Madame Bovary*),『감정교육』(*L'Education sentimentale*, 1869, Robert Baldick 옮김, *Sentimental Education*).

조지 엘리엇(George Eliot)『애덤 비드』(*Adam Bede*, 1859),『미들마치』(*Middlemarch*, 1872).

도스또옙스끼(F. M. Dostoevskii)『지하에서 쓴 수기』(*Zapiski iz Podpol'ya*, 1864),『죄와 벌』(*Prestuplenie i Nakazanie*, 1866),『까라마조프 가의 형제들』(*Brat'ya Karamazovy*, 1880).

똘스또이(L. N. Tolstoi)『전쟁과 평화』(*Voina i Mir*, 1869, Louise and Aylmer Maude 옮김, *War and Peace*),『안나 까레니나』(*Anna Karenina*, 1877),『이반 일리치의 죽음』(*Smert' Ivana Il'icha*, 1886),「하지 무라뜨」(Hadzhi Murat, 1912).

토머스 하디(Thomas Hardy)『광란의 무리에서 멀리 떨어져』(*Far from the Madding Crowd*, 1874),『캐스터브리지의 시장』(*The Major of*

Casterbridge, 1886), 『테스』(*Tess of the D'Urberbilles*, 1891).

헨리 제임스(Henry James) 『한 여인의 초상』(*The Portrait of a Lady*, 1881), 『메이지가 안 것』(*What Maisie Knew*, 1897).

기 드 모빠상(Guy de Maupassant) 『삐에르와 장』(*Pierre et Jean*, 1888).

크누트 함순(Knut Hamsun) 『굶주림』(*Hunger*, 1890).

체호프(A. P. Chekhov) 「6호 병동」(Palata No. 6, 1892), 「로실드의 바이올린」(Skripka Rotshl'da, 1894), 「개를 데리고 다니는 여인」(Dama s sobachkoi, 1899), 「주교」(Arkhierei, 1902).

폰타네(Theodor Fontane) 『에피 브리스트』(*Effi Briest*, 1894).

스티븐 크레인(Stephen Crane) 『붉은 무공 훈장』(*The Red Badge of Courage*, 1895).

드라이저(T. Dreiser) 『씨스터 캐리』(*Sister Carrie*, 1900).

토마스 만(Thomas Mann) 『부덴브로크가의 사람들』(*Die Buddenbrooks*, 1901), 『마의 산』(*Der Zauberberg*, 1924).

조지프 콘래드(Joseph Conrad) 『암흑의 핵심』(*Heart of Darkness*, 1902).

베아트릭스 포터(Beatrix Potter) 「글로스터의 재봉사」(The Tailor of Gloucester, 1903).

라이너 마리아 릴케(Rainer Maria Rilke) 『말테 라우리츠 브리게의 수기』(*Die Aufzeichnungen des Malte Laurids Brigge*, 1910).

마르셀 프루스뜨(Marcel Proust) 『잃어버린 시간을 찾아서』(*À la recherche du temps perdu*, 1913-27, C. K. Scott Moncrieff and Terence Kilmartin 옮김, *Remembrance of Things Past*).

제임스 조이스(James Joyce) 『더블린 사람들』(*Dubliners*, 1914), 『젊은 예술가의 초상』(*A portrait of the artist as a Young Man*, 1916), 『율리시스』(*Ulysses*, 1922).

프란츠 카프카(Franz Kafka) 『변신』(*Die Verwandlung*, 1915).

로런스(D. H. Lawrence) 『무지개』(*The Rainbow*, 1915), 『바다와 싸르디 니아』(*Sea and Sardinia*, 1921).

캐서린 맨스필드(Katherine Mansfield) 『가든파티와 다른 단편들』(*The Garden Party and Other Stories*, 1922).

씽클레어 루이스(Sinclair Lewis) 『배빗』(*Babbitt*, 1922).

이딸로 스베보(Italo Svevo) 『제노의 의식』(*La Coscienza di Zeno*, 1923).

버지니아 울프(Virginia Woolf) 『등대로』(*To the Lighthouse*, 1927), 『파 도』(*The Waves*, 1931).

윌라 캐더(Willa Cather) 『대주교에게 죽음이 오다』(*Death Comes for the Archbishop*, 1927).

윌리엄 포크너(William Faulkner) 『내가 죽어가며 누워 있을 때』(*As I Lay Dying*, 1930).

요제프 로트(Joseph Roth) 『라데츠키 행진곡』(*Radetzkymarsch*, 1932).

루이페르디낭 쎌린(Louis-Ferdinand Céline) 『밤의 끝으로 가는 여로』 (*Voyage au bout de la nuit*, 1932).

크리스토퍼 이셔우드(Christopher Isherwood) 『베를린이여 안녕』 (*Goodbye to Berlin*, 1939).

로버트 매클로스키(Robert McCloskey) 『아기 오리들한테 길을 비켜주 세요』(*Make Way to the Ducklings*, 1941).

헨리 그린(Henry Green) 『사로잡히다』(*Caught*, 1943), 『사랑』(*Loving*, 1945).

에벌린 워(Evelyn Waugh) 『다시 가본 브라이즈헤드』(*Brideshead Revisited*, 1945).

블라지미르 나보꼬프(Vladimir Nabokov) 「첫사랑」(First Love, 1948), 『롤리타』(*Lolita*, 1955), 『쁘닌』(*Pnin*, 1957).

체사레 빠베세(Cesare Pavese) 『달과 모닥불』(*La Luna e I Falò*, 1950).

랠프 엘리슨(Ralph Ellison) 『보이지 않는 인간』(*Invisible Man*, 1952).

쏠 벨로우(Saul Bellow) 『오늘을 붙잡아라』(*Seize the Day*, 1956).

나이폴(V. S. Naipaul) 『비즈워스 씨를 위한 집』(*A House for Mr Biswas*, 1961).

뮤리엘 스파크(Muriel Spark) 『진 브로디 양의 전성기』(*The Prime of Miss Jean Brodie*, 1961).

존 업다이크(John Updike) 『농장에 관하여』(*Of the Farm*, 1965), 『테러리스트』(*Terrorist*, 2006).

토머스 핀천(Thomas Pynchon) 『제49호 품목의 경매』(*The Crying of Lot 49*, 1966), 『그날을 대비하여』(*Against the Day*, 2006).

프레더릭 엑슬리(Frederick Exley) 『어느 팬의 노트』(*A Fan's Notes*, 1968).

존슨(B. S. Johnson) 『크리스티 말리 그 자신의 복식부기장』(*Christie Malry's Own Double Entry*, 1973).

존 르 까레(John le Carré) 『스마일리의 사람들』(*Smiley's People*, 1979).

토마스 베른하르트(Thomas Bernhard) 『비트겐슈타인의 조카』(*Wittgensteins Neffe*, 1982).

주제 싸라마구(José Saramago) 『히까르두 헤이스가 죽은 해』(*O Ano da Morte de Ricardo Reis*, 1984).

코맥 매카시(Cormac McCarthy) 『핏빛 자오선』(*Blood Meridian*, 1985), 『모두 다 예쁜 말들』(*All the Pretty Horses*, 1992).

필립 로스(Philip Milton Roth) 『대안적 삶』(*The Counterlife*, 1986), 『쌔버스의 극장』(*Sabbath's Theater*, 1995).

카즈오 이시구로(Kazuo Ishiguro) 『남아 있는 나날』(*The Remains of the Day*, 1989).

노먼 러시(Norman Rush) 『짝짓기』(*Mating*, 1991), 『인간들』(*Mortals*, 2003).

제발트(W. G. Sebald) 『이민자들』(*Die Ausgewanderten*, 1992).

로베르토 볼라뇨(Roberto Bolaño) 『야만스러운 탐정들』(*Los detectives Salvajes*, 1998).

이언 매큐언(Ian McEwan) 『속죄』(*Atonement*, 2001).

데이비드 포스터 월리스(David Foster Wallace) 『망각: 단편들』(*Oblivion: Stories*, 2004).

메릴린 로빈슨(Marilynne Robinson) 『길리아드』(*Gilead*, 2004).

쿳시(J. M. Coetzee) 『엘리자베스 코스텔로』(*Elizabeth Costello*, 2004).

소설은 어떻게 작동하는가

초판 1쇄 발행/2011년 11월 7일
초판 7쇄 발행/2026년 3월 27일

지은이/제임스 우드
옮긴이/설준규 설연지
펴낸이/염종선
책임편집/김민경
펴낸곳/(주)창비
등록/1986년 8월 5일 제85호
주소/10881 경기도 파주시 회동길 184
전화/031-955-3333
팩시밀리/영업 031-955-3399 편집 031-955-3400
홈페이지/www.changbi.com
전자우편/lit@changbi.com

한국어판 ⓒ 창비 2011
ISBN 978-89-364-8332-6 93800